U0054971

墮天使的誕生

啟示錄

THE REVELATION

THE LEGEND OF FALLEN ANGELS

落甸
失伊 著

啟示錄：墮天使的誕生

序章　塵封的史詩

他是天界最尊貴的天使，光輝的晨星，卻率先舉起叛旗，反抗全能的神的權威。

她是天界十二翼創世天使，天國的副君，天界最美的女子，卻成為叛天的首惡。

他是威嚴的智者，天界之門的守衛天使，卻自願拋棄天使的榮耀，墜入煉獄，終年承受痛苦的煎熬。

他是慈愛的聖者，聖城耶路撒冷的守衛天使，在戰爭之時獨自承擔起守護天界的責任，最後在神之淨土接任天國的副君。

那些天界曾經的崇高天使，卻因為背叛全能的神，被從御座之上拋下，向著地獄的火湖墜去。人類——曾經貴為伊甸園的寵兒，最終墜落地上。

伊甸園中，曾經的光輝使者——撒旦化作的古蛇引誘夏娃食下智慧之樹的果實，從此人類被趕出伊甸園，承受痛苦的折磨！

純白羽翼代表著希望與創造，漆黑羽翼意味著絕望與毀滅，這是造物主對世人的恩賜與懲罰，在光與暗交織的末日，破滅開啟新的創世之門，希望重回世上！

數千年前，神之淨土之下，第七天之上，堆積如山的天使屍體，綠色的大地化作一片血海。如血的天空之下，聖子舉起長劍，穿過叛天的光輝的晨星的胸口。在煉獄的火湖中天使純白的羽翼消失無形，化作漆黑的六翼。

數千年後，在熾熱的火湖中心，煉獄的七位君主重現無回城，巍峨雄偉的萬魔殿中，墮落的天使重新聚首，為了尋找生存的意義，再次重返天堂！

塵封的記憶再度被開啟
埋藏的真相重回到世上

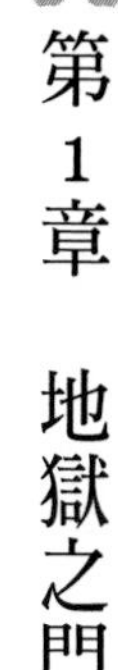

第1章　地獄之門

路西法緩慢地向著天界盡頭走去，天空中烏雲翻滾，太陽消失於無盡的黑暗之後，閃電在不經意間劃過烏黑色的天之幔帳，給大地帶來一絲光亮。路西法滿身傷痕，臉上充滿了失望，但眼睛裡依舊放射出光芒。

米迦勒看著路西法的背影，莊嚴而聖潔的臉上流露出深深的遺憾，明亮的雙眸中充滿了淚水，他搖了搖頭，轉身離去。

接近天界的盡頭，路西法明白自己已經越來越接近地獄之門，在烏黑的天界彼岸，路西法獨自站在深不見底的懸崖前，看著腳下漆黑的深淵。

這時，一個蒼老的聲音從路西法的背後響起：「路西法，你還是來了，我一直在這裡等你，等待著這一天的到來。」

路西法轉過身，看到大撒旦站在他的身後，大撒旦的眼睛裡充滿了勾魂攝魄的光芒，臉上露出笑容。

「大撒旦，我按照約定來了，你也要履行對我的承諾。」路西法說。

「當然，路西法，你的同伴會在地獄復活，他們會成為你忠實的夥伴，為你統一地獄衝鋒陷陣。」大撒旦說，「現在是地獄之門為你打開的時候了，在這數千年裡，這是地獄之門第二次為你打開。」

路西法聽到大撒旦的話，臉上露出驚訝的表情：「大撒旦，我不明白你的意思。」

大撒旦並沒有回答路西法，他閉上雙眼，口中念念有詞，天空中的烏雲瞬間翻滾不息，閃電不斷落下，照亮深淵裡地獄的黑暗。漆黑色的光芒瞬間佈滿大撒旦的全身，大撒旦伸出手臂，一股帶著腐爛和血腥氣息的巨風從地獄的深淵中吹了過來，帶起一片黑色的烏雲，烏雲瞬間在深淵上空消失，一座漆黑冰冷的大門出現在路西法的面前。

路西法能夠感覺到地獄之門之內散發出的令人窒息的死亡氣息，一股巨大的灼熱之氣從地獄之門的另一側傳遞過來。

「路西法，那是地獄的火湖，所有墜落於地獄的天使的巢穴，他們終生隱藏在那裡，承受著地獄之火的灼燒，等待著末日的審判。」大撒旦說。

「大撒旦，你究竟想告訴我什麼？」路西法大聲問。

「你會慢慢明白我說的一切！」大撒旦發出大笑，笑聲帶來一陣劇烈的風的咆哮，

「約定的時刻來臨了，路西法！」

地獄之門緩緩打開，在門的另一側是無盡的黑暗，路西法點了點頭，他目光如炬，縱身一跳，消失在地獄之門。

大撒旦也隨著路西法縱身一跳進入了地獄之門，地獄之門緩緩關閉，消失在深淵上空。

與此同時，大聖城上空的烏雲瞬間散去，黑夜中一顆巨大耀眼的銀色之星向著地獄的深淵墜落，光芒照亮了整個天界，將天空照耀得如白晝一般。

加百列站在城牆上，掩面而泣，淚水滑過她美麗的臉龐，滴落在冰冷的地面上，一股悲傷一直擊穿了加百列的心靈，在心靈的深處加百列似乎感覺到了什麼，她喃喃低語，「路西法，看來你不能履行我們之間的諾言，再見了……」

米迦勒此時正站在山丘之上，看著這顆光芒耀眼的星星消失在天界盡頭，他歎了口氣，滿臉悲傷。「路西法，永別了……」

地獄深處，一個身著黑色長袍的身影站在城堡的陽臺上，黑影戴著漆黑的面具，披風在地獄的狂風吹拂中不停飄動，銳利的黑色眼睛注視著地獄之門的方向。「路西斐爾，你終於來了，數千年了，我一直在尋找你的蹤跡，我本以為你已經消失不知所蹤，看來最終我們又將相聚……」

數天後，米迦勒回到了大聖城，天使們正在等待著他們的統帥——米迦勒來到會議廳，召集所有的天使們前往王城的會議廳。

最先到達的是加百列和拉斐爾，米迦勒從兩個年輕天使的臉上看出了悲傷，他們為路西法的離去感到惋惜和遺憾；隨後到達的梅丹佐、尚達奉和拜丘，則為米迦勒能夠平安返回感到異常高興。

米迦勒首先為高階天使們講述了在伊甸園和神之淨土發生的事情，天使們為發生的一切感到異常驚訝。在米迦勒講述完一切後，天使們無不露出惋惜的神色。

拉斐爾先站起身來，臉上盡是遺憾。「米迦勒大人，發生在天界的不幸終於結束了，我為路西法大人的離去感到十分遺憾。」

米迦勒聽到拉斐爾的話，點了點頭道：「拉斐爾，對路西法的離去我也感到十分遺憾，但是我別無他法，那是他最後作為天使的選擇，是用天使的榮耀和光輝做出的抉擇。」

加百列站起身來，滿臉悲傷。「大人，我想是時候完成路西法在天界的願望了。」

「加百列，路西法最後告訴我，讓我轉告你，他不能履行對你的承諾了，他對此感到十分抱歉。」米迦勒搖了搖頭，「這是他最後留下的話語。」

加百列點了點頭，沒有再說話，在她悲傷的美麗臉龐浮起一絲幸福的笑容，然後這笑容旋即消逝。加百列的閃動的雙眸中浸滿淚水，她別過臉去，輕輕用修長的手指從眼睛之下滑過，瞬間指尖一片濕潤。

米迦勒站起身來，「各位大人，神已經再度轉世，我想不久就會重回神之淨土，在這段時間裡我們要把天界建設成一片樂土。」

幾位高階天使紛紛站起身來，異口同聲地回答：「是的，米迦勒大人。」

此時的路西法在大撒旦的帶領下來到位於地獄深處的撒旦城堡。在地獄的深處，天空被無盡的黑暗所籠罩，烏雲密佈的天空，閃電不停劃過黑夜。

大撒旦帶著路西法進入城堡，惡魔們分列兩旁，用異樣的眼光看著這個黑色羽翼的天使，充滿了疑慮。

路西法看到了惡魔們眼中的疑慮，同時也看到當這些惡魔們看到大撒旦的眼神時露出的驚慌。隨著大撒旦走過，這些惡魔紛紛跪下身來，低著頭不敢直視大撒旦的眼睛，大撒旦徑直走到位於大廳中央的王座下面。

王座之上懸掛著一幅巨大的畫像，畫像中的惡魔目光如炬，顯露出莊嚴的氣質。路西法仔細端詳著畫像中的惡魔，恍惚覺得這幅畫像與他的一位同伴的樣貌十分相似。

「惡魔們，你們應該知道，站在你們面前的將是新任撒旦——路西法，我想此時的你們一定還有很多疑慮，如果你們對我的決定有任何的意見，就請馬上提出來。」大撒旦用不容辯駁的語氣說。

大殿兩側跪倒的惡魔們開始竊竊私語，隨後議論的聲音越來越大，大撒旦抬起手，惡魔們立刻閉緊了嘴巴。

「爺爺，我不認同你的這個決定。」大殿漆黑厚重的門打開了，一個年輕的惡魔走了進來。

「薩坦尼埃爾，你來了，我以為你和路西法的幾次交手已經讓你認同了眼前這個天使的力量。」大撒旦說。

「爺爺，我承認路西法有著超越天使的力量，但我不認為他有能力統一整個地獄。在這數千年的時間裡，我們惡魔一直不斷努力，但是地獄依舊四分五裂，我不認為路西法能夠做到數千年來撒旦未能做到的事情。」薩坦尼埃爾說。

路西法對薩坦尼埃爾說的一切感到十分驚訝，他注視面前這個年輕的惡魔，薩坦尼埃爾也看出了路西法的疑惑，他用銳利的目光回應站在大殿之上這個年輕天使。

「路西法，你並不知道我這數千年來在地獄所經歷的一切。」薩坦尼埃爾說。

「薩坦尼埃爾，你錯了，路西法就是能夠統一地獄的天使，這一點在數千年前就曾經被證明過。」大撒旦說。

「爺爺，我知道你所說的一切，你的這些推斷只不過源於數千年前留下來的殘破的惡魔典籍，那記錄著傳說中發生的一切的，惡魔事典根本無法考證真偽。」薩坦尼埃爾說。

「薩坦尼埃爾，我知道你並不相信，但是你應該知道，那些潛藏在地獄深處中存在了數千年的惡魔應該能夠證實惡魔事典中所記錄的一切。」大撒旦說。

「爺爺，你真的相信那些傳說中的惡魔存在？」薩坦尼埃爾睜大了眼睛。

「薩坦尼埃爾，你應該明白，那些分別統治著地獄的惡魔們，雖然他們從來不露出真實面目，但他們確實一直存在。」大撒旦說。

薩坦尼埃爾的眼睛裡閃過一絲驚訝，「爺爺，我願意相信你說的一切，但我仍然不認同眼前的這個天使，除非有一天這個路西法能夠用證明他有能力統一地獄。」

薩坦尼埃爾轉身離去，大撒旦搖了搖頭，看著年輕惡魔的背影，歎了口氣。

「你們當中的其他惡魔還有意見嗎？」大撒旦說。

惡魔們異口同聲地回答：「大撒旦大人，我們聽從你的命令。」

大撒旦點了點頭。「路西法，我將授予你撒旦之力，你便成為地獄和惡魔的主人。」

惡魔們紛紛拜服於地，大撒旦口中念起咒語，一時間大殿中狂風四起，大撒旦伸出手臂，一道漆黑的光芒籠罩住了路西法，路西法瞬間感覺到了黑暗和死亡的氣息正侵蝕著自己的身體，同時也感覺到了那源源不絕的力量。

突然間，這股光芒從路西法的身體反彈而出，大撒旦被這股力量震得倒退幾步，他搖了搖頭，低聲說：「難道這一切就是命運？」

與此同時，那個身著黑色長袍的身影遙望著撒旦城堡的方向，發出一陣冷笑：「大撒旦，你的撒旦之力根本不可能傳給路西斐爾，因為你身上的那塊撒旦的靈魂碎片早已被我封印起來，我終於明白這數千年裡路西斐爾為什麼不知所蹤，那本屬於路西斐爾的數千年的記憶早被神封存起來，你身上的封印、路西斐爾身上的封印在這整個地獄裡，除了我外，恐怕再也沒有惡魔能夠解開……」

這個穿著黑色長袍的身影轉過身去，走進城堡，消失在城堡無盡的黑暗裡。

「路西法，你身上似乎有著什麼未知的力量排斥著撒旦之力。」大撒旦搖了搖頭。

惡魔們又開始小聲議論起來，大撒旦用不可爭辯的眼神看著跪倒在大殿之上的惡魔們，惡魔們瞬間鴉雀無聲

「路西法，跟我來。」大撒旦說。

路西法跟著大撒旦走進城堡中的一扇大門，這裡看起來是大撒旦的房間，在書架之上擺滿了用惡魔的文字寫著的書籍。

大撒旦來到書桌前，坐了下來。「路西法，我想在你心裡一定有許多疑問？」

「是的，大撒旦，請你告訴我剛才薩坦尼埃爾和你的那番討論，薩坦尼埃爾提到的地獄未曾統一究竟是怎麼回事？」路西法說。

大撒旦看著路西法的眼睛說：「路西法，你們天使並不知道，我們地獄中的撒旦並非一位，數千年來地獄一直處於分裂的狀態，那些擁有深不可測力量的惡魔們統治著各自的區域，他們一千年在這個撒旦城堡裡相聚一次，討論撒旦的人選。」

路西法露出驚訝的表情。「大撒旦，照你說的，地獄裡的撒旦並不只有一位？」

「是的，路西法。在這些撒旦當中，分為兩派。一派由存在地獄裡多年的惡魔們組成；另一派則是在數千年前來到地獄，這些惡魔從不以真面目示人，他們始終將自己包裹在黑色長袍之下，這兩派的惡魔都擁有巨大的力量和永恆的生命。」大撒旦說，「我說的這些不願意露出真實面貌的惡魔，對於我們來說都是謎一樣的存在。」

路西法的瞳孔瞬間放大了，他從來沒有意識到在這片黑暗的地獄中，居然隱藏著這麼多不為天使所知的秘密。

「路西法，我下面要講的一切你要仔細聽好。在地獄之初，惡魔墜落地獄，在煉獄深處火湖的中心築起一座巍峨雄壯的都市，侍奉他們尊貴的主人——從天堂墜落的星辰。除了這位尊貴的主人，還有六位地位崇高的侍者，他們連同這位尊貴的主人被稱為地獄的七位君主。數千年前，這位尊貴的主人消失無蹤，六位侍者一部分隨著這位尊貴的主人失蹤，一部分離開了聖地。之後，聖殿中的惡魔們分散到各處。隨後出現了一位擁有無窮力量的惡魔，這個惡魔自稱撒旦，撒旦統一了整個地獄，並發動了對天界的戰爭。雖然撒旦奮力將神擊傷，但依然被神擊敗，撒旦的靈魂被擊碎，靈魂碎片散落在地獄各處，我們惡魔竭盡全力尋找這些碎片，而一些惡魔得到了靈魂碎片中的一部分。就在我們極力搜尋剩餘的那些碎片時，那些不明身份的惡魔來到了地獄，他們奪走了剩餘的碎片，並佔領了地獄的領地，雄據一方。餘下找到撒旦靈魂碎片的惡魔們也仿效這些惡魔們，開始自稱撒旦，利用撒旦靈魂碎片的力量統治自己的領地，這就是為什麼地獄一直四分五裂的原因。」大撒旦說。

「我想，大撒旦你也是擁有撒旦靈魂碎片的惡魔之一。」路西法說。

大撒旦點了點頭，「是的，路西法，我們這個家族確實是擁有撒旦靈魂碎片的家族之一，我們世代繼承了薩坦尼埃爾的稱號，在撒旦魂飛魄散之後，所有得到撒旦靈魂碎片的惡魔們齊聚這個城堡。」

大撒旦頓了一下。

「那時坐在圓桌上的一個惡魔說，『我願意推舉薩坦尼埃爾家族為世代的撒旦，我可不想承擔與天使交戰的責任，我對那些不感興趣。』」

一些惡魔紛紛表示贊同，這時那些著黑色長袍包裹著身體的不明身份的惡魔們站起身來，他們發出冷笑說：「我們同意，可是我們不想被你們所打擾，但如果你們不聽從我們的勸告，履行撒旦的職責，我們隨時會取下你們的首級。」

「就這樣，我們的家族被世代稱為撒旦，擔負起了和天使作戰的任務，這樣的身份給了我們家族無上的榮耀，但是我們一直都能夠感覺到那些潛藏在地獄深處的惡魔們冰眼注視著我們，這讓我們不寒而慄。」

「如果說得到撒旦的靈魂碎片可以得到永恆的生命，你們的家族為什麼還會將這種力量世代相傳。」路西法問。

「這一切都是因為每次神魔大戰之後，撒旦就會被神的力量消滅，我們只有將這種力量一代一代傳下去才能夠延續。」大撒旦說。

「如果你們不和天使交戰，就可以免去被神消滅的命運。」路西法說。

「這不可能，那些潛藏在地獄中的惡魔們曾經在那次會議上發誓，如果我們家族不能夠履行撒旦的職責，他們會隨時來取下我們的首級，得到我們擁有的撒旦的靈魂碎片。」大撒旦滿臉悲傷，「就是這樣，我們家族一代又一代的前往天界赴死。」

路西法搖了搖頭，他體會到大撒旦的悲傷，「大撒旦，你要我怎麼做？」

「路西法，我相信在惡魔數千年來留下的殘破的典籍中，提到的能夠統一地獄的天使就是你，我希望你能打敗那些持有撒旦靈魂碎片的惡魔們統一地獄，這樣就能解開我們家族的死之刻印和詛咒。」大撒旦說。

路西法點了點頭，「好吧，大撒旦，我答應你的請求，但是你要將我的夥伴們復活。」

「我會馬上準備儀式，明天你的夥伴們就能夠復活。」大撒旦說。
「大撒旦，我還有一個問題。」路西法說。
「你說吧，路西法。」大撒旦說。
「懸掛在王廳之上的那幅巨大的畫像，畫中的惡魔是？」路西法說。
「那是我們薩坦尼埃爾家族的祖先。」大撒旦回答。
「難道只是相似嗎？」路西法自言自語起來。
大撒旦站起身來，領著路西法走到王宮的餐廳內，在長長的方桌之上擺滿了豐盛的菜肴，大撒旦坐到桌子的盡頭，路西法在另一頭坐下，天使和惡魔似乎都互有心事，一言不發。
在晚飯後大撒旦為路西法安排了臥房，臥房的陳設極度奢華，深紫色的幔帳垂落地面，鑲金的床欄杆上嵌著五色的寶石散發出幽幽的光芒，路西法躺在柔軟的大床上，卻久久不能入眠，這一切似乎宛如夢境。
大撒旦獨自坐在書桌前，似乎若有所思，夜漸漸地沉了，地獄深處沒有陽光，大撒旦慢慢感覺到深夜帶來的陣陣寒意。
突然一陣玻璃破碎的聲音傳了過來，大撒旦聽到聲音傳來的方向，急忙站起身來，向著聲響發生的地方疾馳而去。

收藏靈魂的密室之門已經被打開，走廊上的窗戶被撞得破碎不堪，大撒旦快步走進密室，看到一個穿著漆黑色長袍的黑影正站在密室內。

「是你！」大撒旦驚訝得睜大眼睛。

「沒錯，是我。大撒旦，我要取走一些靈魂。」黑影回答。

「等等，你究竟想要做什麼？」大撒旦說。

「這與你無關，大撒旦！」黑影說，「如果你想反抗我，應該知道後果。」

黑影抬起手，一股光芒瞬間籠罩了大撒旦的全身，大撒旦動彈不得，黑影拿起幾個收集著天使靈魂的容器，慢慢走出密室，消失在夜幕裡。

直到黑影消失，大撒旦虛脫一般跪倒在地上，此時路西法也感覺到那股巨大的力量，順著那股力量來到密室門口。

「大撒旦，究竟發生了什麼？」路西法說。

「靈魂被搶走了。」大撒旦回答。

「究竟是誰幹的？」路西法問。

「是那些潛藏的地獄深處的惡魔們，那個擁有著無上力量的惡魔。」大撒旦說。

「看來只有打敗這些惡魔們，才能奪回我的同伴們的靈魂，事情似乎比看起來要簡單得多了。」路西法似乎在自言自語一般。

路西法走到走廊上，對著破碎的窗戶，看著烏雲翻滾的天空，澄清的瞳孔裡放射出明亮的光芒。

第2章　傳說中的天使

米迦勒回到大聖城已經有一段時間了，天界的重建也在他的指揮下有條不紊地進行。在這段時日裡米迦勒一直在關注著神之淨土的情況，他在等待著神重回御座。

數天後，幾個天使來到米迦勒的宅邸。米迦勒看到這幾個天使時，感到十分驚訝。站在最前面的天使褪下潔白的長袍的帽子，他擁有著淺金色的頭髮，英俊的面容上帶著微笑，在他背後潔白的四翼微微震動著。

「米迦勒大人，好久不見了。」這個天使說。

「是你，拉結爾大人。」米迦勒睜大了眼睛。

站在拉結爾後面的幾個天使紛紛褪下帽子，米迦勒的瞳孔再一次放大了，他看到了這幾個天使的面孔，這幾個天使紛紛向米迦勒致意。

「米迦勒大人，請允許我一一介紹。」拉結爾說。

「這位是然德基爾大人。」拉結爾伸出手，一個高大的天使向米迦勒行禮。

「後面穿著翠綠色長袍的是亞納爾大人。」拉結爾說。

「米迦勒大人，久違了。」灰白色羽翼的天使向米迦勒行禮，米迦勒從這個天使的聲音中既聽到了渾厚的男性天使的聲音，又聽到了溫柔的女性天使的聲音。

「還有雷米爾大人和拉貴爾大人。」拉結爾繼續著。

雷米爾和拉貴爾向米迦勒行禮，露出謙卑的神態。

「米迦勒大人，沒想到我們離開的這段時間裡，發生了這麼多事。」拉結爾說。

米迦勒再次看了看眼前的這個天使，這個被稱為「秘境與至高之神秘天使」擁有著無以倫比的智慧，掌握著所有天使乃至天界的歷史和知識，擁有著永恆的生命。拉結爾負責編著天使的歷史文書，傳授天使以智慧。

而站在拉結爾身後的幾個天使，更是來歷非凡。然德基爾和亞納爾貴為創世天使，而雷米爾也是長侍神前的天使之一，負責傳達神的旨意。只是在這數千年來這些神秘的天使都不知所蹤，只存在於傳說中，米迦勒也只見過這些天使數次。

「米迦勒大人，你不必這樣謙遜，在你的身上擁有著你所不知道的偉大力量。」雷米爾說。

雷米爾的話令米迦勒大感疑惑，他本想追問下去，但他看到拉結爾用眼神示意雷米爾不要繼續說下去，雷米爾也看到拉結爾眼神中表達的意思，他露出微笑，不再說話。

「米迦勒大人，我們這次來到你的官邸，要向你表示歉意。這數千年的時間裡，都是由你獨自承擔著天界的職責，不過這樣的情況即將改變，我們這些天使將重回神之淨土。另外，數天後，聖子彌賽亞將再次降臨，傳達神的旨意。」拉結爾說。

「拉結爾大人，你說的數千年間讓我十分疑惑，天使的生命並非永恆，隨著時間推移也會到達盡頭。」米迦勒說。

拉結爾看出了米迦勒的疑惑，「米迦勒大人，等聖子彌賽亞降臨，你會慢慢明白我的意思。」

拉結爾和幾個天使轉過身去，展開羽翼，羽翼發出的聲響震耳欲聾，諸天使化作幾道閃光，消失在天空之中，留下疑惑的米迦勒獨自站在官邸之前。

米迦勒輕聲歎了口氣，走進官邸，吩咐衛兵將加百列和拉斐爾請到官邸來。

兩個年輕天使很快來到米迦勒的官邸，米迦勒將兩個年輕天使帶到佈滿鮮花的花園之中，向他們講述剛才發生的一切。

拉斐爾露出驚訝的神情，「米迦勒大人，這些天使原本只存在於傳說之中，我剛才也聽到了巨大的響聲，目睹了閃光的出現，這一切真令我不敢相信。」

「拉斐爾，拉結爾大人所說的很多話讓我也感到十分疑惑，看來只有等待彌賽亞降臨，才能知道答案。」米迦勒說。

「米迦勒大人，你需要我們做些什麼？」加百列說。

「加百列，我需要你和拉斐爾一起佈置大聖堂，並將彌賽亞即將降臨的消息告訴天界的天使們，讓他們等待著這一刻的到來。」米迦勒說。

「是，大人。」兩個天使異口同聲的回答。

兩個年輕天使離開後，米迦勒來到自己的房間，他坐在書桌前開始翻閱天使數千年來留下的歷史典籍，試圖尋找答案。等他意識到時間時，夜幕已經降臨，屋子裡也變得十分昏暗。米迦勒站起身來，想要點起燭臺。

米迦勒離開椅子，突然他感覺到似乎有什麼東西正立在身後，他拿起放在桌旁的長劍，試圖轉過身去，但是瞬間身體就變得動彈不得。

「米迦勒，不要試圖反抗，放下劍。」這個聲音說。

米迦勒似乎被這股力量控制了一般，放下劍轉過身來，他看到一個身著黑色長袍的身影飄浮在窗戶外面，這個身影用冰冷的面具蒙面，只露出異常銳利的眼神，黑色的披風在風的吹動下不停飄盪。

「你是誰？想要做什麼？」米迦勒大聲說。

「米迦勒，你不認識我了。」黑影露出一陣冷笑，「看來你是幸運的，米迦勒。」

米迦勒聽到黑影的話，露出十分疑惑的表情，「你究竟想說些什麼？」

「米迦勒，我知道現在我說的一切你都不會相信，在這數千年裡你和你的屬下天使們是幸運的，神允許你們世代轉世，你們也得以體會塵世的悲歡離合，而我們卻不同，這數千年來我們的心一直承受著地獄的煎熬和折磨，陪伴我們的只有痛苦和孤獨。」黑影說。

「我不明白，我們這些天使世代轉世代表著什麼意思？」米迦勒驚訝地睜大了眼睛。

「難道拉結爾的到來沒能讓你思考這一切嗎？你那驚人的智慧看來隨著失去的記憶也變得異常愚鈍了。」黑影發出一陣大笑。

「失去的記憶？這究竟是怎麼回事？」米迦勒大人說。

「那些記憶，屬於我和你還有路西斐爾的記憶，那場驚天動地的戰鬥。」黑影說到這裡停了下來。

米迦勒的大腦在飛速旋轉著，他突然感到頭痛難忍，似乎有一幅又一幅的畫面閃過腦海，但他卻抓不住其中的任何一幅，也看不清這些畫面的內容，米迦勒將手放在桌子上勉強支撐著身體，搖搖晃晃。

黑影再度發出一陣冷笑，「看來在米迦勒的腦海深處依然存在著那些記憶，你會明白我說的話，那翡翠色的六翼，番紅色的頭髮，數千年前的米迦勒何等的英俊，看看現在的你，和普通天使又有什麼不同。」

「你究竟是什麼意思？」米迦勒說。

「你會明白，不僅是你米迦勒，那些本屬於你們這些天使的記憶會重回到你們的大腦當中，加百列、拉斐爾、梅丹佐、尚達奉、拜丘、卡麥爾等諸天使長，和你一樣，都有著不可磨滅的記憶。」黑影說。

說完這番話，黑影再度發出一陣大笑，旋即化作一道漆黑的光束，消失在夜空之中。米迦勒癱倒在地板上，臉上佈滿了汗珠，他自言自語，卻聽不清自己在說些什麼。

第二天清晨，米迦勒命令衛兵請各位高階天使前往會議室，將他所遇到的一切講給諸高階天使聽。米迦勒所講述的一切令天使們感到異常驚訝，雖然他們也試圖檢索記憶深處，看看有沒有遺漏一些什麼，但是最後都徒勞無功。這個黑影在米迦勒和高階天使的心中留下了極大的疑問，一股陰霾籠罩在會議室裡，天使們在發表完自己的意見後紛紛陷入了沉默，死一般的寂靜充斥著整個會議室，米迦勒搖了搖頭，獨自走出會議室，將高階天使們留在圓桌上。

與此同時，在地獄之中，大撒旦正在清點被奪走的靈魂，路西法也在焦急地等待著大撒旦的消息。

大撒旦在清理完存放靈魂的密室之後，來到路西法的房間。

「路西法，實在抱歉，薩麥爾、阿札茲艾爾、沙利艾爾的靈魂被奪走了。」大撒旦說。

「大撒旦，我會想辦法將這些靈魂奪回來，但是你必須告訴我究竟是誰奪走了這些靈魂。」路西法說。

大撒旦搖了搖頭，「路西法，相信我繼續我們上次未完的談話後，你會瞭解一切。我說過地獄現在四分五裂，惡魔們割據一方，這次奪走這些靈魂的是地獄中最神秘的惡魔，也是擁有著深不可測實力的惡魔之王，即使是割據一方的惡魔們也敬畏他幾分，但是這個惡魔在數千年來一直不過問地獄之事，這次來到撒旦城堡讓我也感到十分疑惑。」

「大撒旦，我想你一定有辦法找到這個惡魔。」路西法說。

「當然，路西法，但是以你目前的實力根本不是他的對手，這個惡魔擁有著你所不知道的強大力量，和這個惡魔同時出現的地獄的那些惡魔們都拜伏在這個神秘的惡魔腳下，我曾經聽說過關於這個惡魔的傳聞，即使是像薩坦尼埃爾一樣強悍的惡魔在他面前也如同嬰兒。」大撒旦說。

路西法搖了搖頭，「如果像大撒旦所說，這個惡魔擁有這麼強大的力量，我根本不可能戰勝他。」

「不，還有一個辦法。」大撒旦猶豫了一下，沒有繼續說下去。

路西法看著大撒旦的眼睛，「大撒旦，為了我的夥伴不管什麼辦法我都願意試一試。」

大撒旦看到路西法堅定的眼神，點了點頭，「路西法，如果你能拿到大部分的撒旦的靈魂碎片，也許就有能力戰勝這個神秘的惡魔，但是……」

「大撒旦，請你說下去。」路西法說。

「撒旦的力量過於強大，我怕你身為天使之身會受到撒旦力量的反噬，在靈魂碎片的力量之下粉身碎骨。」大撒旦說。

「即使這樣，我也想要試一試。」路西法說。

「既然如此，我也不再勸你。獲得靈魂碎片的惡魔當中，有些力量並不強大，我想你可以從他們身上開始，開始收集靈魂碎片。」大撒旦說。

「大撒旦，我願意聽從你的安排。」路西法說。

「好吧，我會馬上舉行靈魂復活的儀式。」大撒旦說。

三天後，在撒旦城堡的中央，築起了一座巨大的祭壇，漆黑冰冷的大理石堆砌起來的高臺上大撒旦獨自站在中央，在他的面前是一個個黑色水晶做成的靈魂容器，惡魔們跪倒在高臺四周，大撒旦念起咒語。

瞬間狂風大作，從天空中落下一道黑色的光芒籠罩著整個祭壇，散發出的漆黑的光亮映照得路西法睜不開眼睛，他只聽到大撒旦的聲音在空中飄蕩。

「我以撒旦之力賦予這些已經死去的天使們新的生命。」大撒旦一連說了幾次。

黑色光芒漸漸散去，高臺上出現了已經死去的天使們的身影，亞列、桑揚沙、拉哈伯、安士自出現在高臺之上，路西法看到在他們的身後再也沒有了白色的天使羽翼，取而代之的是惡魔的黑色骨翼。

四個天使長驚訝地看著眼前的一切，看著漆黑祭壇之下拜伏於地的惡魔們，眼睛裡充滿了不解，路西法快步走到高臺前。

「站住，路西法，他們的軀體和靈魂還不安定，如果你冒然闖入結界，他們立刻會魂飛魄散。」大撒旦大聲說。

路西法停住腳步，看到他的同伴們一個又一個地出現在結界之中。

不知過了多長時間，黑色的光芒完全散盡，天使們走下高臺，驚訝地看著眼前的一切。

「路西法大人，這究竟是怎麼回事，我們都應該已經離開塵世了。」亞列說。

「亞列，你們都復活了，這要感謝站在高臺上的那個惡魔，大撒旦。」路西法說。

「感謝大撒旦？路西法大人，你說的讓我們感到更疑惑了。」桑揚沙說。

「詳細的情形我之後會告訴你們，我為你們再次獲得生命感到高興。」路西法說。

大撒旦走下高臺，搖了搖頭，「路西法，很抱歉，這些墮落的天使失去了天使的榮耀，現在他們變成了地獄裡的惡魔，我沒有辦法再讓他們獲得天使潔白的羽翼，他們將再不能返回天堂，除非神能夠再次賦予他們天使之力。」

「大撒旦，我想擁有生命才是最重要的。」拉哈伯說。

「是的，大撒旦，即使我們身處地獄，也能在路西法大人身邊，能不能返回天堂並不重要。」安士白露出微笑。

聽到同伴們的話，路西法感到一股暖流，他看著夥伴們，「歡迎你們回來，我的夥伴們。」

復活的天使們和路西法一一擁抱，惡魔們看著這奇蹟一般的光景，露出驚訝的神情。

「好了，天使們，你們沒有時間休息了，路西法馬上就要開始新的征程。」大撒旦說。

復活的天使們面對著路西法跪了下來，「路西法大人，我們聽從你的差遣。」

大撒旦看著路西法，「路西法，我希望你能成為地獄唯一的撒旦，成為整個地獄的主人，惡魔們將拜伏在你腳下。」

「大撒旦，我答應你，我會成為唯一的撒旦，地獄將不再充滿醜惡，也將不再有殺戮。」路西法說。

大撒旦點了點頭，大聲向著跪倒的惡魔們說，「惡魔們，從現在開始，路西法是這裡唯一的主人，他就是你們的撒旦，如果你們當中的任何一個敢對路西法不敬，我會先取下他的首級。」

大撒旦說著跪倒在路西法面前，這樣的舉動讓路西法大吃一驚，他急忙試圖攙扶起大撒旦。

大撒旦抬起頭來，「路西法，請讓我這個前任撒旦向你表示我的敬意。」

「大撒旦，快起來。」路西法攙扶起大撒旦。

與此同時，在城堡的一個尖塔的窗戶前，薩坦尼埃爾正目睹著這一幕，他露出不屑的表情，「爺爺，你還是將撒旦之位傳給了路西法，現在是我離開撒旦城堡的時候了。」

薩坦尼埃爾震開雙翼，飛出窗口，惡魔們都目睹了這一幕，大撒旦也搖了搖頭。

「路西法，我會證明我才是撒旦的繼承人……」薩坦尼埃爾的聲音沿著風的方向傳了過來，在整個大地上迴響。

在地獄的深處，那個漆黑的身影也注視著這一切，似乎在自言自語般，「路西斐爾，墜入地獄對你來說並不意味著一切的終結，恰恰相反，這是一切的開始，我在這裡等著你的到來。」

在這個黑影背後，三個同樣裝束的黑影立在他身後。在這片黑暗之中，三個黑影的瞳孔釋放出明亮的光芒。

漆黑的身影發出一陣大笑，再次消失在城堡的黑暗之中。

第3章　彌賽亞再臨

迎接彌賽亞降臨的儀式在穩步準備之中，天使們因為彌賽亞的降臨感到十分高興。大聖城變成了一片歡樂的海洋，街道兩旁佈滿了鮮花，天使們忙著打掃著庭院和街道，等待著這一神聖時刻的來臨。

米迦勒最近一段時間的心情極為複雜，他極力試圖回憶起腦海深處那些殘破的記憶碎片，但是每到即將接觸到記憶深處的畫面時，米迦勒都感到頭痛難忍，不能繼續下去。

拉結爾曾經多次拜訪米迦勒，米迦勒也拿他的問題向這個已經存在了數千年的天使請教，但是每次拉結爾聽到米迦勒的提問都笑而不答，並且告訴米迦勒一切的答案會慢慢解開，謎團不會糾纏米迦勒很久。

米迦勒只好繼續等待，在加百列和拉斐爾的佈置下，大聖堂被鮮花所包圍，在大教堂的廣場上，天使們開始搭建祈禱的祭壇。彌賽亞降臨的前一天，拉結爾再次造訪米迦勒府邸。

「米迦勒大人，明天中午彌賽亞大人即將降臨大聖城，在降臨的典禮上，彌賽亞大人將宣佈神的旨意。」拉結爾說。

「拉結爾大人，典禮已經準備完畢，我們會做好儀式的所有工作。」米迦勒回答。

「米迦勒大人，神會記得你所做的一切。」拉結爾說。

「拉結爾大人，我還想要向你請教我一直在向你詢問的答案。」米迦勒說。

拉結爾露出微笑，「米迦勒大人，我曾經告訴過你，關於你的疑問在彌賽亞降臨之後會慢慢解開。」

米迦勒看著眼前的拉結爾的笑容，搖了搖頭，不再追問下去。

第二天清晨，米迦勒和高階天使長們來到聖蜜雪兒教堂，大聖堂已經被打掃得一塵不染，教堂中心神的雕像高高聳立，陽光透過教堂的彩色玻璃進入教堂內，將教堂照耀得五彩斑斕，教堂的鐘聲響起，天使們高唱起讚歌，虔誠禱告的聲音佈滿整個大聖城。

接近中午時分，太陽升上天空的頂端，將它無盡的金色光輝撒向大地，廣場白色的花崗岩地面在陽光之下顯得格外明亮，由潔白的大理石築成的祈禱臺四周佈滿了水晶，水晶散發出潔白耀眼的光芒，顯得聖潔而莊重。

天使們已經佈滿了整個廣場，米迦勒和高階天使們來到祈禱臺前，天空中出現幾道明亮的白色閃光，緊接著被白色火焰包圍的拉結爾在空中出現，口中開始不斷祈禱，緊接著拉貴爾、雷米爾、亞納爾、然德基爾四個天使長出現在祈禱臺的四面。天使們爭相看著這幾位傳說中的天使，廣場上一片喧嘩。

拉結爾祈禱的聲音越來越大，天使們不再發出議論，米迦勒和高階天使們紛紛跪下，他們明白彌賽亞即將降臨。

四天使長開始隨著拉結爾祈禱，天使們跪下雙手合十，隨著天使長們開始禱告，教堂的鐘聲響起，沿著廣場四散傳播開來，天使們隨著鐘聲高唱頌歌，讚美聖主的歌聲不斷傳向天際。

一束巨大的光芒從天空中照射下來，天使們抬起頭，驚訝地看到神之淨土——白之月出現在大聖城的正上方，出現在大聖堂之上，白之月散發出耀眼的光華，純白色的閃光照耀到大聖城的每個角落。

祈禱臺上的水晶在純白色光的照耀下折射出明亮的光芒，隨著歌聲一道閃光從天而降，祈禱臺上耀眼的光芒令太陽都失去了光彩。光芒漸漸散去，祈禱臺上出現了一個身影。

天使們都露出驚訝的表情，看著眼前這場神蹟，彌賽亞走下祈禱臺，拉結爾降落地面，跪在彌賽亞面前。

「彌賽亞大人，請將神的福音賜予我們。」拉結爾說。

彌賽亞開始講述神的經文，這話語似乎直接進入了每個天使的心中，天使們紛紛感覺到一股暖流，溫暖和感動從內心向外流淌，天使們紛紛感覺到眼眶漸漸濕潤不留自主地流下眼淚。

彌賽亞在講述完之後，走到米迦勒面前，伸出手臂攙扶起米迦勒，「米迦勒大人，各位天使大人，請起吧。」

米迦勒和高階天使們紛紛站起身，米迦勒抬起頭，看著眼前的彌賽亞，彌賽亞擁有如黃金般的頭髮，目光如炬，英俊的臉上露出慈祥的微笑，金色的長袍包裹著身體，白色的披風隨風飄動，金色的披風環扣在太陽的照耀下熠熠生輝。彌賽亞腰間挎著一柄長劍，劍鞘上鑲滿了各色寶石，寶石發出美麗的光華，彌賽亞的左手腕上刻著五芒星的白金的手環格外顯眼，閃耀著光輝。

「彌賽亞大人，感謝你對我們的啟示。」米迦勒說。

「米迦勒大人，我們有數千年沒見了，你依舊是這麼謙遜。」彌賽亞的聲音異常明亮。

「彌賽亞大人……」米迦勒本想問些什麼，但是沒有說下去。

「米迦勒大人，我知道你心中有很多疑問，我想你會慢慢瞭解其中的原委。」彌賽亞回答，「現在我要宣佈神的旨意。」

米迦勒和高階天使們再次跪下身來，等待著彌賽亞。

彌賽亞拔出劍，將鑲滿寶石的劍放在米迦勒的肩膀上，「米迦勒大人，為了表彰你對天界做出的偉大貢獻，你將如創世之初一樣成為天國的副君，至高無上的天使，四大天使之首，我現在就賜予你熾天使之力，並賦予你永恆的生命。」

彌賽亞念念有詞，一股白色的光亮包裹住了米迦勒全身，在米迦勒的背部的一對羽翼變成了三對，放射出耀眼的光芒。

「梅丹佐大人、尚達奉大人、拜丘大人、卡麥爾大人，你們將會和米迦勒大人一樣獲得熾天使之力。」彌賽亞分別走到四個天使長面前，在一陣祈禱過後，四個天使長背上也生出三對羽翼。

「最後是拉斐爾大人、加百列大人、烏利葉大人，我代表神授予你們四大天使之力。」在彌賽亞祈禱過後，拉斐爾和加百列的身上生出三對羽翼。

「各位大人，請起身吧，從今天開始，我會幫助神和米迦勒大人處理天界的事務。」彌賽亞說。

教堂的鐘聲再度響起，天使們開始繼續歌唱，整個教堂前的廣場淹沒在歌聲和歡樂的海洋之中。

與此同時，在地獄的深處，那個黑色的身影正對著天界發出冷笑，「彌賽亞，你已經降臨天界了，看來所有應該出現的角色都聚齊了，這場精彩的戲就要上演了。」

彌賽亞降臨的第二天清晨，米迦勒來到彌賽亞的官邸拜訪彌賽亞，在他的心中充滿了疑問，彌賽亞似乎知道米迦勒即將到來，正在會客室中等待。

米迦勒走了進來，彌賽亞的會客室陳設極其奢華，散發著自然光芒的大理石地面上鋪著刺繡精美的地毯，看到米迦勒走進來，彌賽亞請他坐了下來，吩咐僕人為米迦勒上茶。

茶很快端了上來，香味四溢，彌漫了整個會客室，彌賽亞坐在柔軟舒適的寬大座椅上，臉上帶著慈祥聖潔的微笑。

「彌賽亞大人……」米迦勒開口說話。

「米迦勒大人，我知道你的來意。」彌賽亞打斷米迦勒的話。

「彌賽亞大人，既然你知道我的來意，就請你為我解答我的疑問。」米迦勒說。

「米迦勒大人，想必你聽說過創世天使吧，在拉結爾大人所記錄的天使典籍當中，應該記錄著這段歷史。」彌賽亞說。

「彌賽亞大人，我曾經仔細研讀過天使的典籍，在看過拉結爾大人記錄的歷史之後，令我感到更加迷惑。」米迦勒說。

「當然，米迦勒大人，在拉結爾大人所記述的天使典籍中，創世天使不僅出現了米迦勒大人的名字，還有猶菲勒大人、拉斐爾大人和加百列大人，甚至已經落入地獄的薩麥爾也位列其中。」彌賽亞說。

「彌賽亞大人，你是無所不知的神之子，確實如你所說，這一切令我感到迷惑不解。」米迦勒說。

「米迦勒大人，拉結爾大人的典籍中記錄得完全準確，只是在偉大的神創造天界之後，發生了一些事件，這些事件造成了巨大的難以彌補的影響，即使在天界也諱莫如深，拉結爾大人對這些事件也採取了保留態度，正是這些事件造成了一部分高階天使保留了永恆的生命，而另一部分，比如米迦勒大人你得以世代轉世。」彌賽亞說到這裡停了一下。

「按照彌賽亞大人的說法，我們這些天使在神創造天界之時就存在。」米迦勒說。

「是的，米迦勒大人，從創世開始數千年的記憶都留存在你的腦海當中，神命令我轉告你，在適當的時機神會打開對你和幾位天使長的記憶封印，你已經獲得了永恆的生命不再轉世，那道封印對你將毫無意義。」彌賽亞說。

「彌賽亞大人，也就是說我們這些天使的大腦中還存有數千年來的記憶。」米迦勒說。

「當然，米迦勒大人，我不得不說，這些記憶也許對你來說並不愉快，甚至是痛苦的、不堪回首的記憶。」彌賽亞說。

「即便如此，彌賽亞大人，即使那是痛苦的回憶，也是屬於我數千年來生命的一部分，請你代為轉告神，我等待著恢復記憶的那一天。」米迦勒站起身來。

「米迦勒大人，我會盡快向神提出你的請求。」彌賽亞說。

米迦勒向彌賽亞行禮，緩步走出彌賽亞的官邸，彌賽亞獨自站在窗口，目送著米迦勒的背影遠去。

「數千年前發生的一切終有一天會重新記述到天界的歷史當中，我們極力迴避的那段不願回憶的往事不知道會不會重演，雖然路西法已經再次墜入地獄，但是他的再次出現也許會引起新的紛爭。」彌賽亞蹙起眉頭，搖了搖頭。

與此同時，在地獄的撒旦城堡，大撒旦已經在長桌之上鋪開地圖，路西法和他的夥伴們圍攏過來。作為天使的路西法從來沒有想到地獄如此幅員遼闊，在地圖上用黑色的線標注著各個國家的分界線。

大撒旦將手指向距離撒旦城堡最近的一片區域，「路西法，這裡屬於阿斯蒙蒂斯的地盤，阿斯蒙蒂斯是獲得撒旦靈魂碎片的惡魔之一，阿斯蒙蒂斯在地獄之中是司淫欲的惡魔，好色異常，雖然獲得了撒旦的靈魂碎片，但是力量並不強大，我想我們可以先取得阿斯蒙蒂斯手中的靈魂碎片。」

「大撒旦，我相信你的判斷。」路西法說。

「取得撒旦靈魂碎片的惡魔的領地基本都在撒旦城堡周圍，而地獄的更深處屬於那些不明身份的惡魔們，我想我們可以先取得撒旦城堡周邊的惡魔們手中的靈魂碎片，我們從最弱小的惡魔入手，然後不斷地積累實力。」大撒旦說。

「好吧，大撒旦，我們就從阿斯蒙蒂斯開始。」路西法說。

「我的軍隊已經集結完畢，再加上復活的天使戰士們，我相信我們一定能夠擊敗阿斯蒙蒂斯。」大撒旦說。

「好吧，大撒旦，我們明天就出發。」路西法說。

就在路西法和大撒旦研究進攻路線的時候，在阿斯蒙蒂斯的城堡裡，阿斯蒙蒂斯正坐在宮殿臥室裡，懷抱著赤身裸體的美麗的惡魔女子，美麗的惡魔女子們依靠在阿斯蒙蒂斯的身上，阿斯蒙蒂斯露出得意的微笑。

眼前的一幕令薩坦尼埃爾感到不快，他對眼前這個好色的惡魔感到十分失望，露出不耐煩的神情。

「阿斯蒙蒂斯，你就快要死到臨頭了，居然還能在這裡尋歡作樂。」薩坦尼埃爾露出輕蔑的表情。

阿斯蒙蒂斯開懷大笑，推開伏在自己身上的惡魔女子，站起身來，揚起他健壯的臂膀。

「薩坦尼埃爾，我認為你說的一切有些危言聳聽，擁有撒旦靈魂碎片的我與你不同，我擁有失落的撒旦之力，一個小小的天使怎麼能對我造成威脅，你就在這裡等著看我如何斬下路西法的首級。」阿斯蒙蒂斯說。

「我看你也不要太自負了，阿斯蒙蒂斯。」薩坦尼埃爾說。

「好了，薩坦尼埃爾，我實在討厭你在這裡喋喋不休。」阿斯蒙蒂斯露出厭煩的表情。

阿斯蒙蒂斯走到臥室門口，叫來一個僕人，低聲向僕人交代了幾句，隨後返回臥室。

「薩坦尼埃爾，來到我的城堡，要好好享受，我這裡有數不清的美麗女子，你可以隨便享用。好了，你退下吧，我已經吩咐了僕人為你安排。」

阿斯蒙蒂斯發出一陣狂笑，抱起一個赤身裸體的美麗地獄女子，粗暴地將女子扔到床上。

薩坦尼埃爾搖了搖頭，似乎在自言自語一般低語，「阿斯蒙蒂斯，你依然是惡習不改，我倒要看看你怎麼樣抵擋路西法的軍隊。」

薩坦尼埃爾轉身走出阿斯蒙蒂斯的臥房，僕人帶著他來到一個房間前。

「薩坦尼埃爾大人，阿斯蒙蒂斯大人吩咐我請你沐浴。」這個僕人說。

薩坦尼埃爾脫下身上漆黑的鎧甲，走進充滿了了蒸汽的房間，在房間的正中是一個由石頭砌成的寬大浴池，薩坦尼埃爾沿著階梯走進溫熱的水中坐了下來，閉上眼睛。

不知過了多久，薩坦尼埃爾被輕微的腳步聲吵醒，他睜開眼睛，看到兩個美麗的裸體女子出現在他的面前，從那相似的身形和樣貌看來這是一對雙胞胎。薩坦尼埃爾從這對姐妹的眼睛裡看出了驚慌和恐懼。薩坦尼埃爾站起身來，看到薩坦尼埃爾健美的身體，兩姐妹羞紅了臉。

「你們是阿斯蒙蒂斯派來的。」薩坦尼埃爾問。

「是的，薩坦尼埃爾大人，我們被派來服侍大人。」其中一個女子的聲音有些微微顫抖。

兩個女子走到薩坦尼埃爾身邊，開始為薩坦尼埃爾擦拭身體。

薩坦尼埃爾再度閉上眼睛，發出一陣冷笑，這冷笑另兩個女子感到十分驚懼。

「想必你們是被阿斯蒙蒂斯抓到城堡來的吧？」薩坦尼埃爾說。

「大人，是這樣的。」一個女子小聲回答。

「好了，我不需要你們服侍。」薩坦尼埃爾走出水池，兩個女子緊隨其後。

「薩坦尼埃爾大人，如果你不接受我們的服侍，我們都會沒命的。」兩個女子說。

薩坦尼埃爾轉過身來，將手指滑過女子的下顎，用他那銳利的眼睛看著女子美麗的臉，「好吧，你們隨我來。」

薩坦尼埃爾將兩個女子帶到自己的臥房，轉過身來對兩個女子說，「在我在城堡的這段時間裡，你們兩個就留在這裡。」

薩坦尼埃爾看著裝飾奢華的房間，冷笑了一聲，「阿斯蒙蒂斯把精力都放在這些無用的地方了，你們兩個就睡在大床上，我會在床邊守護你們，你們不用害怕，相信過不了幾天，你們就會被放回家了。」

兩個女子露出吃驚的表情，「薩坦尼埃爾大人，我們不明白你的意思。」

「不久之後你們會明白的，另外我對女色不感興趣，也不會佔有你們的身體，我和阿斯蒙蒂斯那個惡棍不同。」薩坦尼埃爾臉上露出特有的高傲的表情。

兩個美麗的地獄女子留下了淚水，「薩坦尼埃爾大人，我們會終生記得你對我們姐妹的恩情。」

「好了，在這段時間裡，我會守護你們的。」薩坦尼埃爾說。

夜晚很快來臨，薩坦尼埃爾站在房間的陽臺上，房間裡兩姐妹睡得很熟，薩坦尼埃爾將陽臺的門關好，來到床前，看著兩姐妹睡夢中的神情，搖了搖頭。

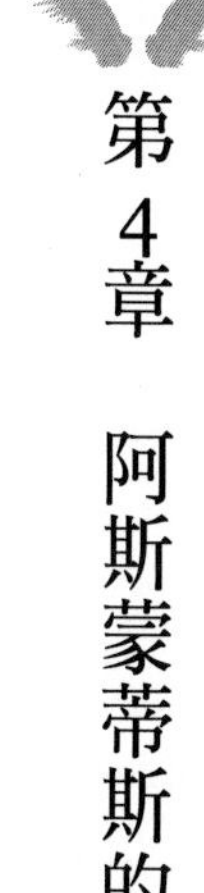

第4章　阿斯蒙蒂斯的淫欲

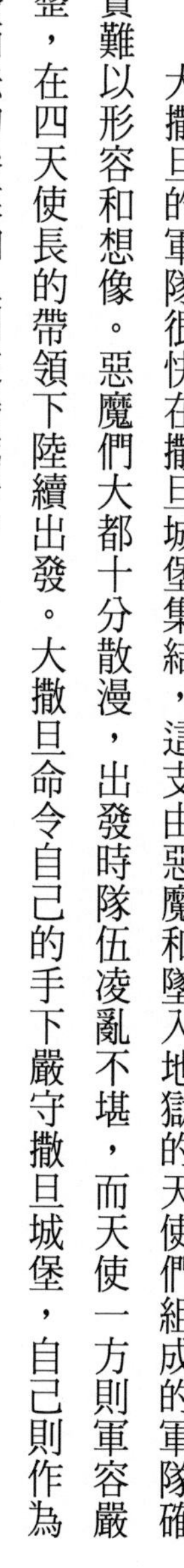

大撒旦的軍隊很快在撒旦城堡集結，這支由惡魔和墜入地獄的天使們組成的軍隊確實難以形容和想像。惡魔們大都十分散漫，出發時隊伍凌亂不堪，而天使一方則軍容嚴整，在四天使長的帶領下陸續出發。大撒旦命令自己的手下嚴守撒旦城堡，自己則作為路西法的參謀加入到這場戰爭中。

這支奇特的隊伍於沿途受到了惡魔們的關注，惡魔們雖然對路西法的軍隊持有一種特有的恐懼心態，但都想近距離地看看這支由天使和惡魔組成的軍團的情況。在向阿斯蒙蒂斯的城堡進軍的路程中，路西法第一次領略了地獄的風光。地獄也和天界一樣，由不同的村落組成，但在數千年割據的戰火之下，各個村落都看起來破敗不堪，那些年老和年幼的惡魔看到軍隊的出現都顯得驚慌不安。每當看到幼小的惡魔無助的眼神，路西法就忘記了這些有著骨翼的惡魔一直是天界的敵人，在路西法眼中出現的只是戰爭留下的千瘡百孔，和留在每個普通惡魔心中的陰霾。

穿過兩端高聳的峽谷，阿斯蒙蒂斯的城堡出現在路西法面前，漆黑的城堡上空被厚厚的積雲所覆蓋，偶爾劃過天空的閃電照亮了整個城堡，城堡高聳的尖塔看起來格外陰森，這一切都令路西法感到十分不快。

此時的阿斯蒙蒂斯還沉浸在溫柔鄉中，對薩坦尼埃爾的警告置若罔聞，他正摟著美女狂飲，絲毫沒有察覺到路西法軍團的逼近。

路西法軍團很快出現在城堡的正面，薩坦尼埃爾正站在房間的窗子旁，注視著這一切，阿斯蒙蒂斯的所作所為讓他感到十分惱火，年輕惡魔搖了搖頭，靜靜看著路西法到來的方向。

阿斯蒙蒂斯的僕人慌慌張張地跑到阿斯蒙蒂斯的臥房，阿斯蒙蒂斯此時還宿醉未醒，但是天使們進攻的號角已經響起，巨大的鳴響向著城堡傳了過來，惡魔們拉響警報，急忙登上城牆準備迎戰。

阿斯蒙蒂斯一躍而起，穿上鎧甲，佩戴武器，惡魔們簇擁著阿斯蒙蒂斯衝出城堡，來到路西法的軍隊面前。

阿斯蒙蒂斯穿著深黑色的鎧甲，手持一柄長槍，銀色的槍刃在閃電濾過天空時閃閃發亮，銀灰色的頭髮，臉上露出不屑的神情，佈滿傷痕的健壯的臂膀赤裸在鎧甲之外。

薩坦尼埃爾站在窗前，露出冷笑，「阿斯蒙蒂斯，讓我看看你擁有的撒旦之力究竟如何？」

阿斯蒙蒂斯伸出手臂，用槍尖指向路西法，「黑色的羽翼，想必你就是路西法，為什麼來侵擾我的領地。」

「阿斯蒙蒂斯，交出靈魂碎片吧，地獄迎來了新的主人。」大撒旦說。

「閉嘴，老東西，如果不是我對撒旦之位毫無興趣，你們薩坦尼埃爾家族怎麼能夠成為撒旦城堡的主人。」阿斯蒙蒂斯說。

薩坦尼埃爾聽到阿斯蒙蒂斯的話，冷笑了一聲，「阿斯蒙蒂斯，希望你不是誇誇其談。」

「路西法會證明他才是真正的撒旦靈魂碎片的主人。」大撒旦說。

「廢話少說吧，大撒旦，誰是撒旦靈魂碎片的主人，由我們的武器來決定。」阿斯蒙蒂斯說。

阿斯蒙蒂斯挺起長槍，振動巨大的骨翼，向著路西法衝來，阿斯蒙蒂斯的身體帶來一陣巨大的風，快速而猛烈。路西法拔出劍，向著阿斯蒙蒂斯衝去。長槍和劍碰觸地一剎那，一道明亮的閃光劃過陰霾的天空，照亮了整個大地。

路西法感覺到了阿斯蒙蒂斯的力量，這股力量似乎令大地都在不停震動，銀色的槍被黑色的火焰包圍，一股灼熱的氣息籠罩著阿斯蒙蒂斯的身體。每一次路西法和阿斯蒙蒂斯的武器互相碰撞，都會產生巨大的聲響，阿斯蒙蒂斯的武器中傳來惡魔的哀嚎，這股聲音越來越大，天使和惡魔們不由得捂住耳朵，但這聲音猶如能穿透一切一般，直達戰士們的心靈。

阿斯蒙蒂斯發出得意的大笑，他用力揮舞著長槍向路西法刺去，路西法橫劍抵擋，阿斯蒙蒂斯巨大的力量壓制住了路西法。在這危急時刻，四天使長拔出劍，向著阿斯蒙蒂斯猛衝過來，阿斯蒙蒂斯閃開路西法，用槍一揮，一道黑色的閃光劃過，四天使長頓時動彈不得。

「小嘍囉還是閃開吧，這是我和路西法的決鬥。」阿斯蒙蒂斯說。

阿斯蒙蒂斯轉向路西法，舉起槍，「路西法，如果你只有這點實力的話，今天就是你的死期了！」

薩坦尼埃爾目睹著這一切，露出驚訝的表情，「沒想到撒旦靈魂碎片之力如此強大，看來阿斯蒙蒂斯並非自誇自己的能力。」

路西法站在原地，氣喘吁吁，汗水佈滿額頭，雖然他曾經對撒旦靈魂碎片之力有所預計，但眼前的阿斯蒙蒂斯的力量確實強大，路西法握緊劍，決定以命相搏。

路西法向著阿斯蒙蒂斯猛衝過去，劍擦著阿斯蒙蒂斯的身體劃過，一連幾次路西法都差點刺中阿斯蒙蒂斯，但都被這個強壯的惡魔閃過。阿斯蒙蒂斯看準機會，閃過路西法的進攻，一槍刺在路西法的左肩上，然後退後一步。

「我已經看清了你的力量，路西法，下一次攻擊時就是你的死期。」阿斯蒙蒂斯大笑起來。

大撒旦看著眼前的一切，搖了搖頭，「路西法，如果你能獲得我身上的撒旦之力，相信你一定能夠戰勝阿斯蒙蒂斯。」

鮮紅色的血液從路西法的傷口流了下來，染紅了銀白色的鎧甲，路西法的眼中已經看到了死亡，但是卻絲毫沒有動搖。

路西法握緊劍，舉過頭頂，喃喃自語，「光明與黑暗的靈魂劍，看來這裡就是我和你旅途的終點了。」

在地獄的深處，穿著黑色長袍的黑影用他銳利的眼睛注視著發生的一幕，他自言自語，「路西斐爾，以你目前的力量還不足以戰勝擁有撒旦靈魂碎片的惡魔們，就讓我助你一臂之力，但這是最後一次，以後的敵人要靠你自己去戰勝。」

黑影面對著天空念起咒語，一道銀色的閃光從黑影的身體裡飛出，向著阿斯蒙蒂斯戰場的方向飛去。

在阿斯蒙蒂斯城堡前，明亮的閃光照亮了整個城堡，路西法看到了這道銀色的閃光進入自己的身體，隨後瞬間失去了意識。

路西法的身上發生了變化，他的瞳孔變成了赤紅色，黑色的頭髮變得越來越長，一直垂到腰間，背後黑色的一對羽翼變成了三對，銀白色的火焰包裹住了路西法的身體，路西法的嘴角露出一絲微笑。

大撒旦目睹了這一切，他感覺到了路西法身上散發出來的巨大力量，眼睛裡露出惶恐的神色。感覺到這股力量的還有阿斯蒙蒂斯和在城堡之中的薩坦尼埃爾，阿斯蒙蒂斯對著突如其來的力量感到十分驚訝，臉上流露出一絲恐懼。

天使長們也看到了路西法身體的變化，他們驚訝得說不出來，這神蹟一般的場景讓所有戰士們目瞪口呆。

「黑色羽翼的六翼天使！」阿斯蒙蒂斯的聲音發出了顫抖。

路西法的劍已經轉換成了黑暗的形態，路西法舉起劍，振動羽翼，向阿斯蒙蒂斯衝去，阿斯蒙蒂斯揮槍阻擋，路西法的身上的火焰劃過一道閃光，沿著劍身傳向阿斯蒙蒂斯，阿斯蒙蒂斯身上的黑色火焰瞬間消退，阿斯蒙蒂斯震動骨翼，倒退開一段距離。

薩坦尼埃爾看著眼前的一幕，驚恐得睜大了眼睛，「這究竟是什麼力量，剛才佔盡優勢的阿斯蒙蒂斯在此刻的路西法面前就好像孩童一樣。」

路西法停住了進攻，他的口中傳來聲音，這聲音與路西法的聲音完全不同，「阿斯蒙蒂斯，你不可能戰勝我，如果不是我封印了大撒旦的力量，此時的路西法已經得到了一部分撒旦之力，你根本不可能是他的對手，放下武器，將靈魂碎片交給路西法，他才是地獄真正的主人。」

「是你，我就知道只有你才有這樣的力量，你在哪裡？」阿斯蒙蒂斯露出慌亂的表情，環顧四周。

「阿斯蒙蒂斯，你是選擇交出靈魂碎片，還是選擇死亡。」這個聲音說。

阿斯蒙蒂斯落到地面，路西法的身體也隨著落到地面上，阿斯蒙蒂斯單腿跪地，低下頭顱。

「路西法大人，我願意交出靈魂碎片，並永遠成為你的僕人。」阿斯蒙蒂斯說。

路西法將劍收回劍鞘，張開雙臂，從路西法的身體裡飛出一道閃光，閃光包圍住路西法和阿斯蒙蒂斯的身體，路西法和阿斯蒙蒂斯浮向空中，一道黑色光亮如彗星般從阿斯蒙蒂斯的身體飛出，一塊碎片出現在路西法和阿斯蒙蒂斯中間。

「這就是撒旦的靈魂碎片？」薩塔尼埃爾驚訝地說。

碎片振動發出轟鳴，巨大的聲響令大地顫動不已，隨後碎片發出耀眼的黑色光芒，照亮整個天空。路西法恢復了神志，他看到碎片化作一條黑色的閃電，飛入他的身體，年輕天使瞬間感到一股無窮的黑暗力量充滿全身，與此同時銀色的閃光離開了路西法的身體，向著地獄深處飛去。

路西法和阿斯蒙蒂斯落在地面上，阿斯蒙蒂斯和惡魔們拜伏在路西法的腳下。

「路西法大人，從今天開始，我們永遠是你的僕人，如果我們違背了自己的誓言，必會粉身碎骨。」阿斯蒙蒂斯說。

路西法伸出手，扶住阿斯蒙蒂斯，「我接受你的忠誠，阿斯蒙蒂斯，但是你要收斂你的惡習，否則我會取下你的首級。」

從路西法的手臂上傳來的巨大的黑暗的撒旦力量令阿斯蒙蒂斯的身體不停顫抖，「路西法大人，你才是地獄真正的主人，是所有惡魔真正的君主，我會永遠拜伏在你的腳下。」

「起來吧，阿斯蒙蒂斯。」路西法說。

地獄深處的黑影注視著這一切，「路西法，我對你的幫助到此為止了，接下來的一切就要靠你自己了。」

「看來，是我離去的時候，我必須要搞清楚那莫名的巨大力量的來源。」薩坦尼埃爾自言自語地說。

薩坦尼埃爾走到房間的陽臺上，這時兩姐妹的聲音從他的背後響起，「薩坦尼埃爾大人，你要離開了嗎？」

薩坦尼埃爾轉過身，看著兩姐妹有些擔心的神情，「你們不用擔心，很快你們就能回家了，看到城堡前那個黑色羽翼的天使了嗎，他會幫助你們。」

「薩坦尼埃爾大人，今後還能再見面嗎？」兩姐妹的臉頰紅了。

「也許吧……」薩坦尼埃爾似乎在自言自語。

薩坦尼埃爾振動雙翼，消失在漆黑的天空之中。

進入阿斯蒙蒂斯的城堡後，路西法命令阿斯蒙蒂斯立刻釋放被擄掠來的女子，阿斯蒙蒂斯雖然感到不滿，但也不敢違抗路西法的命令。此後的一個月間，路西法相繼頒發了許多政令，廢除了阿斯蒙蒂斯嚴苛的手段，這一切都得到了領地內惡魔的支持，阿斯蒙蒂斯的領地裡又煥發了勃勃生機。在新的法令下，隨意掠奪和傷害其他惡魔的行為都將被嚴懲，在處死了一批窮兇極惡的惡魔之後，領地裡的村莊回復了平靜，惡魔們開始重建數千年來破損的家園。

地獄發生的一切很快傳到了天界，米迦勒對路西法所做一切感到十分欣慰，他一直相信路西法會履行自己的諾言。此時天界的重建也在穩步進行當中，彌賽亞並沒有一直停留在大聖城中，而是前往了天界各地，將神的福音傳遞到天界每個角落。

路西法站在阿斯蒙蒂斯城堡的露臺之上，思考著發生的一切，身體的變化讓路西法的內心感到不安和不可思議，路西法明白只有被神賜予熾天使之力的天使才能擁有三對羽翼，即使是他曾經擁有熾天使的位格，但沒有得到熾天使之力前也不過也普通天使一樣擁有一對羽翼，路西法如湖水般深邃的漆黑瞳孔裡充滿了疑惑。

「路西法，我知道你在想些什麼，你心中的這些疑惑會慢慢解開。」大撒旦的聲音響起。

路西法轉過身，看到大撒旦正站在身後，「大撒旦，你知道這股力量的來源嗎？」

「我不能確定，但我相信這一定與那些潛藏在地獄深處的惡魔有關。」大撒旦說，「也許阿斯蒙蒂斯知道什麼也說不定。」

「好吧，大撒旦，請你把阿斯蒙蒂斯請到這來。」路西法說。

很快阿斯蒙蒂斯出現在路西法面前，他跪下身體向路西法行禮，「路西法大人，你找我。」

「阿斯蒙蒂斯，大撒旦告訴我你在戰鬥中似乎知道我身上的力量來源，你能不能說得詳細些。」路西法說。

阿斯蒙蒂斯剛要開口，一個聲音傳進他的腦海，這個聲音正是戰場上從路西法口中傳出的聲音，「阿斯蒙蒂斯，如果你敢開口亂言，你的生命將立刻走到盡頭。」

阿斯蒙蒂斯的臉上露出驚恐的神色，他滿頭汗水，聲音也變得發顫起來，「路西法，我並不知道這股力量的來源。」

阿斯蒙蒂斯反常的神態沒有逃過路西法敏銳地眼睛，這一切都被路西法捕捉到了，他立刻明白眼前的惡魔在刻意隱瞞什麼，路西法搖了搖頭，「阿斯蒙蒂斯，如果你想到什麼，要立刻告訴我。」

「是，路西法大人，如果沒有別的事情我就退下了。」阿斯蒙蒂斯回答。

路西法擺了擺手，阿斯蒙蒂斯行禮轉身離去。路西法獨自站在露臺之上，手托下顎，陷入了沉思。

第5章　瑪門的貪婪

在路西法的治理下，大撒旦和阿斯蒙蒂斯的領地逐漸恢復了生機，與此同時帶來的是巨大的財政缺口。兩個領地在數千年時間裡太過破敗，惡魔們也習慣了弱肉強食的生態，實力強大的惡魔通過掠奪積累財富，被掠奪的弱小惡魔流離失所，過著朝不保夕的生活，領地內耕地荒蕪，食品奇缺。

阿斯蒙蒂斯掠奪的財富很快被用於安置沒有家園的惡魔們，路西法命令天使們幫助他們恢復生產，建造房屋，像天使們一樣生活。阿斯蒙蒂斯和大撒旦的財富很快用盡，這讓路西法感到十分擔憂。

路西法命令衛兵把大撒旦和阿斯蒙蒂斯請到城堡來，商量下一步的對策。

阿斯蒙蒂斯和大撒旦很快來到城堡中路西法的房間，路西法請大撒旦和阿斯蒙蒂斯坐下。

路西法剛要開口，大撒旦打斷了他，「路西法，我知道你請我和阿斯蒙蒂斯的來意，我們手中的金錢幾乎用盡，如果再不想辦法，我們會陷入非常艱難的境地。」

「路西法大人，其實解決這個問題非常簡單，只要靠不斷加大賦稅就能夠得到大筆的財富。」阿斯蒙蒂斯露出笑容。

路西法搖了搖頭，「阿斯蒙蒂斯，領地內的臣民剛剛恢復正常的生活，難道我們要把剛剛散發出去的金錢再收回來？這個辦法可不聰明。」

阿斯蒙蒂斯露出尷尬的笑容，不再說話。

「其實並非沒有辦法，我們眼前就有一個很好的目標。」大撒旦說。

「你說吧，大撒旦。」路西法說。

「阿斯蒙蒂斯也知道，地獄當中最有錢的惡魔吧？」大撒旦露出笑容。

阿斯蒙蒂斯恍然大悟，「大撒旦，你說的是那個傢伙啊。」

「是的，阿斯蒙蒂斯，他和你一樣順從於欲望的擺佈，只是他和你喜好的東西不同。」大撒旦說。

「這個傢伙啊，自從得到了撒旦的靈魂碎片之後，更加喜歡利用力量橫徵暴斂，想必此時他的城堡裡堆滿了搶奪來的黃金白銀和珍貴的寶石。」阿斯蒙蒂斯說。

「是的，阿斯蒙蒂斯，我也這麼認為。」大撒旦說。

聽著兩個惡魔饒有興致的談論著，路西法更加迷惑，他幾次想打斷兩個惡魔的談話，直到大撒旦說完，年輕天使才用黑色的明亮的瞳孔看著眼前的大撒旦。

「大撒旦，你和阿斯蒙蒂斯在談論些什麼？」路西法問。

「路西法，我們在談論一個惡魔，他的名字叫做瑪門，瑪門和阿斯蒙蒂斯一樣，執著於自己的欲望不能自拔，阿斯蒙蒂斯喜歡美麗的女子，而瑪門喜歡耀眼的黃金白銀和寶石以及數不盡的財富，我想如果我們能夠取得瑪門的財富，就可以解決目前我們碰到的問題。」大撒旦說。

「瑪門是個好目標。」阿斯蒙蒂斯露出一絲笑容。

「好吧，本來取得撒旦的靈魂碎片就是我們的目的之一，如果能夠再解決我們目前的困境，我想瑪門是個好目標。」路西法說。

大撒旦命令衛兵拿來地圖，將瑪門所處的領地位置指給路西法看，然後命令四天使長集結軍隊，準備出發。

出發前一晚，阿斯蒙蒂斯走進路西法的房間，路西法對阿斯蒙蒂斯的到來感到十分驚訝。

「路西法大人，我想前往瑪門的領地進行偵察，希望你能夠批准。」阿斯蒙蒂斯說。

「阿斯蒙蒂斯，你在地獄應該相當有名，大部分惡魔都認識你的面孔，由你前往偵察太冒險了。」路西法回答。

「路西法大人，我並不像你想像的那樣無能，雖然我現在已經沒有了撒旦之力，但我依然是地獄唯一能操縱隱身法術的惡魔，你大可放心，我會把瑪門的情報安全帶回。」阿斯蒙蒂斯說。

路西法的瞳孔瞬間放大了，「阿斯蒙蒂斯，你說你能夠操縱隱身法術，能不能讓我見識一下。」

「大人，當然可以。」

阿斯蒙蒂斯念起咒語，一陣閃光過後，阿斯蒙蒂斯消失得無影無蹤。

路西法站起身來，看著空蕩的房間，環顧左右。

「路西法大人，我就在你書桌的前面。」阿斯蒙蒂斯說。

阿斯蒙蒂斯再度念起咒語，出現在房間裡，如他所說，正站在路西法書桌的前面。

「阿斯蒙蒂斯，沒想到你還有這麼強大的能力。」路西法說。

「路西法大人，這種能力和撒旦之力相比，實在是淺薄得不值一提，如果你有興趣，我可以將隱身法術傳授給你。」阿斯蒙蒂斯說。

「好吧，阿斯蒙蒂斯，在和瑪門戰鬥之後，我會虛心向你學習這種法術。」路西法說。

「路西法大人，現在你能夠將偵察的任務交給我了。」阿斯蒙蒂斯露出得意的微笑。

路西法點了點頭，阿斯蒙蒂斯行禮退出路西法的房間。

阿斯蒙蒂斯很快趕到了瑪門的城堡，隱藏在瑪門大殿的窗子前，驚訝的是他看到了一個熟悉的身影。

瑪門正坐在用黃金打造的王座之上，王座的扶手鑲滿了各色寶石。

薩坦尼埃爾正站在瑪門的王座前面，大殿金碧輝煌，高聳的石柱外面包裹著厚厚的黃金，宮殿的頂部的黃金雕像栩栩如生，地面鋪設著由金線刺繡而成的精美紅色地毯。

薩坦尼埃爾看著眼前的瑪門，心裡產生一絲厭惡。

瑪門用修長的手指捋了捋上翹的鬍鬚，看著薩坦尼埃爾，露出一絲貪婪的笑容。

「瑪門，阿斯蒙蒂斯已經被擊敗了，路西法下一個目標很可能就是你了。」薩坦尼埃爾露出一絲不屑的微笑。

薩坦尼埃爾的笑容令瑪門感到十分不快，他聳了聳肩，「薩坦尼埃爾，我和阿斯蒙蒂斯不同。」

薩坦尼埃爾放聲大笑，「瑪門，你和阿斯蒙蒂斯不同？據我所知，你的力量還不如阿斯蒙蒂斯強大。」

薩坦尼埃爾輕蔑的笑聲激怒了瑪門，瑪門漲得滿臉通紅，「薩坦尼埃爾，你太小看我的力量了，如果你再對我不敬，我馬上就可以殺了你。」

薩坦尼埃爾把手放在劍柄之上，「瑪門，如果你想打架的話，我十分願意奉陪。」

瑪門聽到薩坦尼埃爾的話，擺了擺手，「算了吧，薩坦尼埃爾，我們有共同的敵人，何必在這裡白費力氣。」

薩坦尼埃爾再次露出笑容，「瑪門，我勸你還是早作打算，等路西法攻到你的城堡前，一切可就太遲了。」

瑪門用手托住下顎，思考了一下，「也許你說的沒錯，薩坦尼埃爾，給我講講關於這位黑色羽翼天使的事。」

薩坦尼埃爾將在阿斯蒙蒂斯城堡發生的一切告訴瑪門，瑪門點了點頭，臉上露出驚訝的神色。

「好吧，我知道這位墜入地獄的天使的能力了，現在我們說些正事。」瑪門露出一絲邪惡的微笑。

「正事？眼前還有比共同消滅路西法更重要的事？」薩坦尼埃爾看著瑪門。

「當然，薩坦尼埃爾，我想聽聽我在幫助了你之後，能夠得到什麼好處。」瑪門的雙眼放射出貪婪的目光。

薩坦尼埃爾看到這一切，歎了口氣，低聲嘀咕著，「瑪門這傢伙依然是惡習不改。」

「你說什麼，薩坦尼埃爾，大點聲，我想聽聽你的意見。」瑪門撮了撮雙手，兩隻眼睛彷彿看到了成堆的黃金一般放射出光芒。

「如果你幫助我消滅了路西法，阿斯蒙蒂斯領地裡的所有財富歸你所有，我還會將撒旦城堡裡的一部分黃金當作謝禮。」薩坦尼埃爾說。

「好，就這樣，一言為定。」瑪門露出貪婪得意的表情。

阿斯蒙蒂斯看到瑪門的表情，忍不住笑出聲來。

薩坦尼埃爾和瑪門同時聽到了聲音，薩坦尼埃爾轉過身來看著阿斯蒙蒂斯所在的窗口。

「誰在哪？」瑪門站起身來。

薩坦尼埃爾拔出劍，「馬上現身，要不然我保證你不能活著離開城堡。」

阿斯蒙蒂斯打開高高的窗子，降落在大殿上，念動咒語，出現在瑪門和薩坦尼埃爾面前。

「是你，阿斯蒙蒂斯。」瑪門說。

「阿斯蒙蒂斯，你已經投降了路西法，到這裡來幹什麼。」薩坦尼埃爾說。

「我如果不來，怎麼能聽到這麼精彩的談話，我得好好聽聽你和貪婪的瑪門是怎麼瓜分我的領地和財產的。」阿斯蒙蒂斯大笑了起來。

瑪門向阿斯蒙蒂斯攤開雙手，「好了，阿斯蒙蒂斯，你我已經有數千年的交情了，在這幾千年裡，你收集你的美女，我收集我的財富，我們互不干涉，如果我幫助你消滅了大撒旦了路西法，你就又可以奪回你的領地了，這樣不好嗎？」

「當然，瑪門，你所說的我完全同意，可惜我怕你沒有這個能力。」阿斯蒙蒂斯再度大笑起來。

瑪門露出憤怒的表情，一連被薩坦尼埃爾和阿斯蒙蒂斯嘲笑令他感到十分難看，「阿斯蒙蒂斯，你敢小看我。」

「不不不，瑪門，你錯誤理解了我的意思，不知道你是否記得數千年前發生的事，就是我們還在天上時發生的事。」阿斯蒙蒂斯說。

「數千年前？」瑪門再度用手托住下顎，「時間太久遠了，要讓我好好想想。」

「瑪門，看來你只對那些成堆的財富感興趣，我來提示你一下，就在我們獲得撒旦的靈魂碎片之前，發生了一些事，你是否還記得？」阿斯蒙蒂斯說。

瑪門恍然大悟，「我想起來了，你說的是那件事。」

阿斯蒙蒂斯向瑪門使了個眼色，瑪門沒有繼續說下去，薩坦尼埃爾明白阿斯蒙蒂斯眼神表達的意思。

瑪門轉向薩坦尼埃爾，「薩坦尼埃爾，你退下吧，我的僕人會給你安排飲食和房間，我和阿斯蒙蒂斯還有些事情要談，你放心，我會盡力幫助你消滅路西法，而你要記得你的承諾。」

「那些瓜分我領地和財富的承諾。」阿斯蒙蒂斯大笑了起來。

瑪門走到阿斯蒙蒂斯身邊，低聲說，「阿斯蒙蒂斯，這可不是開玩笑的時候。」

薩坦尼埃爾明白只要他在場，兩個惡魔就不會繼續這場談話，只好轉身離開瑪門的宮殿，僕人關好大殿的門。

薩坦尼埃爾回到走廊上，滿腹狐疑，搖了搖頭，跟著僕人來到自己的房間。

此時的大殿上，兩個惡魔正在低聲說些什麼。瑪門的情緒相當激動，而阿斯蒙蒂斯則不慌不忙。在交談過後，阿斯蒙蒂斯轉身離開，只留下瑪門獨自在金碧輝煌的宮殿之中，瑪門不停地在大殿裡踱步，低頭沉思著，陰晴不定的臉上變得十分陰鬱。

路西法的軍隊很快從阿斯蒙蒂斯的城堡出發，向著瑪門的城堡進發，瑪門的領地顯得更加荒蕪，昏黃色的天空下村落破敗不堪，惡魔們都用無助的眼神看著這支由天使們和惡魔組成的軍團，看得出來這些惡魔們飽受饑餓的折磨。

阿斯蒙蒂斯很快和路西法會合，他隱瞞了和薩坦尼埃爾、瑪門的談話，只是將他在瑪門城堡裡見到的一切告訴路西法。

路西法向著城堡進發的消息已經傳到瑪門耳中，瑪門走到王座的後面，旋動王座背後的機關，王座後面的牆出現了一道石門，石門後面是一條漆黑悠長的通道，瑪門點燃火把，走進通道，石門在他的身後關閉。

瑪門走到通道的盡頭，一座金屬打造的厚重大門出現在他的面前，他拿出鑰匙，扭動鎖匙，大門向兩側打開，耀眼的金色光芒從門的另一端放射出來。

這座隱藏的房間裡堆滿了無數的金銀珠寶，成堆的金條整齊地碼放在房間的一側，而另一側的箱子裡裝滿了各色奇異的珍寶，在房間的正中散亂的堆放著一些寶石和珍珠，連房間的四壁和地面都是白銀鋪設而成的，看著眼前放射出各色光華的財寶，瑪門搖了搖頭。

瑪門那深藍色的瞳孔裡流露出戀戀不捨的表情，眼淚不由得從眼眶中流了下來，他單腿跪地，用右手一捧一捧地抓起地上的財寶，搖了搖頭。

「看來這些財寶終究不屬於我，如果如阿斯蒙蒂斯所說，我也終將如數千年前一樣成為這位黑色羽翼的天使的僕人，而這些財寶將會成為給這位主人的獻禮。」

瑪門說完癱坐在地面上，面對著成堆的金銀珠寶如孩子般嚎啕大哭，最後疲倦得倒在財寶上睡著了。

經過了長時間的跋涉，路西法的軍隊終於出現在瑪門城堡的前面，瑪門穿好黃金鎧甲，佩戴好長劍，帶領著惡魔們出現在路西法的面前。

瑪門的金色鎧甲在昏黃的天空之下顯得異常耀眼，劍鞘和劍柄鑲嵌的寶石也散發著光芒，瑪門用手指捋了捋嘴唇上上翹的鬍鬚。

「你就是路西法？」瑪門大聲說。

「沒錯，你就是瑪門，地獄中司貪婪的瑪門。」路西法大聲回答。

「看來大撒旦和阿斯蒙蒂斯告訴了你關於我的一切。」瑪門露出笑容。

「束手就擒吧，瑪門。」大撒旦說。

「大撒旦，我們互不干涉有幾千年了吧，你為什麼幫助一個天使破壞地獄的秩序？」瑪門說。

「瑪門，眼前的這個黑色羽翼的天使才是地獄的主人。」大撒旦說。

瑪門發出輕蔑的大笑，「雖然他的樣貌與數千年前一模一樣，但我依然要看看這個天使有沒有這個能力。」

站在路西法背後的阿斯蒙蒂斯聽到瑪門說的話，搖了搖頭，露出一絲不屑的笑容，「看來瑪門還是想為了自己的財富賭一賭，那就讓我拭目以待。」

瑪門拔出劍，振動骨翼，向路西法衝來。他揮動長劍，向路西法的左肩砍去，路西法縱身向後一躍，躲開了瑪門的攻擊，劍尖向瑪門刺去，瑪門揮劍抵擋。天使和惡魔在天空中不斷飛舞，兩把武器不斷接觸，擦出火花。

撒旦之力源源不絕地從路西法的身體裡湧了出來，劍的速度也越來越快，瑪門疲於應付，一邊抵擋一邊後退。

看到眼前的一切，薩坦尼埃爾搖了搖頭，「瑪門，連阿斯蒙蒂斯都不能戰勝的路西法，你怎麼可能是他的對手！」

此時的阿斯蒙蒂斯也露出輕蔑的笑容，「瑪門，連我都不能戰勝的你，怎麼可能戰勝擁有撒旦之力的路西法。」

瑪門拚命躲開了路西法的進攻，退後一步，站在路西法的面前。

「投降吧，瑪門。」路西法說。

「路西法，你太小看我了。」瑪門大笑了起來。

瑪門口中低聲念動咒語，昏黃的天空瞬間變成了赤紅色，荒蕪的大地上也變得異常灼熱，乾枯的樹木好像要燃燒了一般，一股熾熱的空氣沿著大地傳播開來。

「路西法，我想連阿斯蒙蒂斯和大撒旦也不知道，我和你們的高階天使一樣，能操控自然之力，你們應該榮幸，在這數千年裡你們是極少數有幸看到我的炎之鬥甲的惡魔了。」

瑪門發出大笑，身體的鎧甲和劍瞬間被赤紅色的火焰所包圍，熾熱的天空中變得火紅一片，陰雲瞬間散去，瑪門向天空舉起劍向下揮動，一團一團火焰向路西法的軍團而去，路西法的戰士們忙著用盾牌抵擋。火雨過後，燃燒的火焰包圍了路西法的軍隊的四周，被火焰燒著的惡魔們四散奔逃。

瑪門將劍一揮，惡魔們奮力向路西法的軍隊衝來，四天使長和大撒旦拚命抵擋著瑪門軍隊的進攻。

薩坦尼埃爾看到這一幕，驚訝得瞪大了眼睛，「我以為只有天使擁有自然之力，沒想到瑪門居然也能操縱火焰。」

路西法一邊揮劍斬殺著衝過來的惡魔們，一邊暗暗思忖，「瑪門一直號稱有和我同等的力量，沒想到是真的，這力量即使是我們在天上時我也不曾見過，這力量如同智天使拉斐爾的火焰之劍一樣。」

路西法的軍團一時間落入被動，節節敗退，路西法明白只有戰勝瑪門，才能結束這場陷入困境的戰鬥，他握緊劍向著瑪門衝去。

瑪門也看到了路西法衝來，他揮舞著包裹著赤紅色火焰的劍，向路西法衝去。

路西法揮動光明與黑暗的雙刃劍，向瑪門猛攻過去，瑪門不慌不忙地抵擋著路西法的進攻，瑪門的劍接觸到路西法鎧甲的一瞬間，路西法都能夠感覺到熾熱的火焰灼燒皮膚的痛楚。瑪門的劍越來越快，劍鋒帶來的力量似乎都能把空氣燒著一般，瑪門甚至在一瞬間完全壓制了路西法，幾劍過後瑪門再度退後一步。

「路西法，原來你只有這點力量，看來阿斯蒙蒂斯所說的也不過如此，你和那個黑色羽翼的六翼天使不同，不必弄髒我的劍，受死吧！」瑪門說。

瑪門把劍收回劍鞘，右手張開，路西法頓時感到一股巨大的力量控制了自己的身體，動彈不得。瑪門左手舉起，一股火焰從掌心升起。

「死吧，天使，這是你來到地獄的代價。」瑪門手中的火焰瞬間向路西法襲來，包裹住了他的全身。

路西法消失在這片巨大的火焰當中，瑪門發出一陣大笑。

路西法瞬間失去了知覺，陷入一片黑暗之中，等他睜開眼睛，一個穿著漆黑色戰甲的惡魔出現在他的面前。

「路西法，你是我所選擇的撒旦的繼承人，只要你利用從阿斯蒙蒂斯身上取得的撒旦之力，哪怕只是我的力量的一小部分，也足以戰勝瑪門。」這個穿著漆黑色戰甲，帶著黑色面具的惡魔說。

「你究竟是誰？」路西法說。

「我就是在你身體裡的產生於無盡混沌和黑暗之中的撒旦，你得到了我的靈魂碎片，就擁有了我的力量。」這個聲音悠遠而厚重，漆黑戰甲的惡魔化作一道光，消失在路西法的身體裡。

路西法睜開眼睛，火焰已經包圍了他的全身，眼前被赤紅色所覆蓋，他喃喃低語，「撒旦靈魂啊，燃燒吧！」

路西法的身體被黑色的光芒所覆蓋，火焰散去，路西法完好無損地出現在瑪門面前。

瑪門露出驚訝的表情，這時路西法的身體裡傳來巨大的鳴響，瑪門感到自己的身體也跟隨著這巨大的鳴響開始顫抖。

「難道你真是那個黑色羽翼的天使？」瑪門說，「這是撒旦的靈魂碎片在共鳴。」

瑪門降落地面，自言自語地說，「看來撒旦之力註定不屬於我，數千年的命運早已註定。」

瑪門單腿跪地，大聲說，「路西法大人，我瑪門願意成為你的僕人。」

戰鬥在這一瞬間停止了，兩邊的惡魔們都看著眼前這一幕，動彈不得。

路西法張開雙臂，瑪門的身體再度浮向空中，一道赤紅色的光束從瑪門身體中飛出，進入路西法的身體裡。

惡魔們紛紛放下武器，拜伏於地。

薩坦尼埃爾看到眼前的一切，搖了搖頭，「阿斯蒙蒂斯和瑪門，你們到底隱藏了些什麼秘密，看來是我離開的時候了。」

薩坦尼埃爾振動羽翼，向著天空飛去，很快和再度翻滾的烏雲融為一體，不知所蹤。

第6章　海之統帥利未安森

當瑪門打開王座後的秘密通道，領著路西法來到密室之前時，這個惡魔滿臉都是失望和不安，他露出孩子一般戀戀不捨的表情，把鑰匙放進鎖扣當中，扭動鎖匙。厚重的金屬大門緩慢向兩旁打開，成堆的財寶再次出現。

與路西法同來的大撒旦和阿斯蒙蒂斯頓時驚訝得睜大眼睛，看著眼前一片金光閃耀，瑪門扭過頭去，暗自擦了擦流出來的眼淚。

「路西法大人，這是我城堡裡所有的財富。」瑪門說。

路西法也對眼前的巨大寶庫感到十分驚訝，看著眼前的一切，各色財寶閃耀的光輝映得整座密室光亮異常。

「沒想到你積累了這麼多財寶。」阿斯蒙蒂斯說完笑了起來，「瑪門的貪婪果然名不虛傳。」

瑪門轉過身來狠狠瞪了阿斯蒙蒂斯一眼，看到瑪門的眼神，阿斯蒙蒂斯笑得更凶了。

「路西法大人，有了這些財寶，我想我們拮据的財政狀態就能解決了。」大撒旦說。

「瑪門，感謝你。」路西法說。

路西法的感謝讓瑪門不知所措，先前對財富的不捨再度湧上心頭，兩行眼淚沿著臉頰流了下來。

「路西法大人，能聽到你這樣的話讓我很感動。」瑪門說。

「瑪門，恐怕你的眼淚是為了這些即將離開你的財寶流的吧。」阿斯蒙蒂斯說完大笑了起來。

聽到阿斯蒙蒂斯的話，大撒旦也笑了起來。

瑪門再度狠狠地瞪了阿斯蒙蒂斯一眼，看到瑪門的表情，阿斯蒙蒂斯笑得前仰後合。

瑪門的巨額財富很快被用於幫助惡魔們重建家園和恢復生產之中，這筆巨額的金錢很快讓路西法和領地的惡魔們擺脫了困境。

這段時間裡路西法除了每天處理政事，就是獨自站在城堡的陽臺之上，抬頭仰望佈滿烏雲的昏黃色的天空，他時常懷念起天界那明亮太陽下的晴朗天空，以及大地之上滿眼的綠色，常常回憶著希望之谷滿山遍野的血紅之花，和他的那些長眠於地下的族人們。

路西法的領地內又恢復了勃勃生機，在瑪門的幫助下，所有難題均迎刃而解。路西法把四天使長、大撒旦、阿斯蒙蒂斯和瑪門請到宮殿的會議室來，商討下一步的對策。

「恐怕我們下面將要面對的是茫茫大海了。」大撒旦搖了搖頭。

「是啊，路西法大人，要想繼續進攻，完成統一地獄的任務，只有跨過我們眼前的茫茫大海，才能夠到達地獄的另一塊大陸。」阿斯蒙蒂斯說。

路西法低頭沉思一下，「各位大人，我們的飛行部隊不能夠橫跨這片海域嗎？」

「路西法大人，想必瑪門大人對這片海域更加熟悉。」大撒旦說。

瑪門用修長的手指扣了扣腦門，「眼前這片海域太寬闊了，恐怕我們沒有能力靠飛行度過，而且……」

路西法看出瑪門似乎還有話要說，「繼續說下去，瑪門大人。」

「路西法大人，我必須要說，這片廣大的海域由一位惡魔守護，這位惡魔也擁有強大的撒旦靈魂碎片的力量。」瑪門說。

「路西法大人，我想瑪門說得對，這片海域確實由一位惡魔把守。」阿斯蒙蒂斯說。

「海之統帥利未安森……」大撒旦似乎在自言自語。

「是的，海之統帥利未安森。」瑪門皺起眉頭。

「各位大人，能不能詳細地告訴我有關這位利未安森的事。」路西法說。

「地獄中司嫉妒的利未安森，大海上的王者，海洋的統帥，擁有撒旦靈魂碎片之力的惡魔，傳說中能操控水之力。」大撒旦說。

「是啊，大撒旦說得沒錯，利未安森隱居於海洋，這傢伙一直有一顆嫉妒一切的心。而且這位嫉妒的惡魔是一位美麗的女子。」阿斯蒙蒂斯說。

「好吧，看來我們只有在大海上征服這位海之統帥了。」路西法站起身來，「大撒旦大人，請你負責建造船隻。」

大撒旦點了點頭，「放心吧，路西法大人。」

路西法轉向四天使長，「各位大人，在我們遠征的這段時間裡，你們要負責領地內的防務。」

「是，路西法大人。」四天使長回答。

「瑪門大人，你要留下幫助四天使長。」路西法說。

一個月的時間過去，大撒旦的船隻準備完畢，路西法的軍隊陸續登上大船，巨型的木船漂浮在海面上，猶如一個個移動的巨大堡壘，白色的風帆迎風飄動。

路西法站在船頭上，看著眼前一望無際的藍色大海，第一次與巨大水域的接觸曾經給他帶來了巨大的不愉快，面對眼前吉凶未卜的藍色海洋，路西法內心複雜萬分，他想起那些隱藏在濃霧下的天使，搖了搖頭。

艦隊迎風起航，惡魔水手們轉動圓形的輪盤，將巨大沉重的錨從水底拖出，船開始向著海的深處前進。

隨著航船的深入，天空逐漸放晴，大海上的一切與陸地上似乎完全不同，路西法感到十分驚訝，淡藍色的光將海水照射得波光粼粼，路西法那顆陰霾的心似乎也被美麗的景色所驅散。

路西法抬起頭來尋找那股美麗的藍色光芒的源頭，他赫然看到在正前方的天空中飄浮著一個身著鱗甲、容貌美麗的女性惡魔，女性惡魔的全身散發著淡藍色的光，如海水一般顏色的披風隨風飛舞。

「路西法大人，前面的惡魔一定是利未安森。」阿斯蒙蒂斯的聲音從路西法的背後傳了過來。

利未安森發出一陣笑聲，隨著笑聲傳來的是一股巨風，海面上掀起數米高的海浪，船體在海浪下搖搖晃晃，路西法振動羽翼，從甲板上一躍而起，向著利未安森衝去。

利未安森雙手合十，念動咒語，一股巨大的水牆從海面上騰空而起，直衝雲霄，阻隔在利未安森和路西法之間。

利未安森拔出劍，揮動向前，淡藍色的亮光包圍水面，從水底出現了無數隻小船，小船之上手持三叉戟的魚頭惡魔縱身一躍，跳上路西法艦隊的甲板，這些魚頭惡魔身形矮小，身上穿著厚厚的鱗甲，赤著雙腳，長滿了腳蹼的腳趾異常突出，像兩個吸盤牢牢吸在甲板上。

魚頭惡魔們開始進攻，他們在甲板上跳來躍去，襲擊在甲板上站立不穩的路西法的士兵們。

一時間不知所措的惡魔們四散逃開，形勢陷入了危急，阿斯蒙蒂斯、大撒旦率先從甲板上飛起。

「快，所有戰士們離開船。」大撒旦大聲喊著。

路西法的戰士們此時才如夢方醒，一個個振動骨翼從甲板上脫離，飛上天空的戰士們開始用弓箭還擊他們的敵人，魚頭惡魔們紛紛被射中，倒在甲板上。

利未安森看到眼前的一幕，吹起口哨，魚頭惡魔們紛紛跳入水中，消失在大海之中。

利未安森發出一陣笑聲，柔媚的聲音傳來，「路西法，這只是一個警告，看來你的戰士也不過如此，我在海中心的城堡中等你。」

利未安森話說完，全身釋放出巨大的藍色光芒，消失在水牆之後，水牆瞬間消失，大海也恢復了平靜。

路西法返回甲板，大撒旦和阿斯蒙蒂斯來到路西法的面前。

阿斯蒙蒂斯搖了搖頭，「路西法大人，看來利未安森操控水之力的傳聞都是真的。」

「是啊，利未安森的水上軍團真是難對付。」大撒旦說。

「我們的戰士都不擅長在大海上作戰，這可真是可棘手的問題。」阿斯蒙蒂斯說。

「其實並非如此，如果我們飛上天空，那麼一切將對我們有利。」大撒旦說。

「我同意大撒旦的意見。」阿斯蒙蒂斯聳了聳肩。

路西法的艦隊繼續出發，不知道過了幾個晝夜，瞭望的水手報告在前方出現了一艘巨大的航船。

路西法飛上天空，看到利未安森站在巨大航船的甲板上，魚頭惡魔們奮力搖動著巨大的船槳，巨大航船猶如一座浮動的堡壘，利未安森也看到了路西法，他從甲板上飛起，來到路西法的面前。

利未安森擁有深藍色的深邃瞳孔，全身覆蓋著淡藍色的鱗甲，柔美的臉龐上浮現出一絲輕蔑的微笑。

「路西法，我以為你會受到教訓，離開我的領地。」利未安森的聲音沿著大海飄蕩開來。

「這是屬於我和你的戰鬥，就由你和我來決定。」路西法說。

利未安森發出一陣陰柔的笑聲，海水也跟著利未安森的笑聲翻滾起來。

「路西法，我佩服你的勇氣，我接受你的挑戰。」利未安森取出背上背著的三叉戟。

路西法拔出劍，向著利未安森猛衝過來，利未安森輕巧地閃過攻擊，揮動三叉戟，四周水面升起無數水柱，包圍住了路西法。

「路西法，讓你看看我的水之牢獄。」利未安森再次笑了起來。

路西法奮力衝向天空，但是四周巨大的水柱也隨著他一起向上升起，突然利未安森從水柱後面飛出，三叉戟的尖端刺進了路西法的左臂，路西法揮劍砍去，利未安森向後一閃，再次消失在水柱之後。

利未安森在巨大的水之牢獄的隱蔽之下，不斷穿梭於水牆內外，手中的三叉戟一次又一次地從路西法的身體上劃過，路西法的血染紅了鎧甲。

路西法將劍指向天空，「撒旦啊，請將你的力量賦予我，我將燃燒自己的生命將你的力量發揮到極致。」

一股巨大的黑色光芒從路西法的身體裡湧出，這股黑色光芒化作一陣大風，吹得惡魔們睜不開眼睛，大風過後水之牢獄消失無形，利未安森出現在路西法的對面。

阿斯蒙蒂斯露出一絲笑容，「利未安森你已經無處藏身了，現在才要看看你的真實力量。」

利未安森再次發出一陣笑聲，「路西法，看來我小看了你的實力，你將有幸見到地獄中海之統帥的真正力量。」

利未安森舉起三叉戟，口中念動咒語，淡藍色的海水從海面升起，包裹住了利未安森的全身。

「是水之鬥甲！」阿斯蒙蒂斯說，「和瑪門相同的力量。」

利未安森揮動三叉戟向路西法猛攻過來，路西法的劍也釋放出黑色的光芒，路西法閃過利未安森的進攻，揮劍砍去，鋒利的劍刃接觸利未安森身體的一剎那，被水之鬥甲化解，鬥甲隔開了利未安森和路西法的劍。

利未安森的三叉戟放射出耀眼的藍色光芒，一道閃光向路西法襲來，路西法向一旁閃身，閃光掠過路西法的肩頭，銀色的鎧甲瞬間被割破，鮮血沿著傷口流了出來。

「看來我們都小看了利未安森的力量了。」阿斯蒙蒂斯搖了搖頭，「大撒旦，按照目前的形勢，路西法很難戰勝利未安森。」

「阿斯蒙蒂斯，我對撒旦靈魂的力量深信不疑，擁有了兩塊撒旦靈魂碎片的路西法一定能夠戰勝利未安森。」大撒旦說。

「大撒旦，那就讓我們拭目以待吧。」阿斯蒙蒂斯說。

路西法和利未安森的戰鬥還在持續，此時的路西法已經盡落下風，利未安森不斷用三叉戟威脅著路西法，路西法一邊躲閃，一邊尋找機會。瞬間，利未安森再次刺中了路西法，路西法的身體一晃，險些落入海中。

「路西法，看來你仍然沒有明白我的意思，你還不懂得如何運用撒旦之力。」路西法的腦海中再次傳來撒旦的聲音。

「撒旦，我不明白你的意思。」路西法自言自語。

「燃燒你天使的純潔靈魂，和我融合為一體。」撒旦的聲音再度響起。

「好吧，看來我只有捨命一搏了。」路西法說。

路西法握緊劍，閉上眼睛，一股潔白的閃光籠罩全身，隨後銀色的閃光漸漸退去，漆黑色的閃光包圍住了路西法。劍身由明亮化作黑暗，放射出耀眼的黑色光芒，一股死亡的氣息沿著劍刃向空氣中散開。

利未安森也感覺到了這股巨大的力量，她揮舞起三叉戟，向路西法刺來。路西法用劍一揮，一道巨大的傷口出現在利未安森的手臂上。

利未安森露出驚恐的表情，「這究竟是什麼力量？」

大撒旦的聲音從空氣中傳了過來，「利未安森，你並不是撒旦靈魂的繼承人，放下你的武器吧，你根本無法完全使用撒旦之力，眼前的路西法才是撒旦靈魂真正的主人。」

利未安森再次笑了起來，「我要看看撒旦靈魂的繼承人究竟有多大的力量。」

利未安森揮動三叉戟，向路西法猛衝過來，路西法的劍在空中劃過一道閃光，這道閃光穿過利未安森的右肩，利未安森的身上出現一條巨大的傷口。

「看來我不是你的對手，路西法，我願意成為你永遠的僕人。」利未安森降落到巨大航船之上，跪在甲板上。

「利未安森，我接受你的忠誠。」路西法說。

利未安森再次振動骨翼，出現在海面之上，一道藍色的閃光從利未安森身體中飛出，飛入路西法的身體，撒旦靈魂碎片發出巨大的共鳴，海水也跟著蕩漾起來，一股淡藍色的光芒從路西法的身體裡散射而出，將海水映照得異常明亮。

與此同時，天界大聖城，彌賽亞已經從天界各地的巡迴中返回，他獨自坐在大聖城宮殿的房間之內，似乎在思考著什麼。

夜幕慢慢降臨，太陽離開了大地，月亮悄悄升起，黑色籠罩著大地，彌賽亞站起身來，走到陽臺的門口，赫然看到一個纖細的黑影站在房間的陽臺上。

「是誰？」彌賽亞大聲說。

一個女性的柔美的聲音傳了過來，「彌賽亞，過了數千年，看來你已經把我忘記了。」

「是你！」彌賽亞說。

「對，是我，彌賽亞，你認出我來了。」這個聲音說。

「數千年了，自從那場戰鬥之後，你就消失無蹤，我以為你早已隱藏於黑暗之中，為什麼又再度現身。」彌賽亞說。

「因為路西斐爾來了，那些屬於我們的這些曾經存在於天界的記憶又將重現於世。」這個聲音說。

「已經過了數千年，你依然對路西斐爾充滿了執著。」彌賽亞搖了搖頭。

「彌賽亞，這是我對路西斐爾的愛戀，雖然經歷了數千年，卻依然存在於心中。」這個聲音說完，化作一道閃光，消失在夜空之中。

彌賽亞搖了搖頭，「即使如此美麗的你，也難逃感情的糾葛和羈絆。」

彌賽亞抬起頭，看著漆黑色的夜空，明亮的月亮高懸在空中，彌賽亞用手托住下顎，閉上眼睛。

在利未安森的巨大航船之上，路西法抬頭看著漆黑的夜空，夜風帶來溫濕的空氣，海潮的微香四散飄蕩開來。

第7章　水火不容的惡魔

巨大航船繼續向著海的盡頭航行，路西法、大撒旦、阿斯蒙蒂斯和利未安森坐在船上的會議室內。

利未安森首先站起身來，「路西法大人，請原諒我刺傷大人的罪過。」

路西法露出笑容，「利未安森，一切都過去了，我想聽聽關於你的事。」

「是啊，像謎一般存在的海之統帥利未安森，大海的操縱者。」阿斯蒙蒂斯說。

「阿斯蒙蒂斯，我想你對我的評價過譽了，我來到大海之上也是迫不得已。」利未安森搖了搖頭。

「迫不得已？擁有如此強大之力的你，怎麼會說出這種話。」阿斯蒙蒂斯說。

利未安森美豔的臉上露出一絲苦笑，「因為在海的盡頭的陸地上，有我的死敵，為了躲避敵人的追殺，我才來到大海之上。」

「也就是說，在海的盡頭，還有比你更加強大的敵人。」路西法說。
「是的，路西法大人，確實如此。」利未安森說。
「在地獄的深處有更為強大的敵人，這並不令我感到意外。」大撒旦說。
「是的，大撒旦，你說的沒錯。」利未安森回答。
「利未安森，詳細說一說海的盡頭的情況。」路西法說。
利未安森低頭沉思了一下，「我只能說說我所知道的一切，數千年前地獄深處的聖主消失了，惡魔們四分五裂，海的盡頭的大陸原先由我的家族和另一個家族佔據，後來一位力量強大的惡魔到來之後，另一個家族的族長向這位惡魔臣服，由於我的家族拒絕拜倒在這群惡魔的腳下，這群惡魔便派遣另一家族對我進行追殺。」
「我想追殺你的惡魔就是巴力毗爾了。」阿斯蒙蒂斯說。
「你說的沒錯，阿斯蒙蒂斯，巴力毗爾幾乎將利未安森家族的惡魔屠殺殆盡，我被迫逃到大海之上，你們看到的那些魚頭惡魔就是這座大海上原來的主人，這些惡魔是低等惡魔，不懂得思考，只懂得服從。」利未安森說。
「巴力毗爾是司怠惰的惡魔，沒想到還有這樣一面。」大撒旦說。
「巴力毗爾的怠惰是因為他喜歡安逸，不思進取。」利未安森說。
「原來如此，看來我們對巴力毗爾有很多誤解。」阿斯蒙蒂斯說。

「巴力毗爾的力量與我不相上下。」利未安森說。

「看來我們面前的敵人依然十分強大。」大撒旦說。

「巴力毗爾固然強大，但是並非不可戰勝，那些不知身份的惡魔才更為可怕。」利未安森說。

「利未安森，你是否瞭解這些惡魔的真實身份？」大撒旦說。

「我從數千年前起就一直在秘密調查這些惡魔的身份，但是很遺憾這些惡魔始終隱藏在重重迷霧當中。」利未安森搖了搖頭。

「看來我們將面臨更為嚴峻的挑戰。」路西法站起身來。

航船繼續航行，數天後終於看到了路地，到達港口之後，路西法決定和阿斯蒙蒂斯、利未安森前往港口城市調查。

進入港口城市，這裡的一切令路西法感到十分驚訝，這裡街道規劃整齊，市集喧囂，看起來和天使的城市沒有什麼兩樣。

路西法一行來到港口的一個小酒館當中，要了兩杯酒，坐了下來。老闆娘是個穿著碎花布裙子的美麗惡魔女子，自從進入酒館以來，阿斯蒙蒂斯的眼睛就被酒館老闆娘吸引。

老闆娘把酒端上桌子，正準備轉身離去，阿斯蒙蒂斯伸手握住老闆娘纖細的小手，露出招牌的好色的笑容，「老闆娘，別著急，可不可以坐下來聊一聊。」

老闆娘轉過身，輕巧地把手從阿斯蒙蒂斯的手中抽出，「客人，如果要說話，我願意奉陪，但如果你還有別的什麼非分之想，我只能叫衛隊了。」

阿斯蒙蒂斯覺得自討沒趣，只得收回手。看到阿斯蒙蒂斯的窘相，利未安森和路西法忍不住笑了起來。

「老闆娘，生意看起來還不錯。」路西法說。

「這位客人想必是外來的吧。」老闆娘說。

路西法聽到老闆娘的話，用力拉了拉寬大的帽子的前沿。

「老闆娘，我記得這裡原來並沒有城市和港口。」利未安森說。

「你說的沒錯，這還要感謝那些來到這裡的惡魔們，他們結束了這裡數千年的戰爭，讓惡魔們的生活恢復了平靜。」老闆娘回答。

「這可真讓我們感到驚奇。」阿斯蒙蒂斯說。

「是啊，說來也十分奇怪，原來這裡屬於利未安森大人和巴力毗爾大人的領地，利未安森大人和巴力毗爾大人由於性格的原因倒也算是相安無事，可惜領地裡的惡魔們大多喜歡恃強凌弱，這裡的秩序也曾經一片混亂。」老闆娘說。

路西法和阿斯蒙蒂斯聽到老闆娘的話，看了利未安森一眼，利未安森不好意思地低下頭。

老闆娘沒有理會路西法和他的夥伴，繼續自顧自地說下去，「我聽我的祖輩們說，數千年前那群不知來歷的惡魔來到這裡之後，利未安森大人被迫離開大陸前往海的深處，而巴力毗爾大人則降伏在這些惡魔手下，這些惡魔整治了混亂的秩序，在這片大陸上建立了新的國家，從此惡魔們不再肆意殺戮，而是安心生活。」

「看來這位新的國家的國王確實令人尊敬。」路西法說。

「是啊，惡魔們第一次體會到了和平的生活，這樣的平靜就這樣延續下來，想想之前利未安森大人和巴力毗爾大人在的時候都是些什麼日子啊，真讓我們感到失望。」老闆娘搖了搖頭。

聽到老闆娘的話，利未安森的臉變得更紅了。

「老闆娘，不知道你口中的這位國王叫什麼名字？」路西法問。

「說實話，我們這些平民是不知道國王的名字的，這位國王對我們來說也是個謎。」老闆娘回答。

「那麼你們總知道這片領地的主人吧。」利未安森說。

「你說這片領地啊，屬於巴力毗爾大人，自從那些惡魔來到之後，巴力毗爾大人一改怠惰的習性，居然認真治理起自己的領地來，也多虧了巴力毗爾大人，這裡變得越來越熱鬧了。」老闆娘回答。

「謝謝，老闆娘。」路西法站起身，將金幣放在桌子上。

路西法一行離開城市，回到船上，將聽到的一切告訴大撒旦，大撒旦對城市的繁榮也感到十分驚訝，大撒旦提議路西法去會見巴力毗爾，盡量不要破壞城市的安寧和惡魔們的平靜生活。

路西法對大撒旦的提議表示贊同，利未安森和阿斯蒙蒂斯決定陪同路西法前往巴力毗爾的城堡，大撒旦則負責艦隊，路西法囑咐大撒旦不要將艦隊暴露在港口周邊，避免產生不必要的麻煩。

第二天清晨，路西法一行再度出發，他們穿過港口城市，向著巴力毗爾的城堡前進。離開城市之後，天空開始變得幽暗，烏雲越積越多，看起來陰雨將至。

路西法一行加快了步伐，很快烏雲之下出現一座冰冷的城堡，城堡之中星星點點的光亮在漆黑的窗口中閃動。

城堡門口的衛兵已經看到路西法一行正向城堡走來，大聲叫喊讓他們停下。

「告訴巴力毗爾，就說我利未安森來了。」利未安森大聲說。

聽到利未安森的名字，衛兵露出驚慌的表情，看到衛兵的樣子，利未安森笑了起來。

衛兵慌慌張張地來到路西法一行面前，路西法、阿斯蒙蒂斯和利未安森在衛兵的帶領下走進城堡當中，踏上黑色光亮的大理石地面，冰冷的石柱一直延伸到城堡頂端，很快一座雕飾精美的大門出現在路西法的面前，衛兵打開門，大廳的正中王座上坐著一個身材中等的惡魔。

這個惡魔看起來依然年輕，棕紅色的短髮，明亮的雙眸，嘴角微微翹起，露出一絲不屑一顧的微笑。

看到路西法、利未安森和阿斯蒙蒂斯走進來，巴力毗爾站起身來。

「我以為是誰來了，原來是我的老朋友利未安森。」巴力毗爾發出輕蔑的大笑。

「巴力毗爾，我和你的賬還沒算完呢。」利未安森咬緊嘴唇。

「看來大海讓美麗的你變得焦躁不安了。」巴力毗爾大笑了起來。

「少廢話，巴力毗爾。」利未安森拔出背上背的三叉戟。

路西法向利未安森擺了擺手，「利未安森，等一等。」

「利未安森，沒想到你還帶來了這麼多幫手。」巴力毗爾說。

「幫手？你錯了。」阿斯蒙蒂斯說，「巴力毗爾，對付你我一個人就夠了。」

「阿斯蒙蒂斯，數千年沒見，你還是這樣。」巴力毗爾大笑了起來。

「敢小瞧我，巴力毗爾。」阿斯蒙蒂斯抽出背後的長槍。

「如果你們來找我打架的話，我非常願意奉陪，不過城堡裡的地方太小，我們去外面怎麼樣。」

巴力毗爾說完，振動骨翼從窗口中飛出，阿斯蒙蒂斯和利未安森緊跟在巴力毗爾之後，路西法搖了搖頭，也跟了上去。

巴力毗爾落在城堡的空地上，阿斯蒙蒂斯和利未安森落在他的對面，天空看起來更加陰沉，閃電開始肆意地在空中飛舞。

巴力毗爾拔出劍，看著路西法，「那個穿著厚厚斗篷的傢伙，露出你的真面目吧。」路西法脫下遮蓋身體的斗篷，露出黑色的羽翼，巴力毗爾看到路西法的容貌，瞳孔瞬間放大。

「黑色羽翼的天使，利未安森，看來你找到了好幫手。」巴力毗爾說。

「少廢話，你的對手是我。」利未安森揮舞著三叉戟向巴力毗爾猛衝過去。

巴力毗爾用劍擋住利未安森的三叉戟，兩個惡魔僵持不下，但路西法依然能看出巴力毗爾還有餘力，巴力毗爾用力將劍向利未安森壓去，利未安森奮力向後一跳，閃開了巴力毗爾。

巴力毗爾露出不屑的笑容，「利未安森，經歷了數千年，你依然沒有長進。」

利未安森因為憤怒漲紅了臉，再次向巴力毗爾衝去，巴力毗爾輕巧地躲開利未安森的進攻，揮劍向利未安森砍去，利未安森舉起三叉戟抵擋，兩個惡魔纏鬥在一起。

阿斯蒙蒂斯看到利未安森已經盡落下風，舉起長槍向巴力毗爾襲來，巴力毗爾躲開阿斯蒙蒂斯的槍尖，震開雙翼向著天空飛去。

巴力毗爾懸浮在幽暗的天空之中，「阿斯蒙蒂斯，讓我看看你的力量。」

阿斯蒙蒂斯念動咒語，瞬間消失在黑暗之中，巴力毗爾閉上眼睛，銀色閃電在他的上空劃過。瞬間阿斯蒙蒂斯重現在巴力毗爾的身後，阿斯蒙蒂斯用力刺去，巴力毗爾輕巧地向旁邊閃過，回身一劍砍中了阿斯蒙蒂斯的臂膀。

「阿斯蒙蒂斯，你的隱身之術也不過如此。」巴力毗爾說。

利未安森此時從地面猛衝過來，巴力毗爾將劍一揮，一道傷口出現在利未安森的胸口。

「利未安森，我記得你並沒有如此軟弱，不要白費力氣，你不是我的對手。」巴力毗爾說。

「利未安森，阿斯蒙蒂斯，退下。」路西法大聲說。

「黑色羽翼的天使，終於輪到你了。」巴力毗爾說。

路西法拔出劍，振動羽翼上升到巴力毗爾的對面，「巴力毗爾，投降吧，你的力量不足以戰勝現在的我。」

「我倒要看看黑色羽翼的天使究竟有怎樣的力量。」巴力毗爾說。

巴力毗爾說完，將劍一揮，劍劃出一道銀色的閃光，照亮了昏暗的天空，路西法舉起劍，劍身發出漆黑的閃光，化作一道光牆，巴力毗爾長劍的力量瞬間被彈開。

巴力毗爾露出驚訝的表情，「黑色羽翼的天使，難道你真如數千年前的他一樣？這究竟是什麼力量？」

「巴力毗爾，你確實具有撒旦靈魂碎片的力量，但是我獲得了瑪門、阿斯蒙蒂斯、利未安森的三塊撒旦靈魂碎片，你應該明白，你的力量雖然在利未安森和阿斯蒙蒂斯之上，但如果利未安森和阿斯蒙蒂斯還擁有撒旦靈魂之力，你也未必能夠戰勝聯手的他們。」路西法說。

「原來是這樣，我倒要看看你的力量究竟有多強大。」巴力毗爾說。

巴力毗爾振動羽翼，向路西法飛來，路西法將劍一揮，劍身發出黑色的閃光，巴力毗爾的鎧甲正面立刻被切裂開來，巴力毗爾驚訝得停在原地。

「看來我不可能戰勝你。」巴力毗爾說。

「投降吧，巴力毗爾。」路西法說。

「黑色羽翼的天使，你願不願意告訴我你的名字。」巴力毗爾說。

「路西法。」路西法回答。

「路西法！好熟悉的名字。」巴力毗爾說，「看來我有必要把這一切告訴我的主人。」

巴力毗爾說完，全身放射出劇烈的閃光，路西法用手擋住眼睛，閃光過後，巴力毗爾消失了，一道黑色的閃光向更遠的地方飛去。

「路西法大人，巴力毗爾逃走了。」利未安森說。

「看來我們的行蹤暴露了，戰爭將在所難免。」路西法搖了搖頭。

天空飄下一陣陰雨，微風帶著潮氣沁入土壤之中，閃電收住了它的狂暴，一切回歸於平靜。

路西法的軍隊很快進入了巴力毗爾的領地，雖然這支突然降臨的軍隊引起了惡魔們的恐慌，但是路西法嚴明的軍紀很快令這些平民恢復了平靜。

與此同時，巴力毗爾已經到達了他的主人的城堡中，王座上面坐著的是一個穿著黑色長袍的惡魔，以面具蒙面，臺階之下站立著的三個惡魔也都用黑色長袍包裹著身體，蒙面之下露出一雙雙綻著異樣光芒的眼睛。

「巴力毗爾，想必你被擊敗了吧。」坐在王座上的惡魔聲音低沉有力。

「大人，我實在不是黑色羽翼天使的對手。」巴力毗爾說。

「這我當然知道，以你的力量怎麼可能戰勝路西法。」惡魔說，「我會派我的手下幫助你。」

「大人，非常感謝你的幫助。」巴力毗爾說。

「大人，就派我前往吧，我們和路西法應該有數千年沒見了。」站立在旁邊的一個惡魔向前一步，單腿跪地。

「大人，我也願意和巴力毗爾一同前往。」另一個惡魔說。

「好吧，就由你們和巴力毗爾一起前往。」坐在王座上的惡魔說。

第二天清晨，巴力毗爾和兩個不知身份的惡魔率領著軍隊從王城浩浩蕩蕩地出發了，帶著面紗的惡魔之王站在王城的窗子前，看著眼前的一切，嘴角浮現出一絲冷笑。

第8章　兩個天使幻象

路西法和阿斯蒙蒂斯、利未安森、大撒旦已經獲得了消息，巴力毗爾的軍隊已經越來越接近他們的領地，路西法命令軍隊火速起程，向著巴力毗爾的方向前進，雙方在一片平原上相遇。

路西法一方和巴力毗爾都沒有立刻進攻，雙方都在距離對方不遠的地方安營紮寨，陰暗的天空中彌漫著一股戰爭特有的緊張空氣。路西法明白巴力毗爾此次一定是有備而來，他把三個同伴叫到營帳當中。

與此同時，巴力毗爾和兩個穿著黑色長袍的惡魔也坐在營帳當中，巴力毗爾看起來依然憂心忡忡，但是穿著黑色長袍的兩個惡魔卻不以為然。

夜晚很快過去，雙方都懷著忐忑不安的心情度過了這個不眠的黑夜。清晨破曉，雙方在平原上列陣以待，巴力毗爾站在隊伍的最前面，兩個穿著長袍的惡魔則站在他的身後。路西法一方，阿斯蒙蒂斯和利未安森分列左右，大撒旦站在稍微靠後一點的地方。

「巴力毗爾，投降吧，你不是我們的對手。」路西法大聲說。

「路西法，我們還沒有分出勝負。」巴力毗爾顯然有些底氣不足，他偏過頭看著身後的兩個穿著黑色長袍的惡魔。

兩個穿著黑色長袍的惡魔用銳利的眼神回應了巴力毗爾，巴力毗爾點了點頭。

巴力毗爾振動骨翼，飛上天空，向路西法俯衝過來，路西法也張開羽翼，向著巴力毗爾而來。路西法的劍在空中劃過一道銀色的閃光，昏暗的天空被閃光劃破，巴力毗爾前胸的鎧甲瞬間被切裂開來，路西法揮動手中的劍，劍劃過的軌跡不斷閃爍，巴力毗爾的鎧甲破碎成數塊，從天空中散落下來。

兩邊的惡魔目視眼前發生的一切，他們的身體似乎不聽使喚了一般，一動不動地立在原地。臉上露出驚恐的神色。

路西法的劍再次劃出美麗的軌跡，閃光過後巴力毗爾身上劃出一道道紅色的傷口，鮮紅的血液從巴力毗爾的身體裡湧了出來。

「你們兩個，還不準備出手嗎？」巴力毗爾大聲叫著。

兩個穿著黑色長袍的惡魔發出一陣冷笑，用手抓住黑色長袍用力一拉，長袍被甩到一旁，黑色長袍之下的兩個惡魔的身體瞬間放射出銀色的閃光，照耀得雙方的戰士們都睜不開眼睛。

路西法沿著這道銀色的閃光望去，愕然發現眼前的兩個惡魔背後似乎出現了純白光華四射的羽翼，其中一個擁有著智天使的純白四翼，正是這天使般的羽翼散發出耀眼的銀色光輝。

銀色光輝逐漸褪去，兩個惡魔身後出現了黑色醜陋的骨翼，他們振動骨翼飛上天空，來到路西法的對面。

「巴力毗爾，退下。」兩個惡魔說。

「好吧，接下來是你們的任務了。」巴力毗爾不快地搖了搖頭。

「路西斐爾大人，很久沒見了。」其中一個惡魔說。

這個惡魔身材中等，目光如寒冰般冷酷，高聳的鼻樑之下一張露出不寒而慄的微笑的嘴巴微張著，冷冰冰地吐出這幾個字。

「我似乎並不認識你，而且我並不知道你口中的路西斐爾？」路西法回答。

「路西斐爾大人，我們知道現在的你已經丟失了數千年前的記憶。」那個曾經展現出智天使四翼的惡魔說。

「路西斐爾大人，我是死之沉默天使度瑪。」那個冷酷的惡魔說。

「路西斐爾大人，我是智天使巴貝雷特。」展現出天使四翼的惡魔說。

「你們是天使？」路西法露出吃驚的表情。

「路西斐爾大人，數千年前我們就是天使。」巴貝雷特回答。在地面上聽到路西法和兩個惡魔談話的大撒旦、阿斯蒙蒂斯、利未安森和巴力毗爾無不露出驚訝地神情。

「大撒旦，他們說的可是真的？」利未安森轉過身來看著大撒旦。

大撒旦搖了搖頭，「我也不清楚那些不明身份的惡魔的來歷，如果照他們所說，難道隱藏在地獄深處的惡魔們竟是我們的死敵——天界的天使。」

「大撒旦，你應該注意到，他們失去了象徵著天使榮光的羽翼，卻有著黑色的骨翼。」阿斯蒙蒂斯說。

「阿斯蒙蒂斯，你說的沒錯，正如四天使長重生一般，他們因為落入地獄而失去了天使的榮耀，失去了美麗的純白羽翼。」大撒旦說。

「也許，這兩個惡魔說的全是真的。」阿斯蒙蒂斯自言自語，「和我們一樣，曾經是天界的天使嗎……」

「路西斐爾大人，我們不想和你為敵，如果你願意歸順到我們的王之下，我們願意帶領你前往我們的王的城堡。」度瑪說。

路西法搖了搖頭，「度瑪、巴貝雷特，我所崇尚的是自由，我所追求的是統一地獄，在地獄裡建立起如天堂般的美好國度，只要地獄依然分裂，我就將繼續我的行動。」

「路西斐爾大人，你看到了，在這片領地之中已經猶如天堂般美好，你還在追求什麼呢？」巴貝雷特說。

「智天使巴貝雷特，收起你那套虛偽的說詞吧，在利未安森統治的大海的彼端，幾個神秘的惡魔的戰爭已經持續了數千年。」大撒旦說。

「大撒旦，看來你並沒有接受我們的忠告。」巴貝雷特回答。

「算了吧，巴貝雷特，在你們各自的領地內確實惡魔們都安居樂業，但是你們每一百年就發動一次大戰，造成生靈塗炭，這就是你們所謂的樂園嗎？」大撒旦厲聲說。

「看來大撒旦已經戳穿了你們的面孔。」路西法嘴角浮現出冷笑。

「路西斐爾大人，看來你不準備接受我們的建議，那我們只有得罪了。」巴貝雷特說。

巴貝雷特拔出長劍，身體開始急速旋轉，形成一個巨大的漩渦，劍鋒向著路西法襲來，路西法揮劍抵擋，但巴貝雷特的速度越來越快，步步向著路西法緊逼過來。

路西法退後一步，將劍舉過頭頂，全身散發出黑色的火焰，在巴貝雷特靠近路西法身體的一剎那，路西法揮劍劈下，一道黑色的閃光劃過漩渦，巴貝雷特的左肩被切開了一個很深的傷口。

「巴貝雷特，你的死之旋舞看來不可能戰勝路西斐爾大人，讓我來助你一臂之力。」度瑪大聲說。

度瑪拔出劍，雙手握緊將劍立於胸前，口中念起咒語。

天空中瞬間出現一個黑洞，黑洞四周燃燒著炙熱的烈焰，黑洞之中傳來嬰兒的哭嚎之聲，這聲音越來越大，惡魔們不由得堵住耳朵。

巴貝雷特嘴角劃過一絲冷笑，「度瑪，召喚火焚谷的亡靈，會加重你的罪孽。」

這股哭聲化作一道道透明的閃光，飄浮於天空之中，一張張嬰兒痛苦的臉在天空中閃過，度瑪再度念動咒語，身體發出一道閃光，閃光化作一個半圓的屏障，包裹在巴力毗爾的軍隊四周。

「巴力毗爾，現在是你進攻的時候了。」度瑪說。

巴力毗爾將劍一揮，惡魔們向著路西法的軍隊猛衝過來，路西法的軍隊已經在這陣惡靈的侵擾下失去了戰鬥力，阿斯蒙蒂斯和利未安森拚命率領士兵抵擋，但路西法的軍隊依然節節敗退。

巴力毗爾的惡魔們進攻的態勢越來越兇猛，戰事異常慘烈。巴力毗爾的惡魔們揮舞著武器衝進路西法軍隊的陣營，不斷有惡魔倒下，鮮血在大地上不斷流淌。

「路西法，現在是你使用天使之力的時候了。」大撒旦的聲音傳到路西法耳朵裡。

路西法將劍收回劍鞘，雙手合十於胸前，低聲祈禱，「上天啊，請賜予我天使的純潔之力，讓這些無辜枉死的冤魂重返天堂。」

路西法的身體散發出無數潔白的閃光，閃光化作一個個天使的身影，眾天使高聲祈禱，祈禱聲化作溫婉動聽的旋律，悠揚的歌聲飄蕩在天空之上，啼哭的嬰兒的哭嚎漸漸消失，一個個痛苦的嬰兒臉孔慢慢轉向溫和，在潔白閃光的照耀下露出幸福的表情，消失在昏暗的天空之中。

「路西斐爾大人的力量果然名不虛傳。」度瑪自言自語地說。

度瑪的法術消失之後，戰場之上又恢復了均勢，阿斯蒙蒂斯和利未安森率領著士兵們開始反撲，一時間壓倒了巴力毗爾的軍隊。

「度瑪，我們聯手對付路西斐爾大人。」巴貝雷特向度瑪大喊。

度瑪舉起劍向路西法衝了過來，巴貝雷特也揮舞著劍向路西法襲來，路西法身上發出劇烈的潔白閃光，將兩個惡魔彈開。

「巴貝雷特，度瑪，你們不可能戰勝我，投降吧，拋棄你們數千年浸染的黑暗，恢復天使的心。」路西法大聲說。

「路西斐爾大人，數千年前的你可不像現在這樣對敵人也懷有慈悲之心。」巴貝雷特大聲說。

巴貝雷特和度瑪舉劍向前，路西法沒有躲閃，在劍和路西法身體觸碰的一剎那，巴貝雷特和度瑪的劍破碎成無數碎片。

路西法舉起右手，畫出五芒星的形狀，五芒星化作兩道潔白的閃光，包圍住了度瑪和巴貝雷特，巴貝雷特和度瑪的身體湧出無數黑暗，這些黑暗消失在五芒星的銀色明亮的光芒之中。這銀色閃光之中度瑪和巴貝雷特的背後再次浮現出純白的羽翼，羽翼綻放出燦爛的光芒，將天空映照成明亮的白色。

路西法一方和巴力毗爾一方的戰士們都停下了進攻，看著天空中出現的奇景，路西法降落地面，巴貝雷特和度瑪也隨之降落，跪倒路西法腳下。

「路西斐爾大人，原諒我們的無禮，我們的劍不應該向你揮動。」巴貝雷特說。

「路西斐爾大人，請赦免我們的罪。」度瑪說。

路西法雙手各攙住一個惡魔，兩個惡魔同聲說，「路西斐爾大人，請讓我們重新回到你的身邊，成為你永遠的僕人。」

「我接受你們的忠誠。」路西法大聲回答，這聲音瞬間傳遍整個平原，傳到每一個手持武器的惡魔手裡。

「巴力毗爾，你已經敗了。」利未安森大聲說。

「所有的惡魔，放下武器。」大撒旦大聲說。

大撒旦、阿斯蒙蒂斯、利未安森率先跪倒在地上，所有的惡魔戰士也隨之跪倒於地，只剩下顎力毗爾獨自站立在大地之上。

「巴力毗爾，投降吧，我們不是路西斐爾大人的對手。」巴貝雷特說。

巨大的轟鳴聲從巴力毗爾的身體裡傳了出來，那是撒旦的靈魂碎片在共鳴，巴力毗爾搖了搖頭，露出失望的神情。

「撒旦的靈魂碎片已經選擇了它的主人，路西法大人，請准許我做你的僕人。」巴力毗爾跪了下來。

路西法張開雙臂，和巴力毗爾同時浮現天空，一道黑色的閃光從巴力毗爾的身體裡飛出，停留在路西法和巴力毗爾中間，碎片發出耀眼的黑色閃光，飛入路西法的身體，路西法的身體再次被黑色的火焰包圍，一股巨大的力量從路西法的身體裡傳了出來。

穿著黑色長袍，戴著面具的惡魔站在王城的床邊，他正用那雙威嚴的眼睛看著眼前發生的一切。

「度瑪和巴貝雷特敗了嗎?即便沒有恢復記憶，路西斐爾大人的力量依然如此強大。」這個惡魔似乎在自言自語一般。

與此同時，在地獄深處，那個穿著黑色長袍的黑影露出輕蔑的笑容，「以度瑪和巴貝雷特之力，怎麼可能戰勝路西斐爾呢。」

這個黑影說完發出一陣冷笑，轉過身去，突然他揮動右手，一把匕首從長袍中飛出，從窗子中飛了出去。

「是誰在哪？」黑影大聲說。

「歷經了數千年，你依然是如此冷酷。」一個女子的柔美聲音從視窗傳了過來。

「是你，失蹤了數千年的你又再次重現於世間。」黑影說。

「是啊，隱藏在地獄裡數千年的我們終於有機會再次重聚了。」女子笑了起來。

「看來你依然對路西斐爾充滿了執著。」黑影說。

「那是我對路西斐爾持續了數千年的愛戀。」女子說。

「即使擁有無法比擬的美貌的你，也逃脫不了感情的糾葛。」黑影搖了搖頭。

「彌賽亞也說了同樣的話。」女子再次笑了起來。

「你居然穿過地獄之門去見彌賽亞！」黑影說。

「你不也同樣如此，以你我的能力，穿梭於地獄和天堂之間何等容易。」女子說，「我們這些老朋友終將再次聚首。」

女子的聲音飄蕩在空氣當中，越飄越遠，最後消失在天空的盡頭。

黑影搖了搖頭，再次轉過身去，消失在城堡的黑暗當中。

與此同時，天界神之淨土白之月之上，彌賽亞正畢恭畢敬地跪在神之御座之前，神之御座之上，穿著潔白長袍的神帶著白色的面具，全身包圍在聖潔的閃光當中。

「彌賽亞，你回到神之淨土，究竟有什麼事？」神的聲音威嚴莊重，一下子傳到彌賽亞的心中。

「仁慈的神，我的父，路西法已經再次墜入地獄，並且不斷獲得撒旦之力，這讓我充滿了擔心。」彌賽亞說。

「下界的一切我已經知曉，彌賽亞，即便路西法得到撒旦之力，率領墮天使軍重返天界，恢復了記憶的眾天使長和你的力量也一定能夠取勝。」神回答。

「仁慈的神，我的父，只是……」彌賽亞說。

「彌賽亞，回到第七天吧，這數千年前定下的契約，即使路西法再度覺醒，也無法改變。」神回答。

彌賽亞向神行禮，轉身離開神殿，化作一道銀色的閃光，從神之淨土白之月離去。

神之淨土之上一片靜謐，銀色的大地之上只有那些珍奇的植物閃耀著銀白色的光華，照亮了整個天空。

第9章　鷹之團的戰靈

路西法的軍隊和巴力毗爾的軍隊很快返回了巴力毗爾的城堡，返回的途中路西法看起來若有所思，度瑪和巴貝雷特的出現徹底讓年輕天使陷入迷茫之中，路西法似乎感覺到眼前充滿迷霧，這迷霧重重迭迭，根本看不到邊界。

到達城堡之後，路西法單獨將巴貝雷特和度瑪請到會議室當中，路西法和兩個惡魔分別坐下，路西法還沒有開口，巴貝雷特率先說話。

「路西斐爾大人，也許現在我們應該稱呼你為路西法大人，我知道在你的心中充滿了疑問，但是十分遺憾，你的疑問我和度瑪都沒法為你解答，我想我們的主人才能夠回答你的問題。」巴貝雷特說。

「巴貝雷特，我相信你一定知道什麼。」路西法說。

「路西法大人，原諒我此刻必須保持沉默，只有見到了我和度瑪的主人，我們才會開口說話，那時我相信你的疑問將會迎刃而解。」巴貝雷特說。

路西法失望地搖了搖頭，「看來，我在你們兩個口中不會得到任何有價值的東西了。」

「暫時不會，路西法大人，請原諒。」巴貝雷特回答。

度瑪依然保持著冷酷的神態，坐在一旁一言不發。

路西法看到兩個惡魔如此堅決，再次失望地搖了搖頭，「好吧，你們退下吧。」

兩個惡魔站起身向路西法行禮，離開會議室，大門關閉的一刻，昏暗的房間裡只剩下路西法的身影，他的臉因為光線的陰沉變得異常陰鬱，明亮的雙眸卻依然散發出熾熱的神采，英俊的天使雙手合十抵在曲線優美的下顎上，微紅的嘴唇緊閉著，如雕像般一動不動。

與此同時，王城之中，另一個穿著黑色長袍的惡魔正站在王座之下。

戴著面具的惡魔看著眼前的惡魔，向他點了點頭。

「現在只有你能夠抵擋路西斐爾的進攻了。」戴著面具的惡魔說。

「我的主人，請你相信我，我會在我的領地內阻止路西斐爾的前進。」這個穿著黑色長袍的惡魔說。

「不要輕敵，路西斐爾雖然失去了六翼天使的力量，但是隨著身體裡撒旦靈魂碎片的增多，他的力量正在不斷增長，終有一天封印的力量將會在他的身體中醒來。」戴著面具的惡魔說。

「我的主人，請你放心，我會盡全力阻止路西法的進攻。」穿黑色長袍的惡魔鞠躬行禮，轉身離去。

厚重的王廳大門關閉後，戴著面具的惡魔站起身來，「這是第二次試探了，我要看看路西斐爾大人是否像數千年前一樣，是我們選擇的偉大主人。」

路西法的軍隊在休整完畢後，向著王城的方向進發，通過經歷過激戰的平原，軍隊進入了一片山地，層層迭迭的矮小山丘遍佈四周，隨著士兵們的推進，山丘開始逐漸高聳。

進入山地數天後的一個清晨，路西法從營帳中走出，年輕天使赫然發現營地被濃霧所包圍，可見度不過數米，這讓路西法感到一絲擔憂。清晨的水汽很重，微涼的晨風輕輕劃過，濃霧越積越沉。

路西法回到營帳，請衛兵將幾位將軍請到營帳中。

大撒旦走進路西法的營帳時的表情也顯得惴惴不安，阿斯蒙蒂斯、利未安森和巴力毗爾的表情也十分複雜，只有巴貝雷特和度瑪看起來十分平靜。

各位將軍分別坐了下來，似乎各懷心事。

「路西法大人，這片濃霧來得實在是十分蹊蹺。」大撒旦說。

路西法點了點頭，他用銳利的眼睛看著巴貝雷特和度瑪。

「路西法大人，想必我們進入了他的領地。」巴貝雷特說。

「他的領地？」路西法說。

「是的，路西法大人，是巨鷹的領地，在巴力毗爾的城堡通向王城的群山之中是巨鷹的領地，從進入山丘之地開始我們就踏入了這片領地之中，巨鷹不會保持沉默。」度瑪說。

巴力毗爾露出吃驚的表情，「巨鷹的領地，我來往於城堡和王城無數次，從來沒有聽說過巨鷹的領地。」

「巴力毗爾，巨鷹沒有必要和你為敵，又怎麼會輕易地暴露自己。」巴貝雷特說。

「巴貝雷特，能不能說得詳細些。」路西法說。

「大人，權天使長巨鷹尼斯洛克，權天使最著名的戰將之一，原本是守護自由的天使，後來和我們一樣進入地獄，他不願意出現在惡魔面前，一直隱居在這個山谷當中。」

「看來我們要到達王城就必須跨越巨鷹的領地。」路西法說。

巴貝雷特和度瑪點了點頭，沒有繼續說下去。

路西法站起身，命令軍隊馬上拔營出發，軍隊很快集結完畢，開始了新的行進。經過了半天時間，路西法發現他們依然被濃霧所包圍，已經失去了方向，而且路西法明顯地感覺到他們似乎一直在原地不停打轉。

惡魔戰士們很快失去了耐心，疲勞和不安席捲全身。這時隊伍的最前方發出了幾聲慘叫，負責探路的幾個惡魔士兵消失在濃霧當中，只留下地面上幾條長長的血跡，隊伍中一陣騷動，恐慌立刻傳遍了路西法的軍隊當中。

路西法振開羽翼，向著天空不斷飛去，但這濃霧重重迭迭，似乎沒有盡頭。路西法再次降落地面，這樣的場景又讓他聯想到伊甸園發生的不快。

路西法拔出劍，口中念動咒語，一陣巨風從路西法的背後吹來，惡魔戰士們被巨風吹得東倒西歪，大風過後，濃霧逐漸消散，道路出現在面前。但好景不長，經過一段前進之後，路西法的戰士們再度被濃霧所包圍，慘劇再次發生，又有一些戰士消失在濃霧裡。

大撒旦走到路西法面前，「路西法大人，如果再不能走出濃霧，我們只有撤退了。」

路西法也感到十分不安，眼前的形勢已經異常兇險，而敵人依然隱藏在濃霧當中，毫無蹤跡。

這時，一陣咒語從天空中響起，劇烈的帶著大海微濕的風從路西法的背後吹來，濃霧化作一個個雨滴掉落地面。瞬間濃霧散去，路西法抬起頭，看到一個熟悉的身影正懸浮於頭頂之上。

這個身影很快降落地面，來到路西法面前，路西法驚訝得看著眼前的這個夥伴。

「路西法大人，我和瑪門大人對你十分擔憂，所以特地跨過大海前來支持。」拉哈伯露出笑容。

「謝謝，拉哈伯，如果沒有你及時趕到，我們真不知道怎麼辦才好。」路西法說。

「路西法大人，我有操縱大海之力，這樣的濃霧在海風的作用下將失去蹤影，想必敵人就在我們眼前了。」拉哈伯說。

「拉哈伯，瑪門現在在哪裡？」路西法問。

「瑪門大人現在還停留在港口當中，他請我轉告大人，他會在大人進攻時負責留守。」拉哈伯回答。

路西法點了點頭，用感激的目光看著這個及時趕到的夥伴。路西法命令全軍全速前進，很快他們進入了一個巨大的山谷。

路西法飛上空中，眼前的一切讓他感到吃驚，因為這裡的景色如此熟悉，微微隆起地山丘之上綠草如茵，在山風的吹動下輕輕拂動。在這山丘之上，立著無數短劍，倒立的短劍形成十字架的形狀，墓地的正中矗立著一個巨大的潔白巨石做成的十字架，十字架之上一個穿著黑色長袍的黑影正站立其上。

巴貝雷格和度瑪也飛上天空，懸空停留在路西法的背後。

「巨鷹尼斯洛克，現出你的真身吧。」巴貝雷特大聲說。

尼斯洛克脫下穿著的黑色長袍，黑色長袍之下一個穿著銀色鎧甲的惡魔出現在路西法的面前，他的頭上帶著鷹頭形狀的銀盔，盔甲胸前鷹的印記栩栩如生。

尼斯洛克全身散發出銀色的光芒，與度瑪和巴貝雷特一樣，背後浮現出純白的天使的羽翼，隨即光芒消失，一對黑色的醜陋骨翼顯現出來。

「路西斐爾大人，別來無恙。」尼斯洛克開口說話，聲音瞬間傳遍整個山谷。

「尼斯洛克，你不是路西法大人的對手，投降吧。」度瑪說。

「尼斯洛克，度瑪說得沒錯，投降吧。」巴貝雷特說。

聽到巴貝雷特的話，尼斯洛克的嘴角露出一絲冷笑，「巴貝雷特，雖然你貴為智天使，可是力量太過弱小，我巨鷹尼斯洛克卻和你不同，我是天生的戰士。」

「尼斯洛克，你想依靠一己之力阻擋我們前進，未免太過狂妄了。」度瑪說。

「你錯了，度瑪。」尼斯洛克的雙眼射出駭人的光芒，「在這片山谷當中，埋葬著所有在第一次天界戰爭中死亡的權天使們，這裡是我鷹之團的領地，數千年來這些亡魂都在等待他們的主人到來。路西斐爾大人，我們這些罪孽深重的天使們一直在等待失蹤了數千年的你，等待著再次圍繞在你光耀的晨星的光華周圍，成為你永遠的僕人。」

「尼斯洛克，既然你願意成為我的僕人，我不想和你一戰。」路西法說。

「路西斐爾大人，雖然我依然對你充滿敬仰，但是此時的你和數千年前不同，我要和我的戰士們確認，你是否和數千年前一樣擁有震懾一切的光華。」尼斯洛克說。

「看來，你並不準備輕易投降。」路西法說。

「路西斐爾大人，得罪了。」尼斯洛克拔出劍。

尼斯洛克將劍立於胸前，念起咒語，咒語隨著風掠過每一寸草地，山丘之上的短劍發出巨大的共鳴，劍身不斷顫動，短劍之下一個個穿著破損盔甲的戰士們浮出地面，他們面容痛苦，身上佈滿傷痕，背後閃爍著天使的羽翼，羽翼瞬間失去了光華，變得暗淡無光。

「鷹之團的天使靈魂。」巴貝雷特大聲說。

「巴貝雷特，你說的沒錯，這些戰靈在地獄裡沉睡了數千年，就讓他們來選擇路西斐爾大人能不能成為他們的主人。」尼斯洛克說。

穿著破損鎧甲的天使戰靈向路西法的軍隊襲來，當路西法的戰士們的武器觸碰到戰靈的身體時，武器穿行而過，這些戰靈如同透明的光線一般毫髮無損。戰靈的武器不斷刺入戰士們身體，戰鬥演變成一場單方面的屠戮。

路西法看到眼前的一切，雙手合十，再次開始祈禱，祈禱的歌聲響徹整個天空，戰靈們聽到這巨大的歌聲，無不捂住耳朵，但是歌聲穿過他們的雙手直達心靈，痛苦的面容很快轉化為平和。路西法舉起劍，劍身發出巨大的轟鳴聲，戰靈的身體化作無數道光，飛入路西法的劍中。

「戰靈已經選擇了他們的主人，現在輪到你了，尼斯洛克！」路西法大聲說。

尼斯洛克站在十字架上，昏暗的天空下他拔出長劍，劍身發出明亮的光芒，照亮整個平原。

「路西斐爾大人，就讓我手中的巨鷹之劍來確認它的主人！」尼斯洛克大聲說。

尼斯洛克展開雙翼，舉起長劍，劍尖向著路西法而來，劍帶來巨大的風壓過掠過整個平原，連天空中的烏雲也瞬間散去，昏暗的天空下只剩下長劍的閃光熠熠奪目，路西法振動羽翼向前，用劍抵住尼斯洛克。

「尼斯洛克，你不是我的對手，投降吧。」路西法大聲說。

尼斯洛克沒有理會路西法的話語，他眼神冰冷，雙手青筋暴起，緊握著長劍，但是依然不能壓倒路西法。路西法用力將劍一揮，劍劃出一道銀色的閃光，尼斯洛克的左手出現一道深深的傷痕。

尼斯洛克振動雙翼，再次回到十字架上，路西法也停止了進攻。

「尼斯洛克，投降吧。」路西法說。

尼斯洛克沒有回答，他念起咒語，身體化作一道閃光，瞬間消失在十字架上，這道閃光散去，尼斯洛克的身影化作一隻巨鷹，巨鷹發出淒厲的叫聲，這叫聲劃破安靜的天空。

「巨鷹尼斯洛克居然還有這樣的力量。」度瑪冷峻的臉上露出吃驚的表情。

巨鷹振動翅膀，大地開始搖晃不止，尼斯洛克化成的巨鷹飛上天空，向著路西法猛衝過來，這雙翅膀猶如鋒利的巨刃劃破空氣，路西法奮力展開羽翼，但依然被巨鷹的翅膀劃過。路西法黑色的羽翼瞬間出現無數裂口，鮮血不斷湧出。

巨鷹依然不斷向路西法襲來，路西法的身體出現無數傷口，傷口流出的血液染紅了銀色的戰甲。

路西法舉起劍，撒旦之力沿著內心深處不斷湧出，劍身向著黑暗轉化，路西法全身被黑色的火焰所包圍，巨鷹依舊沿著風的方向向著路西法襲來，路西法揮動長劍，劍化作一道閃光，刺穿了巨鷹的翅膀。

巨鷹發出一陣淒厲的慘叫，隨即化作一道光，光芒退去後，尼斯洛克出現在天空之中，背後骨翼鮮血淋淋。

路西法再次揮動長劍，又一道傷口出現在尼斯洛克的骨翼之上，尼斯洛克墜落地面。

「尼斯洛克，我最後給你一次機會，投降吧，否則你將面對死亡！」路西法大聲說。

尼斯洛克跪倒在路西法腳下，「路西斐爾大人，原諒我的無禮，我願意和鷹之團的戰靈一樣成為你永遠的僕人。」

路西法降落地面，將劍收回劍鞘，「尼斯洛克，我接受你的忠誠。」

路西法用修長的手指在尼斯洛克的面前畫出五芒星的形狀，五芒星劃過的軌跡發出一陣閃光，閃光之下尼斯洛克身體裡的黑暗瞬間湧出，聖潔的光籠罩住尼斯洛克的身體，尼斯洛克血淋淋的骨翼散發出光華，瞬間天使羽翼再次出現在尼斯洛克背後，然後旋即消失。

尼斯洛克低下自己的頭，路西法用右手扶起尼斯洛克，戰士們發出一陣歡呼，幾個惡魔將軍也露出微笑。

在王城當中，戴面具的惡魔正站在窗前，他用力搖了搖頭，「尼斯洛克也敗了嗎？」

戴面具的惡魔轉過身體，這時一個聲音出現在他的背後，「尼斯洛克怎麼可能是路西斐爾的對手，我們終將再次圍繞在他的光輝左右。」

「是你，路西法的到來，也讓你這個潛藏在地獄深處的傢伙蠢蠢欲動了嗎？」戴面具的惡魔沒有轉身，再次搖了搖頭。

發出聲音的黑影一陣大笑，「不只是我，連那個消失了數千年的美麗女子也現身了。」

「看來命運不可改變。」戴面具的惡魔聲音異常低沉。

「既然不可改變，那就勇敢接受吧，我們這些存在了數千年的傢伙們終將重聚在契約之地。」黑影再次笑了起來，然後消失無蹤。

天界大聖城，彌賽亞也站在窗前，仰望著明亮的天空，太陽依舊將無限的光芒撒向大地，彌賽亞的心境卻並沒有天空如此明亮，一絲陰沉出現在他的臉上。

「路西法的力量越加強大了，難道數千年前的一幕又將重演嗎。」彌賽亞搖了搖頭，坐回自己的座位。

天空依舊明亮，天界的每一個角落充滿了歡樂，教堂的鐘聲劃過天際，祈禱的歌聲從聖堂中傳出，飛向遙遠的天空的盡頭。

第10章　無底深淵的使者

穿過鷹之團的墓地，路西法已經感覺到距離這片大陸的王城越來越近，越是接近似乎越能感覺到王城裡那個惡魔釋放出的不可名狀的巨大力量。

走出山谷，一片平原出現在路西法面前，乾黃的枯草散落在地面上，猶如黃金的顏色，漆黑的天空之上被烏雲所籠罩，分不出白天和黑夜，樹木早已失去了綠色，枯萎的樹幹伸向天空。閃電偶爾劃過天際，將這片平原照亮。

路西法命令軍隊在平原上安營，惡魔們終於得到了休息的機會，但是他們依然對即將到來的戰鬥顯得忐忑不安，之前的戰鬥如一個又一個的噩夢接踵襲來，危機之下他們全然沒有了以往的狂躁和散漫。

路西法獨自站在營帳前，抬起頭仰望著黑色的天空，他突然想起了那些消失的同伴，沙利艾爾、薩麥爾和阿札茲艾爾以及守護天使團們，他們究竟在地獄的哪裡？也許近在咫尺的王城裡潛藏著所有答案，年輕天使低下頭，陷入了沉思。

快進入夜晚時，天空變得愈加昏暗，閃電掠過之後，淅淅瀝瀝的小雨從天而降，路西法走進營帳，讓衛兵將幾個將軍請到營帳來。

很快大撒旦和幾個惡魔將軍走進路西法的營帳，阿斯蒙蒂斯和利未安森似乎也感覺到了王城裡的強大魔力，表情十分凝重。度瑪、巴貝雷特和尼斯洛克由於完全瞭解王城裡惡魔的強大力量，都緊閉著雙唇，一言不發。

路西法並沒有立刻提問，他清楚地看到了眼前的情況，也斷定度瑪等三個惡魔不會輕易吐露實情，年輕天使輕輕搖了搖頭，一絲擔憂掠過臉龐。

「度瑪大人，我想我們應該距離王城不遠了。」大撒旦打破了營帳中沉寂。

聽到大撒旦的話，度瑪點了點頭，「是的，大撒旦大人，我們確實距離王城越來越近，再有半天的路程，我們就會到達王城周圍。」

「度瑪大人，你還是不想談談王城裡你的主人嗎？」阿斯蒙蒂斯問道。

「阿斯蒙蒂斯大人，十分遺憾，目前的我只能守口如瓶，我說過一切答案需要路西法大人自己去尋找。」度瑪回答。

巴貝雷特和尼斯洛克也點頭表示同意，兩個惡魔表情十分平靜，但路西法還是捕捉到他們眼中閃過的一絲恐懼。

路西法站起身來，「大撒旦，命令戰士們好好休息，明天我們將會進攻王城。」

「路西法大人，我還有個忠告。」尼斯洛克站起身來。

「請說吧，尼斯洛克。」路西法看著尼斯洛克的眼睛。

尼斯洛克有意低下頭迴避路西法的目光，「路西法大人，王城裡的這個敵人擁有的力量恐怕超出了你的想像。」

「我知道了，尼斯洛克，感謝你的忠告。」路西法說完獨自走了出去。

路西法走出營帳時雨已經停了，站在夜空之下，微涼的夜風帶著雨水的潮氣撲面而來，路西法獨自走到營寨的前面，遙望平原的深處，在低垂的夜幕之下，一座城堡隱隱約約出現在閃電之中。

第二天清晨，路西法和他的戰士們拔營出發，天空依舊異常陰沉，略帶潮氣的風掠過大地，枯樹在風的吹動下吱吱作響，空氣裡彌漫著一股緊張的氣氛，路西法的戰士們都握緊手中的武器，神情凝重地看著眼前的道路。

果然如度瑪所說，半天後路西法的軍隊已經來到了王城之下，眼前的這座坐落在平原中的城堡被寬闊的護城河包圍，寬大的吊橋被高高拽起。在漆黑的城牆上，看不到衛兵的蹤影。

路西法看這眼前漆黑的城堡，一絲不快的情緒湧上心頭。

突然城堡中響起巨大的號角聲，聲音直通天際，手持武器的惡魔們飛湧而出，懸浮在城堡前面。

巨大的號角聲瞬間停止，路西法的戰士們也都握緊武器，看著眼前的一幕，王城的惡魔們並沒有立刻進攻，似乎在等待什麼一樣，一動不動地停在原地。

空氣似乎在一瞬間凝固了，雙方都注視著敵人一動不動。

這時，天空中出現一道明亮的閃電，號角再次響起，這次的號角顯得更加急促，巨大的聲響迴盪在平原之上。

閃電過後，城堡中升起一輛巨大的戰車，四隻戴著面具的骷髏飛馬震動著骨翼帶著戰車衝向空中，漆黑的雕刻著精美圖案的戰車之上，一個戴著面具穿著漆黑色長袍的惡魔發出一陣大笑，空氣瞬間開始翻滾，大地也隨之震動不止。

「路西斐爾大人，在這數千年裡我們一直在等著你的到來。」戴著面具的惡魔說。

這聲音劃破天空，烏雲好像也被瞬間割開，戴面具的惡魔再次發出大笑。

「你究竟是誰？」路西法振動翅膀飛向天空，來到戰車的對面。

「度瑪、巴貝雷特和尼斯洛克沒有告訴你我的名字嗎？看來他們是真的懼怕我。」惡魔再次笑了起來。

聽到惡魔的回答，度瑪、巴貝雷特和尼斯洛克露出驚慌的神情，低下頭不敢直視這個惡魔。

「獻出你的真面目吧。」路西法說。

「當然，我隱藏在這件長袍和面具下數千年了，就是在等待這一天的到來。」惡魔大聲說。

這個惡魔摘下面具，用力一拉長袍，將長袍扔向空中，長袍隨著風飄動落到地面。這個惡魔的身體瞬間發出銀色的光芒，天使的羽翼出現於空中，旋即光芒消失無蹤，一對如鐮刀一般的骨翼出現在背後。

路西法仔細看著眼前的惡魔，他的面容依舊年輕，濃密略微捲曲的紅色頭髮披散在肩膀上，冷酷的臉上露出不屑的神情，一雙紅色的眉毛異常顯眼，嘴巴四周密佈著鬍鬚。這個惡魔頭戴著金色的王冠，身上鐵甲的鱗片散發著淡淡的幽暗的綠色光芒。他身體健壯，雙手環繞在胸前，鷹鉤鼻子下的嘴角浮現出一絲笑容。

阿斯蒙蒂斯看著眼前的惡魔，眼睛裡露出驚訝的神色，「原來是他！」

「路西斐爾大人，想必你已經認不出我了。」這個惡魔聲音異常明亮。

路西法點了點頭，「告訴我你的名字，惡魔。」

惡魔發出一陣大笑，「我是死之黑暗天使亞巴頓。」

「亞巴頓，投降吧。」路西法大聲說。

「路西斐爾大人，你未免太過狂妄了，以你目前的能力能夠戰勝我嗎？」亞巴頓露出一絲嘲笑的神情。

路西法被亞巴頓的態度激怒，拔出劍向亞巴頓衝去，路西法背後的銀色披風隨著風舞動動，彷彿化作一道銀色的光束，向著亞巴頓而來。

亞巴頓揮動手臂，隨著手臂落下，戰車四周被綠色的閃光所包圍，路西法的身體瞬間被彈開。亞巴頓張開右手，一條火焰從手掌中噴出，劃過路西法的身體，銀色的鎧甲似乎也要被融化一般，一股巨大的熱氣向路西法的身體傳遞過來。

「路西斐爾大人，我說過你不是我的對手。」亞巴頓說。

路西法握緊劍，口中念起咒語，一股漆黑的火焰包裹住他的全身，劍身向著魔劍轉化，路西法的神情變得異常冰冷，銳利的眼睛裡射出兩道寒光。

亞巴頓看著眼前的一切，放聲大笑，「撒旦的靈魂之力嗎？讓我看看集合了幾塊撒旦靈魂碎片的力量究竟如何！」

路西法揮動長劍，劍身劃出一道黑色的光芒，亞巴頓再次揮動手臂，一道綠色的光芒閃過，兩道閃光在空中相遇，瞬間消失無形。

大撒旦和幾個惡魔看到眼前發生的一切，都露出驚恐的神色。

「難道撒旦的靈魂之力如此不堪一擊？」大撒旦說。

亞巴頓聽到了大撒旦的話，「大撒旦，事情並非如你想像，如果路西斐爾大人能夠獲得原來的力量，我根本不是路西斐爾大人的對手，只有湊齊所有的撒旦靈魂碎片才能夠發揮撒旦之力。」

「亞巴頓，看來你對撒旦靈魂碎片的力量非常清楚。」大撒旦說。

「當然，我身體裡也有撒旦的靈魂碎片，但是一塊碎片的力量與我本身的力量相比未免太微不足道。」亞巴頓說。

路西法握緊劍，劍劃過五芒星的形狀，五芒星發出純白色的閃光，閃光瞬間包圍了亞巴頓的戰車。

亞巴頓再次發出大笑，「天使的封印之力，太弱小了。」

亞巴頓拔出劍，揮動的劍劃出一道又一道的光線，五芒星瞬間消失，純白色的閃光也化作一道道光線，四散飛去。

「路西斐爾大人，你現在力量太弱小了，根本不足以戰勝我。」亞巴頓說。

亞巴頓揮動長劍，劍化作無數道光線劃過路西法的身體，路西法的銀色戰甲瞬間被割開數個裂口，鮮血從傷口中噴湧而出，鎧甲瞬間被染紅。

「路西斐爾大人，在你臨死之前我會讓你看看末世的景象。」亞巴頓發出一陣大笑。

亞巴頓念動咒語，大地變得搖搖晃晃，在亞巴頓戰車之下的地面上出現了一個無底深淵，從漆黑色的深淵之中飛出無數蝗蟲惡魔，這些蝗蟲惡魔身穿鎧甲，手持武器，瞬間遮蔽了天空。

蝗蟲惡魔向著路西法的軍隊猛衝過來，它們掠過大地，瞬間寸草荒蕪，路西法的戰士們被這突如起來的景象嚇呆了，雖然他們奮力抵抗，蝗蟲魔軍們依然佔據了優勢，此時亞巴頓的惡魔戰士們也向著路西法的陣營猛衝過來，路西法的戰士們節節後退。

看著眼前的一幕，大撒旦飛向天空，念動咒語，天空出現一個巨大的黑色圓盤，圓盤四周散發出耀眼的漆黑色的光芒。

圓盤瞬間覆蓋在無底深淵之上，蝗蟲魔軍瞬間消失得無影無蹤，大撒旦精疲力竭地落在地面上，利未安森和阿斯蒙蒂斯衝到大撒旦身邊。

「路西法，我的力量不可能長時間封印住無底深淵，快率領戰士們撤退。」大撒旦用盡最後的力氣喊著。

路西法降落地面，和戰士們一起擋住亞巴頓的軍隊的進攻，他們且戰且退，向著平原的方向撤退，隨著不斷遠離城堡，亞巴頓的惡魔們停止了追擊。

「路西斐爾大人，我等待著你的再次到來。」亞巴頓的聲音穿透天極，沿著風的方向席捲而來。

傍晚時分，路西法的戰士們才撤離到安全的地方，一天的激戰令戰士們疲憊不堪，但他們依舊開始搭建帳篷。滿身傷痕的路西法站在營地的前面，他幾乎不敢相信這一天發生的一切，雖然他曾經歷盡艱難，也遇到過強大的敵人，但亞巴頓的力量還是超出了路西法的想像，看得出亞巴頓似乎還留有餘力。

在王城之前，亞巴頓的戰車飄浮在空中，他寬大的披風被風吹起，雙手環抱在胸前。亞巴頓的臉上充滿了失望，他抬起頭看著天空。

「路西斐爾大人的力量難道只有如此嗎？」亞巴頓似乎在自言自語一般，「難道眼前的這個黑色羽翼的天使真的是曾經無所不能的路西斐爾大人？」

天空中傳來一陣女子柔美的笑聲，這笑聲令亞巴頓環顧左右。

「是你在那裡嗎？」亞巴頓大聲說。

「亞巴頓，看來你認出我來了。」這個女子聲音柔美。

「獻身吧，不用躲在暗處，我們有數千年沒見了。」亞巴頓說。

紫色的光芒閃過，一個穿著紫色低胸緊身禮服、帶著紫色面紗的美麗女子出現在亞巴頓的面前，面紗遮擋下的一雙美麗雙眸釋放出迷人的光芒，紫色紗質的禮服上鑲著明亮的銀線，一雙水晶鞋在空中閃耀著光芒。這個女子在緊身禮服下的包裹下露出性感的曲線，長長的頭髮披散在肩膀上，裸露的肩膀皮膚細膩，一雙長長的玉臂垂在身體兩側。

「果然是你！」亞巴頓躲開女子的視線，沒有直視女子的眼睛。

「亞巴頓，你還是這麼不解風情。」女子咯咯地笑了起來。

「大人，傳說只要是和你四目而視，就會被你的容貌迷住無法自拔，我不想成為你美貌的犧牲品。」亞巴頓說。

「那些只不過是傳聞罷了，感情這種東西，又豈是這麼簡單呢？」女子收住笑容，一雙眼睛放射出明亮的光芒。

「大人，想必你是追隨路西斐爾大人而來，可惜路西斐爾大人此時已經沒有了曾經的無以倫比的力量。」亞巴頓說。

「你錯了，亞巴頓，路西斐爾的力量還沒有覺醒，如果路西斐爾獲得了數千年前的力量，你又怎麼是路西斐爾的對手。」這個女子說。

「大人，你說的沒錯，只可惜如果路西斐爾大人只有現在的力量，那他必將死在我的手上。」亞巴頓露出笑容。

「亞巴頓，你太過自信，你連殺死路西斐爾的資格都沒有。」這個女子說。

「大人，你不要太小看我，就讓你看看我的力量。」亞巴頓揮舞起手臂，一道光芒向女子襲來。

女子瞬間化作一道閃光，消失於天空之中。

「難道數千年來你只懂得躲藏嗎？」亞巴頓大聲說。

「你錯了，亞巴頓，看看你的披風吧？」女子的聲音再度傳來。

亞巴頓脫下披風，愕然發現在披風之上被劃出一個十字架的形狀。

「難道你和他的目的一樣。」亞巴頓說。

「亞巴頓，我和他截然不同，看來他也曾經出現在你的面前，他所追求的是一個強大到能實現他的目的的天使，而我在追求我數千年來等候的愛。」這個女子的聲音再度傳來。

「大人，難道你想公然站在路西斐爾一邊？」亞巴頓大聲說。

「當然，我會在暗中幫助路西斐爾取得撒旦之力，然後我會成為他的妻子，我們兩個將成為統治地獄的唯一的主人。」這個女子發出笑聲，笑聲越來越遠，消失在天空之中。

「看來，命運依然無法改變。」亞巴頓似乎在自言自語一般。

亞巴頓的腦海裡再度傳來女子的聲音，「亞巴頓，這場戰鬥的結果已經註定，路西斐爾會擊敗你，再次成為你的主人，而對於地獄深處的我們你要守口如瓶，路西斐爾的命運需要自己去開啟，如果你將我們的一切告訴路西斐爾，我和他都不會饒過你的性命。」

「既然要幫助路西斐爾，為什麼還要隱藏自己的身份？」亞巴頓搖了搖頭，「你這個謎一般的女子，究竟想要做些什麼呢？」

在地獄深處的城堡之中，那個黑影依舊站在城堡的窗前，他似乎也在自言自語一般，「曾經天界最美麗的女子，你註定要回到路西斐爾身邊，看來命運的齒輪已經越轉越快。」

黑影發出一陣大笑，「路西斐爾，在她心中依然想要佔有你，受到她的眷顧不知對你而言是幸運還是不幸。亞巴頓，我倒要看看即使是猶如你這樣強大的天使，能不能對抗她的力量。」

黑影轉身離去，消失於黑暗。

天空漸漸地陰沉起來，夜晚隨之來臨，亞巴頓獨自站在戰車之上，凝視著天空。與此同時在路西法的營寨外面，路西法也抬起頭看著漆黑色的夜空，夜空中沒有一點光亮，星辰消失在烏雲之後，只有閃電劃過漆黑的幕布，照亮大地上枯黃的小草。

第11章　月光下的魅影

路西法緩慢地走回自己的營帳當中，燭光之下全身血痕密佈，走進營帳，年輕天使脫掉滿是血污的鎧甲，獨自坐到自己的座位上。

營地裡此時一片忙碌，戰士們忙著繼續搭建帳篷，加強防禦。以目前的形勢看來，亞巴頓進行夜襲的可能非常小，但是一天的激戰給戰士們的心理帶來了巨大的壓力。

路西法獨自坐在營帳裡，一天的戰鬥讓他感到異常疲憊，彷彿經歷了一場揮之不去的夢魘，那些漫天飛舞的蝗蟲魔軍深深地映入他的腦海當中，久久揮之不去。

軍隊的醫生很快來到路西法的營帳當中，給路西法進行了簡單包紮，並叮囑年輕天使要早些休息。路西法的心情依然不能平靜，他獨自坐在座位上，沉沉睡去。

深夜很快降臨，天空的烏雲緩慢散開，一輪彎月倒掛在空中，將柔和神秘的月光灑向大地，一道紫色的光束從天空中掠過，劃出一條美麗的軌跡。在這道紫色的光芒下，月亮也失去了神采，烏雲出現在月亮的面前，遮擋了月亮的視線，月亮幾次試圖撥開烏雲，再看一看那神秘美麗的紫色，可惜這道光芒已經消失無蹤。

路西法在睡夢中幾次驚醒，然後又再度在昏沉中睡去。年輕天使從來沒有感到如此疲憊，亞巴頓的身影不斷出現在他的夢境裡，他一次又一次地看到無底深淵中飛出的蝗蟲將自己的戰士們撕成碎片。

在恍惚之中，路西法看到一道美麗的紫色光芒降落在自己的營帳門口，他張開眼睛，但是巨大的疲憊讓他失去了分辨這是現實還是夢境的能力，他看著紫色光芒進入自己的營帳，營帳門口本來開著的兩條寬大的原本掀起的幕布瞬間落下。

紫色光芒瞬間消退，一個美麗的女子出現在路西法面前，她紫色的長髮如瀑布般直垂腰際，雙眼放射出迷人的光芒，白皙的肩膀和手臂異常柔美，紫色低胸禮服下酥胸半露，凹凸有致的軀體曲線畢露，散發著性感。

路西法赫然發現在美麗女子的背後紫紅色的十二隻羽翼微微張開，散發著醉人的光芒。

美麗女子的水晶鞋輕輕敲打地面，發出細微的聲響，路西法本想站起身來，但是女子抬起手臂，一道光芒從路西法的面前閃過，路西法頓時失去了知覺。

女子走到路西法面前，用纖細修長的手指撫摸著路西法俊俏的臉龐，隨著美麗女子手指撫過路西法的肌膚，一道道傷痕消失無蹤。

女子轉到路西法的背後，用兩隻手的修長手指由路西法的臉頰自上而下輕輕撫過，然後用手指挑起路西法黑色的秀髮，放在嬌小的鼻尖下。

「路西斐爾，你終於來了，我等待了數千年，就是為了這一刻。」美麗的女子似乎在自言自語一般。

女子來到路西法的座椅側面，輕輕跪倒在路西法身前，用美麗的臉頰貼著路西法的身體，將頭枕在路西法的腿上，女子伸出手臂，輕輕撫摸著路西法健壯的臂膀，微微閉上眼睛。

「就是這雙臂膀，曾經用力擁抱過我的健壯臂膀，數千年來我一直在尋找這失去的感覺。」女子說。

夜晚一片寂靜，不知過了多長時間，女子緩慢地站起身來，臉上露出了依依不捨的神態。

「路西斐爾，我很想一直留在你的身邊，享受著屬於你我的纏綿，但是你還有自己的使命。」美麗女子的眼睛裡閃過一絲憂傷的淚光，「路西斐爾，我會幫助你戰勝亞巴頓。」

美麗的女子再次轉到路西法的身後，用白皙的雙臂環抱著路西法的頭顱，性感的嘴唇微微張開，咒語隨著朱唇微啟而出，一道道紫色的光芒注入到路西法的體內。

「路西斐爾，我會盡力引導出潛藏在你身體裡的巨大力量。」女子說。

路西法的身體被紫色的光芒所包圍，這些光芒瞬間不斷閃爍，一股股強大的力量從路西法的身體裡奔湧而出。

「路西斐爾，你的力量依然如此強大。」女子說，「讓我看看你身體裡究竟還有多大的力量。」

美麗的女子念動咒語，她的身體也被紫色的光芒所包圍，瞬間這紫色光芒退去。

「即使是我的力量，也不能完全去除封印嗎？」美麗女子的臉上閃過一絲失望。

與此同時，在地獄深處的城堡裡，黑影放聲大笑，「看來你太過自信了，也許只有你和我合力才能打開路西斐爾身上的強大封印。」

美麗的女子抬起頭，夜已經沉了，女子的眼睛裡再度閃過一絲憂傷，「路西斐爾，是我離開的時候了。」

美麗女子將自己溫濕的唇貼在路西法的嘴唇上，戀戀不捨地輕吻著年輕天使，然後緩步走到路西法營帳的門口，又轉過身用明亮的雙眸看了路西法一眼，快步走出營帳。

「誰在哪？」大撒旦的聲音想起。

「是大撒旦。」女子說。

「難道是你！」大撒旦說。

「沒錯，大撒旦，看來你認出我來了。」女子回答。

「你究竟對路西法做了什麼？」大撒旦說。

「等到了明天早晨你就會明白我做的一切。」美麗的女子說。

「你究竟是路西法的敵人，還是路西法的朋友？」大撒旦歎了口氣。

「大撒旦，你會明白的，但是在這之前你要對地獄深處的事情守口如瓶，否則你應該知道將為此付出的代價。」女子說。

月光灑向美麗女子的身體，在月光的映襯下女子的身體曲線顯得越發柔美，裸露的肩膀異常白嫩，修長的臂膀和手指微垂著，裙擺在微風下輕輕飄動。

清晨很快來臨，天空也微微發白，輕風掠過大地，吹拂得金黃色的小草微微顫動。美麗的女子振動紫紅色的羽翼，化作一道光芒向著天空飛去，瞬間消失得無影無蹤。

路西法從睡夢中醒來，他好像做了一個甜美的夢，夢中一個美麗的女子倚在他的腳邊，輕輕撫摸著他的臂膀，朱唇輕啟吻在他的雙唇上。路西法站起身，嘴唇邊似乎還殘留著女子嘴唇的香味，身上的傷痕已經痊癒，營帳中瀰漫著一股醉人的香氣。

路西法走到營帳門口，看著戰士們都在忙碌著，經過了昨天的激戰戰士們顯得士氣異常低落。

大撒旦緩步走到路西法面前，「路西法大人，你休息得還好吧？」

路西法閉上眼睛，他感覺到身體裡充滿了力量，「大撒旦，我總覺得在這一夜之間我獲得了巨大的力量。」

「看來，她是我們的朋友。」大撒旦似乎在自言自語一般。

「大撒旦，你剛才再說什麼？」路西法問。

「路西法大人，我相信今天你一定能夠戰勝亞巴頓。」大撒旦故意躲開路西法的目光。

路西法從大撒旦閃爍的眼神中明白了大撒旦一定有所隱瞞，但是他也明白大撒旦不會吐露實情，年輕天使搖了搖頭。

「大撒旦，通知戰士們做好準備，我們將再次前往亞巴頓的城堡。」路西法說。

大撒旦點了點頭，轉身離去。

路西法的軍隊再次出發，向著亞巴頓的王城前進，王城依然靜靜地矗立在平原上。

路西法的軍隊到達王城前，隨著巨大號角想起，亞巴頓的戰車在惡魔們的簇擁之下升上天空，亞巴頓依然環抱著雙臂，臉上露出不屑的表情。

「路西斐爾大人，你的能力不足以戰勝我，我會取下你的首級。」亞巴頓大聲說。

「亞巴頓，你未免太過狂妄了。」大撒旦說。

「大撒旦，你應該明白，昨天的戰鬥已經說明了一切。」亞巴頓回答。

「亞巴頓，今天的路西法與昨天不同，你會知道路西法的強大力量。」大撒旦說。

亞巴頓發出一聲大笑，笑聲直傳到天際，「好吧，就讓我看看路西斐爾的強大力量。」

「亞巴頓，這是屬於你和我的戰鬥，就由你和我來決定。」路西法說。

「我非常願意，路西斐爾大人。」亞巴頓回答。

路西法拔出劍，振動羽翼飛向空中，劍劃過一道閃光，向著亞巴頓飛馳而來，亞巴頓揮動手臂，一道綠色的閃光劃過，兩道閃光在空中相遇，瞬間消失。

亞巴頓的手臂明顯顫抖了一下，但依然神態自若。

「力量果然有所增強，路西斐爾大人，讓我看看你的力量究竟有多大？」亞巴頓大聲說。

亞巴頓拔出劍，劍劃過無數閃光向著路西法的身體飛來。路西法旋轉身體舞動長劍，長劍劃過的軌跡形成了一道巨大的屏障，亞巴頓的劍發出的閃光被四散彈開，落在地面上的閃光產生巨大的爆炸。

「亞巴頓，你不可能戰勝我。」路西法說。

「路西斐爾大人，你未免太過自信了。」亞巴頓回答。

亞巴頓振動鐮刀似的雙翼飛向空中，向著路西法猛衝過來，兩把武器接觸的一剎那迸發出耀眼的光芒，刺得惡魔們幾乎睜不開眼睛。亞巴頓的劍異常快速，但路西法依然不慌不忙地抵擋住亞巴頓的進攻，幾次將劍劃過亞巴頓的身體。

亞巴頓猛然振動雙翼，重新返回到戰車之上，鮮血染紅了泛著綠色光芒的戰甲。

亞巴頓念動咒語，一個巨大的火球從他的手中升起，這火球越來越大，昏暗的天空中好像出現了一個明亮的太陽，將大地照得一片通紅。

亞巴頓揮動手臂，火球向著路西法的身體襲來，在即將到達路西法面前時，路西法揮動長劍，劍劃出的閃光將火球彈開，火球直接撞到亞巴頓的戰車上，亞巴頓振動翅膀從戰車上飛出，火球掉落在大地上，瞬間出現一個深坑。

「路西斐爾大人，看來我必須要召喚地獄深淵裡的魔軍來對付你了。」亞巴頓念動咒語。

無底深淵再次出現在亞巴頓的腳下，蝗蟲魔軍飛行而出，遮住了整個天空，翅膀振動的嗡嗡聲傳遍整個平原，向著路西法猛衝過來。

路西法將劍舉起，雙手握緊劍柄立於胸前，一股巨大的力量從身體裡噴湧而出，背後漆黑的六翼瞬間展開，化作六個羽翼形狀的巨大閃光伸向天際，蝗蟲魔軍在這道閃光過後消失得無影無蹤。

大撒旦和惡魔們看著眼前神蹟一般的景象，驚訝得長大嘴巴，說不出話來。

「亞巴頓，現在輪到你了。」路西法說。

路西法揮動劍，自上而下出現一道明亮的光亮，亞巴頓伸出手臂，一個綠色的光球包裹住他的身體，形成了一道屏障。但隨著路西法劍劃過的軌跡，綠色的光球化作無數個碎片，消失在空中。

「亞巴頓，投降吧。」大撒旦說，「你不是路西法的對手。」

「大撒旦，用不著你來教我。」亞巴頓再次拔出劍，向路西法猛衝過去。

路西法伸出左手，亞巴頓頓時動彈不得，亞巴頓失望地搖了搖頭，右手一鬆長劍掉落地面。

「路西斐爾大人，我敗了。」亞巴頓說。

路西法收回左手，將劍插回劍鞘。亞巴頓的身體裡飛出一道黑色的閃光，閃光劃過天際，照亮了整個平原，閃爍著光芒的撒旦的靈魂碎片進入路西法的身體。

亞巴頓降落地面，跪在平原之上，路西法落在亞巴頓的面前。

「路西斐爾大人，看來命運無法改變，我依然是你最忠誠的僕人。」亞巴頓說。

「亞巴頓，我接受你的忠誠。」路西法回答。

一道紫色的閃光從天空中劃過，亞巴頓用眼睛看著那道閃光，搖了搖頭。

路西法的軍隊很快進入了亞巴頓的王城，王城也恢復了正常的秩序，在路西法的腦海裡充滿了對亞巴頓的疑問。但是每當他詢問亞巴頓時，亞巴頓都一言不發，亞巴頓一直重複著一句話，路西法的命運需要他自己去尋找和開啟。

路西法獨自站在城堡王宮的陽臺上，看著風雲滾動的天空，心中充滿了對未知世界的一絲憂慮，年輕天使搖了搖頭，臉上依然綻放出自信的笑容。

夜晚降臨了，紫色的閃光劃過天空，出現在港口上方。瑪門此時正在巴力毗爾的城堡當中，他獨自坐在城堡的房間的書桌前，紫色的閃光出現在瑪門房間的窗戶前。

月光撒近瑪門的房間，瑪門赫然發現一個影子出現在地面上。

「誰在哪？」瑪門大聲說。

「瑪門，你應該知道你的使命？」一個女子柔美的聲音傳了過來。

「我的使命？」瑪門說。

「你積攢的大批財富，不就是為了這一刻嗎？」女子說。

「你說的是在那傳說之地建立起屬於墮落天使的城堡？」瑪門說。

「看來你並沒有忘記一切，瑪門。」女子說。

瑪門站起身來，走到窗前，他看到一個美麗女子的身影飄浮在半空中，明亮的月光從她的背後散落下來，女子的臉變得十分模糊。

「是你。」瑪門說。

「是我，瑪門，這是數千年前就定下了的，現在是你行動的時候了。」女子說。

瑪門點了點頭，「我明白了。」

第二天清晨，瑪門趕往路西法所在的王城，路西法對瑪門的到來感到十分驚訝，瑪門走進王城的會見廳。

「路西法大人，原諒我擅自離開港口。」瑪門說。

「瑪門，我想你來一定有重要的事。」路西法說。

「路西法大人，請准許我暫時離開你的身邊，我有重要的事情要去完成。」瑪門說。

路西法的臉上劃過一絲疑惑，但很快恢復了平靜，「瑪門，你究竟要去做什麼？」

「路西法大人，原諒我此時無法和你說明，但是請你相信我不會背叛你，如同你一樣，我也有我必須完成的使命。」瑪門回答。

路西法搖了搖頭，「好吧，瑪門，我同意你的請求。」

「路西法大人，非常感謝，我會在傳說之地等待你的來臨。」瑪門說。

瑪門轉身離開路西法的會見廳，只留下路西法疑惑的身影，路西法低下頭，英俊的臉龐上浮現出一絲不解。年輕天使搖了搖頭，站起身來走到會見廳的陽臺上，一陣輕風吹過，雨滴散落地面，乾涸的大地似乎再一次煥發了生機，枯萎的樹木上生出了點點綠色的嫩芽。

瑪門走出王城，振動骨翼，向著天空飛去，不一會消失在天的盡頭，不知所蹤。

地獄深處的黑影看著眼前的一切，臉上浮現出笑意，「瑪門已經前往傳說之地了，被遺棄的我們終將在那裡重聚。」

與此同時，在天界大聖城，彌賽亞也用綻放著光芒的金色瞳孔注視著地獄裡發生的一切，他獨自站在王宮的陽臺上，抬起頭看著明亮的天空，臉上的表情愈加憂鬱起來。

米迦勒正獨自站在城牆之上，遙望著地獄之門的方向，數天裡從地獄之門的方向不斷噴湧而出的巨大力量讓他感到十分憂慮，他幾次拜訪了彌賽亞，希望得到彌賽亞的一些啟示和幫助，但彌賽亞似乎也一直存有心事。在幾次的交談中米迦勒並沒有得到彌賽亞的正面回答，彌賽亞似乎有意閃爍其詞不肯說明。

太陽散發的光輝照在這個充滿榮光的天使神情凝重的臉上，將米迦勒莊嚴的臉龐映得格外明亮，米迦勒搖了搖頭，轉身向著自己的官邸走去。

第12章　雪域的黑魔術師

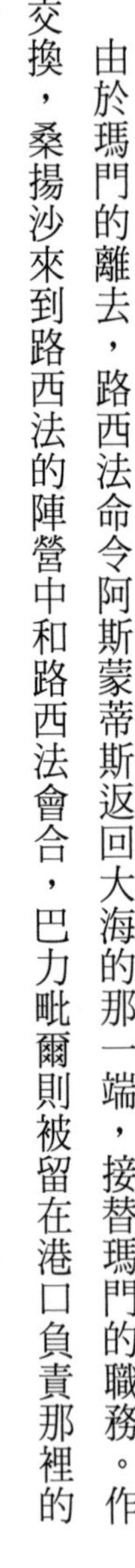

由於瑪門的離去，路西法命令阿斯蒙蒂斯返回大海的那一端，接替瑪門的職務。作為交換，桑揚沙來到路西法的陣營中和路西法會合，巴力毗爾則被留在港口負責那裡的治安。

在一切安排妥當之後，路西法叫衛兵將各位將軍請到王城的會議室去，自己則獨自坐在會議室圓桌的一端，年輕天使如雕像般一動不動，俊朗的臉旁從側面看去棱角分明，他的眼睛裡散發著熾熱的光芒，深邃的眼眸裡充滿了自信。

幾個惡魔將軍很快進入了會議室，並且按照各自的位置坐下，路西法依舊沒有說話，他澄清的瞳孔注視著眼前的惡魔們。

「路西法大人，你已經決定繼續進攻了？」大撒旦打破了沉寂。

路西法沒有回答，只是輕輕點了點頭，然後用目光注視著亞巴頓，亞巴頓的目光閃爍了一下。

「路西法大人，我知道你想瞭解從王城繼續前進的情況，我可以為你說明。」亞巴頓站起身來。

亞巴頓命令衛兵拿來地圖，將地圖攤開在圓桌上，這是一幅新的大陸地圖，看得出來路西法登陸的港口只位於這幅地圖的一角，而亞巴頓的王城也並不是這片大陸的中心。

「路西法大人，這裡是我們的位置。」亞巴頓指著地圖中王城的位置，「再往前行，我們會遇到常年冰雪覆蓋的區域，那裡有強大的敵人在守候著。」

「亞巴頓大人，你一定對這些敵人有所瞭解。」大撒旦說。

「大撒旦大人，我確實對這些敵人有所瞭解，但是此時我能夠告訴路西法大人的是這些敵人擁有著強大的力量，我們在數千年來各自堅守自己的領地，互不侵犯。我想此時的他們應該已經獲知路西法大人到達這裡的消息，我們也將會面臨苦戰。」亞巴頓說。

路西法依然一言不發，仔細聽著亞巴頓說得每一個字，年輕天使點了點頭。

「亞巴頓，我相信你一定十分熟悉前進的道路。」路西法說。

「是的，路西法大人。」亞巴頓說。

路西法轉向大撒旦，「大撒旦大人，命令軍隊做好準備，明天清晨立刻出發，通知巴力毗爾，在我們繼續前進的這段時間裡，由他負責這裡的防務。」

惡魔將軍們逐個離去，路西法站起身來，走到會議室的窗前，看著淅淅瀝瀝不停飄雨的天空，遠方的景物一直映入年輕天使深邃的瞳孔，隨後在瞳孔的盡頭消失無蹤。

在冰雪覆蓋的城堡裡，一個惡魔正獨自坐在王座之上，端起銀質酒杯一飲而盡。

「亞巴頓敗了嗎？」這個惡魔似乎在自言自語一樣。

這個強壯的惡魔站起身來，走到王廳寬大的陽臺上，空中不斷飛舞著雪花，落在潔白的大地上，烏雲籠罩下的大地在雪的妝點下一片純白。惡魔獨自站了一會，雪落在冰冷的鎧甲上，他用手撣了撣肩頭的雪花。

「路西斐爾大人嗎？」這個惡魔再次開始自言自語，「看來命運的齒輪越轉越快了。」

惡魔發出一陣笑聲，這笑聲化作一團巨風，吹散面前飄落的雪花，「路西斐爾，在我和你相見之前，你還要克服守在我面前的兩個惡魔給你設置的重重障礙，尤其是那個操縱黑魔術的傢伙，他曾是你最信任的屬下，現在卻不得不變成你的敵人，即使是我也不敢小看他。」

惡魔轉身走入王廳，陽臺鑲著透明玻璃的木門瞬間關閉，王廳裡一片黑暗，惡魔再次坐回王座，斟滿酒杯。惡魔用手舉起酒杯，輕輕晃動著酒杯裡鮮紅色的美酒，「桑揚沙，我們相聚的日子就要來臨了。」

天界大聖城，加百列獨自走進大聖堂，此時的大教堂裡空無一人，陽光透過教堂四周高牆之上的彩色玻璃落在地面，將地面照耀得五彩斑駁。加百列在大教堂正中的神像前獨自站立了一會，陽光將她美麗的臉映照得格外明亮。

加百列走到教堂唱詩班的鋼琴前獨自坐了下來，將雕刻著美麗紋飾的鋼琴蓋打開，修長的手指放到琴鍵上，加百列明亮的雙眸在修長的睫毛不停閃動。美麗的天使舞動手指，琴鍵上的黑白隨著加百列手指的跳動不斷起伏，時而悠揚、時而婉轉、時而沉靜、時而歡快。優美的旋律瞬間沿著大教堂的頂端向著四周飄散開來，天使們紛紛停下腳步，聆聽著這動人的旋律。

一曲奏完，加百列獨自站起身來，深邃的雙眸當中隱約有明亮的淚光在閃動，美麗的天使低下頭，潔白的羽翼輕輕張開。

一陣輕輕的掌聲從加百列的身後響起，加百列轉過身，看到一個金色頭髮的年輕天使正站在她的背後，這個年輕天使嘴角微微翹起，露出微笑。

「拉斐爾，你怎麼會在這裡？」加百列問。

「加百列，很久沒有聽到如此動聽的旋律了。」拉斐爾似乎沒有聽到加百列的問題，還沉浸在美妙的旋律當中。

加百列搖了搖頭，沒有說話，美麗的臉上露出遺憾的神色。

拉斐爾似乎沒有注意到加百列的神情，繼續說著，「戰爭令我們遠離了安寧和平靜，我們的雙手除了握緊劍別無選擇，我多麼希望能夠時常聽到你的琴聲。」

「拉斐爾，和平已經到來了。」加百列的聲音柔美婉轉，「我們不必再讓雙手沾滿鮮血。」

拉斐爾搖了搖頭，「可惜這和平的代價太過沉重。」

聽到拉斐爾的話，加百列的臉上閃過一絲憂傷，拉斐爾俊美的臉上也露出凝重的神情，兩個天使站在原地一動不動，五彩的陽光散落在潔白的羽翼上。

第二天清晨，路西法的軍隊從王城出發，向著未知的前方前進，經歷過一段漫長的跋涉，穿過一片森林，出現在路西法和他的夥伴面前的是冰雪覆蓋的大陸。天空飄動著雪花，雪花落在路西法的鎧甲上，冰冷的空氣帶來一絲絲寒意。

寒冷侵襲著路西法的戰士們的身體，夜晚到來了，路西法命令戰士們安營紮寨。這樣的天氣讓路西法也感到不適，營地的帳篷裡點起了一堆堆篝火，戰士們圍坐在火堆前取暖。

路西法對艱苦的情況有所估計，但是眼前的一幕還是讓他感到十分不安，年輕天使也感覺到一股巨大的力量就在距離他不遠的地方，他命令戰士們時刻保持警惕。

難熬的黑夜過去了，清晨終於來臨。路西法和他的戰士們繼續出發，經過一段狹長的山路，一片平坦的盆地出現在他們面前，進入這片盆地，路西法驚訝得發現在這片大地之上出現了無數由冰雪做成的雕像，這些雕像手持武器，栩栩如生。

路西法命令戰士們要提高警惕，軍隊陸續進入谷地。由於黑夜的到來，路西法不得不命令戰士們安營休息。

大撒旦向路西法表達了自己的擔心，這些雕像出現得太過詭異，讓大撒旦感到十分不安。路西法同意大撒旦的意見，命令戰士們要加強防衛，盡量遠離那些雕像。

清晨來臨，路西法從睡夢中驚醒，衛兵慌慌張張地跑進路西法的營帳。

「路西法大人，我們進入山谷的路消失了。」衛兵說。

路西法穿好鎧甲，來到營地前，赫然發現山谷的四周已經被冰壁所包圍，這冰壁一直伸向天空並在天空中閉合成一個圓形尖頂，路西法飛上天空，拔出劍向著冰壁揮去，冰壁瞬間消失隨後完好無損地再次出現。

路西法落回地面，這時戰士們再度大叫起來，路西法抬起頭看到天空之中出現了一個穿著黑色長袍的惡魔，惡魔長長的披風隨風飄動，閃耀著藍色光芒的頭盔在冰壁的映射散發出耀眼的光芒，右手中翡翠色的魔杖發出熠熠光輝。

「路西斐爾大人，我一直在這裡等待你的到來。」這個惡魔說。

「你是誰？」路西法大聲說。

「路西斐爾大人，看來你不認識我了，我是黑魔術師默菲斯托菲里斯，在天界時我的名字叫做梅菲斯托。」這個惡魔大聲回答。

「黑魔術師默菲斯托菲里斯？」大撒旦說。

「大撒旦，難得你還記得我的名字。」默菲斯托菲里斯笑了起來。

「默菲斯托菲里斯，為什麼將我們禁錮在這裡。」大撒旦說。

「路西斐爾大人，原諒我們的無禮，我和亞巴頓他們一樣，要檢驗一下你的才幹。」默菲斯托菲里斯說。

「看來，我們只有用武力解決了。」路西法說。

沒等路西法說完，桑揚沙和拉哈伯已經揮劍出鞘，拉哈伯率先向著默菲斯托菲里斯衝來，默菲斯托菲里斯看到拉哈伯，轉動手中的魔杖，魔杖在默菲斯托菲里斯面前畫出一個圓形，無數冰箭從飛出，向著拉哈伯而去。

拉哈伯拚力躲閃，但右臂和左肩依然被兩支冰箭劃過，鮮血噴濺而出。

「猙獰的勇士拉哈伯，力量也不過如此。」默菲斯托菲里斯發出一陣嘲笑。

拉哈伯本想揮劍繼續攻擊，但是他的左肩和右臂早就失去了知覺，劍也掉了下來。

「我勸你不要亂動，拉哈伯，這可不是普通的冰箭。」默菲斯托菲里斯說。

拉哈伯看著自己的傷口，傷口上已經覆蓋住了厚厚的冰，血液被出現的冰所凍結，瞬間凝固。

「如果你再亂動，全身的血液都會凝結。」默菲斯托菲里斯笑了起來。

桑揚沙拿出背後的長弓，拉滿弓，三支箭向著默菲斯托菲里斯而來，默菲斯托菲里斯念動咒語，從左手手掌裡飛出三條火焰，火焰將三支箭瞬間化為灰燼。

「讓你們看看我真正的力量。」默菲斯托菲里斯大聲說。

默菲斯托菲里斯轉動手中的魔杖，冰壁頂端的天空瞬間被黑暗所籠罩，覆蓋著厚厚積雪的大地不斷顫抖，雪地上的雕像突然開始活動，手持著尖利的冰製武器的惡魔向路西法的營地襲來。

路西法的戰士們拿起武器抵擋，但是這些沒有知覺的雕像進攻十分勇猛，路西法的戰士們奮力抵擋著雕像們的進攻。

路西法看到眼前的危急情況，振動羽翼飛上天空，他拔出長劍，長劍畫出五芒星的形狀，五芒星化作一團團火焰落在雕像之上，瞬間雕像化為雪水。

「不愧是路西斐爾大人。」默菲斯托菲里斯說，「路西斐爾大人，就讓我掃清這些阻礙我們決鬥的惡魔們。」

默菲斯托菲里斯念動咒語，無數道光芒從魔杖之中飛出，光芒籠罩了路西法的營地，瞬間營地和路西法的夥伴們消失無蹤。

路西法露出憤怒的神色，「默菲斯托菲里斯，你對我的夥伴們做了什麼？」

「路西斐爾大人，他們不過是進入了我設置的虛幻領地，我並沒有傷害他們的性命。」默菲斯托菲里斯笑了起來。

「看來只有擊敗你，他們才能返回這裡。」路西法說。

「路西斐爾大人，說的沒錯。」默菲斯托菲里斯。

「事情變得簡單了。」路西法說。

「路西斐爾大人，一切才剛剛開始。」默菲斯托菲里斯說。

默菲斯托菲里斯念動咒語，身體化作一道光，消失在路西法的面前，路西法感覺到眼前一片眩暈，等路西法再次醒來，他發現自己的鎧甲消失了，穿著白色長袍的他正站在加百列的寓所前面。

路西法將劍收回劍鞘，看著眼前熟悉的一切，加百列寓所前的鮮花依舊充滿了勃勃生機，陣陣的花香帶著露水特有的味道傳到路西法的身體裡。

加百列寓所的門瞬間打開，美麗的加百列穿著潔白的長裙出現在路西法面前，裙擺隨著微風輕輕擺動，加百列的眼睛裡閃爍著明亮的淚光，美麗的天使走到路西法的面前。

「路西法大人，你回來了。」加百列說。

路西法幾乎不敢相信自己的眼睛，加百列走到路西法面前，用修長的雙臂抱住路西法，手指輕輕地在路西法的後背滑動。

路西法感覺到了胸前加百列呼吸的溫度，加百列柔軟的身體正靠在他的身前，路西法伸出雙臂抱住加百列的身體。

加百列拉住路西法的手，和路西法走進寓所，來到加百列的臥室內，潔白的幔帳懸掛在寬大的異常柔軟的大床上。加百列鬆開路西法的手臂，獨自站在床前，面對著路西法，加百列輕輕解開白色長裙的肩帶，長裙瞬間滑落，露出加百列美麗的軀體，潔白無瑕的曲線下散發著無盡誘惑。

路西法扭過臉去，「加百列，不要這樣。」

加百列沒有理會路西法的話，她赤著腳踮著腳尖走到路西法的面前，將白嫩的足尖踩在路西法的腳尖上，柔滑的肩膀散發著難以抗拒的微香，加百列用修長的雙臂再次環抱住路西法的身體，路西法感覺到從加百列身上傳來的熱量。

「路西法大人，我一直在等待著這一刻的到來。」

加百列閃動著明亮的雙眸，將濕熱的嘴唇貼在路西法的嘴唇上，加百列的嘴唇上淡淡的微香傳入路西法的口中，路西法不由得閉上了眼睛。

在加百列的嘴唇和路西法的嘴唇接觸的一剎那，一把冰冷的匕首刺入了路西法的身體，加百列瞬間消失，路西法發現自己還停在山谷的空中。默菲斯托菲里斯懸浮在年輕天使面前，年輕天使的右腹部插著一把匕首，鮮血順著匕首流了下來。

「路西斐爾大人，多麼美好的幻境。」默菲斯托菲里斯笑了起來。

「原來這一切都是由你創造出來的。」路西法用手捂住傷口。

「路西斐爾大人，這一次你就徹底沉睡在幻境當中吧。」默菲斯托菲里斯說。

默菲斯托菲里斯念動咒語，路西法再次感到一片暈眩，等他再度醒來，發現自己正站在死寂之谷中，眼前是他的族人和村落。

一個黑色羽翼健壯的天使向他走來，「路西法，我的兒子，歡迎你回來。」

路西法看著眼前的健壯天使，深邃的雙眸裡飽含著淚水，「父親，是你。」

「是我，路西法，我和你的母親一直在等你。」健壯的天使伸出雙臂和路西法擁抱。

在距離他們的不遠處，一個美麗的中年女性天使正用慈愛的目光看著路西法，她穿著天藍色的長裙，裙擺隨著風輕輕飄動。

美麗的天使走到路西法的面前，「路西法，我的兒子。」

路西法的眼淚終於抑制不住，噴湧而出，「母親，是你。」

美麗的天使拉住路西法的手，「我的孩子，和我回家。」

健壯的天使也拉住路西法的手，父親的手強壯有力，母親的手柔軟溫和，這是路西法從小沒有體會到的感覺。

路西法隨著父母向著村子裡走去，他似乎忘卻了一切，變得如孩子一般純真，臉上露出喜悅的笑容。

突然，一道紫色的閃光從空中劃過，路西法分明看到眼前美好的景象化作一片火海，火海之後化作在村子的遺址上出現一座殘垣斷壁的廢墟，山谷之中開滿了血紅色的鮮花。

路西法停住腳步，鬆開兩個天使的手，「父親、母親，原諒我，我想起了一切，你們早已經離開了這個世界，眼前看到的不過是默菲斯托菲里斯製造的幻象。」

「我的孩子，你說什麼？」美麗的天使說。

路西法拔出劍，指向天空，「消失吧，這些幻象，默菲斯托菲里斯，即使你利用我的族人和父母，我也不會被你迷惑。」

路西法揮動長劍，眼前的村落瞬間消失只剩下黑暗，他分明看到自己父母親的身體血流不止。

「路西法，我的孩子，為什麼要這樣，為什麼要對你的父母揮劍。」強壯的天使說。

「消失吧，我的父母早已安眠於天界，你們不過是黑魔術製造出的幻象。」路西法大聲說。

黑暗瞬間消失，路西法發現自己依然停留在原地，他舉起劍，指向默菲斯托菲里斯，「默菲斯托菲里斯，我不會原諒你所做的一切，你褻瀆了我父母和族人的純潔靈魂。」

「是誰打破了我的幻境，那道紫色的光線究竟是什麼？」默菲斯托菲里斯自言自語。

展開紫紅色羽翼的美麗女子正飄浮在冰壁上空，嘴角微微翹起，露出笑容，「默菲斯托菲里斯，看來你要失敗了。」

路西法揮劍向默菲斯托菲里斯猛攻過去，默菲斯托菲里斯揮動魔杖，路西法的速度越來越快，默菲斯托菲里斯拚命阻擋，但依然抵擋不住路西法的進攻。

默菲斯托菲里斯拚命閃開攻擊，念動咒語，一座巨大的冰牆出現在路西法和默菲斯托菲里斯面前。

「路西斐爾大人，看看你如何突破這道冰牆。」默菲斯托菲里斯說。

路西法揮動劍，劍發出無數道閃光，冰牆瞬間化成碎片，掉落在地面上。

「默菲斯托菲里斯，你不是我的對手，將我的同伴們交出來，我就饒了你的性命。」路西法大聲說。

默菲斯托菲里斯搖了搖頭，「看來我註定不是路西斐爾大人的對手。」

默菲斯托菲里斯念動咒語，咒語過後，一片巨大的光亮出現在大地上，營寨和路西法的戰士們再度出現。

默菲斯托菲里斯降落地面，跪倒在雪地上，「路西斐爾大人，請原諒我的無禮，我願意成為你最忠誠的僕人，就如同我在天界時一樣。」

路西法降落地面，「默菲斯托菲里斯，你要約束自己，不許再利用幻術傷害任何人。」

「路西斐爾大人，我保證。」默菲斯托菲里斯說。

路西法扶起默菲斯托菲里斯，山谷四周的冰壁瞬間消失，天空中的雪花再度飄落下來，積雪再度覆蓋大地。路西法抬起頭，看到一道紫色的閃光劃出一道美麗的軌跡，消失在空中。

第13章　不死傭兵團

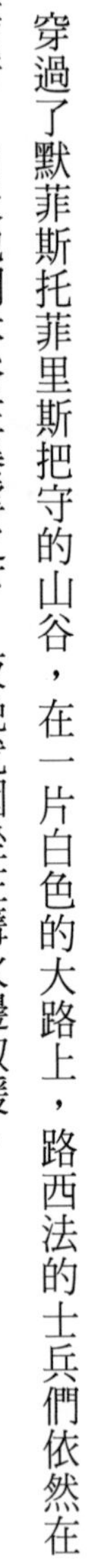

穿過了默菲斯托菲里斯把守的山谷，在一片白色的大路上，路西法的士兵們依然在艱難前行。白天他們沐浴在暴雪之下，夜晚就圍坐在篝火邊取暖。

路西法對眼前的情況感到十分擔憂，但是他依然命令戰士們繼續前進。夜晚來臨年輕天使將默菲斯托菲里斯請到營帳中來，準備和這個惡魔瞭解一下情況。

默菲斯托菲里斯很快走進了路西法的營帳，這個黑魔術師畢恭畢敬地向路西法行禮，他微低著頭，不敢用眼睛正視路西法。

「默菲斯托菲里斯，你已經猜到我請你來的目的了吧？」路西法的聲音異常嚴肅。

「路西法大人，你一定想知道我們前方的敵人吧？」默菲斯托菲里斯回答。

路西法點了點頭，「默菲斯托菲里斯，正是這樣，你願不願意談談這片寒冰之地上的惡魔們。」

「當然，路西法大人，我從來到這片寒冰之地開始，已經經歷了數千年，但是我一直守衛在我的領地裡，從來沒有踏入寒冰之地深處一步。」默菲斯托菲里斯回答。

「你不會想告訴我你並不瞭解這片大地上的另外的惡魔統帥吧。」路西法問。

「路西法大人，那倒不會，我對我領地周邊的情況十分瞭解，至於這片大地的更深處，我就不能確定了。」默菲斯托菲里斯回答。

「好吧，你就說說在你的領地周圍的情況，默菲斯托菲里斯。」路西法輕聲歎了口氣。

「路西法大人，如果我們繼續前進，將會進入羅弗寇的領地。」默菲斯托菲里斯回答。

「羅弗寇？」路西法露出一絲疑惑的表情。

「是的，路西法大人，憎恨光的惡魔——羅弗寇。」默菲斯托菲里斯說，「羅弗寇擁有強大的力量，準確的說擁有契約之力。」

「契約之力，默菲斯托菲里斯，你再說得詳細一些？」路西法說。

「路西法大人，原諒我只能到此為止了，因為羅弗寇的契約之力我也沒有親眼見過，數千年裡我們一直壁壘分明，從不跨越自己的領地半步。我和羅弗寇沒有任何交往，甚至連他本人的面貌也沒見過。」默菲斯托菲里斯，「至於契約之力，一直都是傳說，但可以肯定的是羅弗寇確實擁有巨大的力量。」

「默菲斯托菲里斯，我還有一個問題，羅弗寇是否擁有撒旦的靈魂之力？」路西法問。

「撒旦的靈魂之力？」默菲斯托菲里斯搖了搖頭，「恐怕沒有，撒旦的靈魂力量對於我們這些惡魔並沒有什麼幫助，不過我聽說在這片寒冰之地裡確實有一個惡魔擁有撒旦靈魂的碎片，但我可以確定並不是羅弗寇。」

路西法點了點頭，沒有再說話，他歪著頭枕在自己的右拳上，保持著優雅的姿勢陷入了沉思。默菲斯托菲里斯向路西法行禮，轉身離開營帳。

路西法的軍隊繼續前行，很快一座冰築的堡壘出現在他們的面前，這座堡壘被厚厚的積雪所覆蓋，寒冰做成的方磚閃耀著藍色的光芒。

路西法命令戰士們原地待命，做好戰鬥準備。

路西法獨自飛到空中，堡壘厚重的黑色鐵門慢慢打開，一個惡魔飛速而出，懸浮在空中。

「路西斐爾大人，你來了。」這個惡魔說。

這個惡魔身材魁梧，全身被重甲所覆蓋，頭上戴著三隻角裝飾的戰盔，臉上露出一絲嘲笑。

「你是羅弗寇？」路西法問。

「路西斐爾大人看來並沒有忘記我？」羅弗寇發出一陣大笑，面前飄散的雪花被吹拂得七零八落。

「羅弗寇，我並不認識你，如果沒有和默菲斯托菲里斯的談話，我並不知道你的名字。」路西法回答。

「默菲斯托菲里斯也被大人降伏了嗎？」羅弗寇說。

路西法點了點頭，「羅弗寇，投降吧，你不是我的對手。」

羅弗寇搖了搖頭，「路西斐爾大人，我和默菲斯托菲里斯不同。」

「既然你不肯投降，我會用武力讓你臣服。」路西法說。

路西法拔出劍，像一道閃電般向著羅弗寇衝來，羅弗寇伸出右手，釋放出一道光芒，這光芒化作一個巨大的盾牌，擋住了路西法的進攻。羅弗寇振動雙翼，向著堡壘上空飛去。

「路西斐爾大人，我並不是你的對手，我的士兵才是。」羅弗寇大聲說。

一陣巨大的號角聲音響起，無數惡魔戰士從城堡中飛出，這些惡魔戰士們毫無生氣，如同死屍一般向著路西法的軍隊猛衝過來。

兩個惡魔戰士揮動武器向路西法刺來，路西法輕鬆閃過對方的攻擊，一劍刺中了其中一個戰士的身體。這個惡魔戰士似乎根本沒有受傷，依舊向路西法猛攻過來，路西法驚訝地發現在他的劍上並沒有留下任何血跡。

路西法的戰士們也遭遇了苦戰，羅弗寇的士兵們似乎不知道疼痛和死亡，武器對他們絲毫沒有任何效果，即便身體被刺中這些奇怪的士兵們依然奮勇向前。

路西法被四個惡魔士兵團團圍住，一時間難以擺脫，羅弗寇看到眼前的一幕，發出得意的笑聲。

「羅弗寇，這就是你的契約之力？」默菲斯托菲里斯大聲說。

「當然，默菲斯托菲里斯，這些戰士的戰鬥力足夠強大吧。」羅弗寇雙手環抱在胸前，飄浮在空中大聲回答。

「原來你有操縱死屍的力量。」默菲斯托菲里斯閃過一個惡魔戰士刺過來的長矛，揮杖打去。

「你錯了，默菲斯托菲里斯，他們並不是死屍，而是有血有肉的惡魔。」羅弗寇回答。

「不可能，沒有惡魔不知道疼痛。」默菲斯托菲里斯。

「當然，只不過這些惡魔在和我訂立了契約之後，已經失去了靈魂，只剩下一個無用的軀殼。在契約成立的這段時間裡，他們是我忠實的奴僕。」羅弗寇說。

「你的手段實在卑鄙。」默菲斯托菲里斯說。

「卑鄙，難道你操縱黑魔術之力就不卑鄙嗎？」羅弗寇說。

默菲斯托菲里斯露出憤怒的表情，「羅弗寇，你要為此付出代價。」

默菲斯托菲里斯閃開敵人的攻擊，振動雙翼飛上天空，轉動翡翠魔杖，口中念動咒語，無數支冰箭從轉動的魔杖形成的巨大光圈中射出，飛入羅弗寇士兵的身體之中。羅弗寇的士兵的身體瞬間被冰封鎖，動彈不得。

羅弗寇看著眼前的一幕，再次發出笑聲，「默菲斯托菲里斯，你的力量確實強大，但這種能力還不能對我的士兵產生效果。」

羅弗寇念動咒語，咒語之下大地之上變得異常炎熱，被冰封住的戰士們瞬間恢復了自由，向著路西法的戰士們猛攻過來。

默菲斯托菲里斯露出驚訝的神情，再次念動咒語，一束閃光向羅弗寇飛來，羅弗寇揮動右手臂，閃光瞬間被彈開，落在地面上。

「黑魔術之力，不過如此，默菲斯托菲里斯，不要搗亂，這是我和路西斐爾大人的戰鬥。」羅弗寇說。

羅弗寇伸出雙手，一道黑色的閃光飛出，瞬間默菲斯托菲里斯的身體被一個黑色的光球包圍，不能動彈。

在默菲斯托菲里斯和羅弗寇交手的這段時間裡，路西法已經擺脫了兩個惡魔戰士的糾纏，他舉起長劍，口中開始吟誦咒語。劍身開始向著光之劍轉化，無數銀白色的閃光從劍身飛出，穿過羅弗寇的不死傭兵的身體，這些傭兵瞬間停止了進攻，停留在原地。

「這是天使的光之力。」羅弗寇說。

「羅弗寇，你的士兵們已經沒有戰鬥力了，現在是你和我的決鬥。」路西法說。

「路西斐爾大人，你未免小瞧了我的力量。」羅弗寇說。

羅弗寇揮動手臂，無數騎兵從城堡中湧出，這些惡魔士兵坐在張開著骨翼的骷髏飛馬之上，揮舞著武器向路西法的戰士們襲來。

路西法再度吟誦咒語，天使的光之力再現，但隨著光接近這些騎兵的身體，光之力被瞬間彈開。

「路西斐爾大人，這些是我找到的地獄最深處的亡靈，是真正的不死兵團，天使的光之力也奈何不了他們，現在我要看看你還有什麼辦法。」羅弗寇大笑了起來。

羅弗寇的騎兵們揮舞著巨大的鐮刀和長矛向路西法的戰士們重來，路西法的戰士們瞬間被衝散得七零八落。戰士們的武器根本接觸到羅弗寇騎兵們的身體，戰鬥變成了一邊倒的屠殺，不斷有路西法的戰士們倒下去，鮮血染紅了被積雪覆蓋的大地。

路西法舉起劍，一股黑色的火焰從身體裡慢慢湧出，力量很快覆蓋住了年輕天使的全身，劍身由光之劍向著魔王之劍轉化，撒旦之力源源不斷地從路西法的身體裡奔湧而出。

天空瞬間被漆黑的烏雲所覆蓋，大地也震動不止，路西法揮動劍，一道巨大的黑色閃光包裹住了劍身。

「撒旦啊，請賜予我強大的力量，讓這些迷失了方向的惡靈返回他們的巢穴！」路西法大聲說。

劍身發出巨大的轟鳴聲，攪動得天空的烏雲翻滾不停，大地不斷顫抖，黑色的閃光瞬間籠罩整個大地。

黑色的閃光慢慢褪去，羅弗寇的惡靈騎兵們化作一道道黑影，飛入路西法的劍中，羅弗寇看著眼前的一幕，睜大了眼睛，露出吃驚的表情。

「羅弗寇，你已經無計可施了，投降吧。」路西法說。

羅弗寇沒有回答路西法的話，他抽出長劍，向著路西法猛衝過來。路西法輕巧地閃過羅弗寇的進攻，揮動長劍，劍從羅弗寇的身體劃過，險些刺中羅弗寇的身體。羅弗寇絲毫沒有避讓的意思，依舊揮動著長劍不斷進攻，劍身幾次劃過路西法的鎧甲，但都被路西法躲過。

路西法看準機會，揮動長劍，避開羅弗寇，振動羽翼向後一閃，「羅弗寇，你不是我的對手。」

「勝負還沒有分曉，路西斐爾大人。」羅弗寇舉起劍，「路西斐爾大人，現在要讓你看看我真正的力量。」

羅弗寇將劍立於胸前，口中開始不停念動咒語，瞬間羅弗寇的劍發出黑色的光芒，一個巨大的逆五芒星出現在路西法的腳下。

「路西法大人，就讓你看看我的契約之力。」羅弗寇大聲說。

「路西法大人，危險！」大撒旦大聲說。

「來不及了，大撒旦。」

羅弗寇念出最後一句咒語，逆五芒星之陣發出耀眼的黑色光華，瞬間籠罩住了路西法的身體，路西法只覺得自己失去了知覺，陷入一片黑暗之中。

路西法的身體落在積雪覆蓋的地面上，猶如雕像一般站在原地一動不動，漆黑色的深邃雙眸瞬間失去了神采，微風輕輕拂動路西法黑色的頭髮，潔白的雪花落在他的肩頭。路西法的頭上，逆五芒星之陣不斷旋轉，從天而降的黑色閃光形成一個圓柱體將路西法包圍其中。

「羅弗寇，你究竟對路西法大人做了什麼？」默菲斯托菲里斯說。

「默菲斯托菲里斯，我雖然沒有能力完全操縱路西斐爾大人的靈魂，但是我的力量可以將路西斐爾大人的靈魂封印起來，現在路西斐爾大人的靈魂正徘徊在無盡的黑暗當中。」羅弗寇說。

「羅弗寇，快為路西法大人解開契約。」默菲斯托菲里斯說。

「默菲斯托菲里斯，如果眼前這個六翼的黑色羽翼的天使確實是路西斐爾大人，他一定能夠解開我的封印。如果不過是擁有黑羽六翼軀殼的冒牌貨，就讓他永遠沉睡在黑暗當中吧。」羅弗寇回答。

默菲斯托菲里斯揮動翡翠之杖，一股明亮的光束向著羅弗寇襲來，羅弗寇振動雙翼，光束從他的身邊瞬間閃過。

「默菲斯托菲里斯，省點力氣吧，你明知道不是我的對手。」羅弗寇說。

默菲斯托菲里斯再度轉動魔杖，羅弗寇伸出右手，默菲斯托菲里斯立刻感覺到一股巨大的力量封住了自己的身體。

「默菲斯托菲里斯，你就這麼沒有耐心嗎？我和路西斐爾大人的勝負還沒有揭曉呢。」羅弗寇繼續停留在空中，雙手環抱在胸前。

此時的路西法依然徘徊在黑暗之中，振動羽翼向著黑暗飛去，但是這黑暗似乎永遠沒有盡頭，路西法的身體逐漸被疲勞所籠罩，但依然努力支撐著身體不斷向前。在這一無所有的黑暗之中，他的身體變得愈加沉重。

就在路西法幾近絕望的瞬間，一個紫色的閃光突然劃破無盡的黑暗，紫色閃光從路西法前方緩緩落下，化作一個美麗女子的身影。紫色的閃光籠罩著這個女子全身，在朦朧之中路西法難以看清這個女子的容貌。

「你是誰？」路西法說。

「路西斐爾，失去記憶的你已經忘記我了？」這個女子的聲音柔和動聽。

「不，我記得你，在和亞巴頓戰鬥的那天夜晚，你曾經出現在我的夢中。」路西法說。

「路西斐爾，那並不是夢。」這個女子說。

「你究竟是誰？」路西法問。

「現在是我幫助你脫離這片黑暗的時候了，我們終會重聚。」女子回答。

美麗的女子的身影瞬間消失，再度化作一道紫色的閃光，閃光劃過漆黑的黑暗。遙遠的盡頭出現一個閃耀著銀色光芒的亮點，路西法向著亮點飛去。隨著距離的靠近，亮點越來越大，光明瞬間出現在眼前。

逆五芒星之陣瞬間出現一道巨大的裂痕，旋即破碎成數片，消失在空中。

「究竟是誰破解了契約之陣？」羅弗寇似乎在自言自語一般。

路西法漆黑色的雙眸瞬間釋放出神采，在太陽下熠熠生輝，他舉起劍，振動羽翼飛到羅弗寇的面前。

「羅弗寇，你的契約之陣已經解除，投降吧。」路西法說。

「路西斐爾大人，沒想到在你的背後還有如此強大的力量在幫助你。」羅弗寇說。

「羅弗寇，這就是命運。」大撒旦說。

「命運，難道這場宿命最終也不能改變？」羅弗寇說。

羅弗寇再次揮動長劍向路西法襲來，路西法輕輕揮動手中的劍，羅弗寇的劍瞬間掉落地面。路西法的身體瞬間從空中消失，等羅弗寇反應過來，路西法已經出現在他的面前，劍架在他的肩膀上。

「投降吧，羅弗寇。」路西法說，「你已經沒有別的選擇。」

羅弗寇搖了搖頭，「路西斐爾大人，我願意成為你永遠的僕人。」

「羅弗寇，我接受你的忠誠。」路西法收回劍，和羅弗寇一起降落地面。

夜晚很快降臨，在地獄深處的城堡中，那個神秘的黑影依舊站在城堡的窗前，眼睛裡釋放出銳利的光芒，轉過身向著黑暗中走去。

突然，黑影停住腳步，再次轉過身來，看著窗外的方向。

「現身吧，天使，為什麼要隱藏在黑暗之中。」黑影說。

一片明亮的閃光過後，穿著白色長袍的天使出現在空中，背後潔白的羽翼釋放出明亮的光華。

「很久不見了。」這個天使開口說話。

「是你？『神的慈悲』雷米爾。」黑影說，「能夠穿梭於天堂和地獄的天使，掌握靈魂引導之術的審判官，來到地獄深處究竟想要做什麼？」

「別緊張，我的老朋友，或者應該如數千年前一樣稱呼你為尊敬的大人。我只想提醒你，你取得的三個靈魂當中有一個註定要返回天界，當約定的時刻來臨時，我會來取走那個本屬於天界的靈魂。」雷米爾說。

「你說的是那個天使。」黑影似乎有些躊躇。

「看來你也明白我的意思。」雷米爾說。

「想要從我手中取走這個天使的靈魂？要看你有沒有這個能力。」黑影說完大笑了起來。

「我確實不是你的對手，但是你應該明白，命運無法改變。」雷米爾說。

「命運？我從來不曾相信，因為那些所謂的命運已經讓我失望了一次。」黑影回答。

「不管你相不相信命運，這一切在數千年前早已註定。」雷米爾回答，「等到約定的時刻來臨時，我會將那個天使靈魂引渡，讓他得以穿越地獄之門返回天界。」

「狂妄！」黑影發出一聲大吼，他揮動手臂，一道黑色的光束向著雷米爾而去。

雷米爾的身體瞬間消失，明亮的光束劃過陰沉的天空，窗外只剩下無盡的黑暗。雷米爾的聲音沿著風的軌跡傳來，「約定的時刻到來時，我會重返地獄。」

黑影發出一陣冷笑，「沒想到你們這些代表光明的天使也會和我們一樣，將身體隱藏在黑暗當中，這與惡魔有什麼兩樣？」

黑影再度轉過身，消失在城堡的黑暗當中，只留下堅實的腳步聲從黑暗中不斷傳來，最後消失在城堡深處。

第14章　惡靈巨人

路西法在羅弗寇的帶領下走進了冰雪築成的堡壘，年輕天使驚訝地發現，這是一座繁榮的城市。惡魔們的生活十分平靜，街道上也熱鬧非凡。

進入城堡的宮殿之中，一股暖意撲面而來，熊熊燃燒的火把照亮了整個城堡的大廳，將地面和牆壁映得通紅，大理石柱高高豎起一直延伸到宮殿頂端，宮殿頂端雕刻著巨大的雕像。一個美麗的女性天使站立在巨大的戰車之上，女性天使背後張開紫紅色的十二翼，戰車之前栩栩如生的天馬飛翼張開，戰車四周燃燒著熊熊烈火，彷彿火焰就要從天而降。

路西法看到宮殿頂端的雕像，彷彿回到了天界，年輕天使不由得停下腳步，抬起頭看著宮殿頂端美麗的雕像，這天使的景象只有在天界才會出現。

羅弗寇看到路西法停住腳步，也駐足下來，看著眼前的年輕天使。

「路西法大人，你對宮殿頂上的雕像感興趣？」羅弗寇說。

「羅弗寇，宮殿頂上的雕像是誰完成的？」路西法問。

羅弗寇搖了搖頭，「路西法大人，從我來到這個城市開始，這座宮殿就已經存在了，我並不知道這座宮殿屬於誰，也不知道由誰建造，這城市裡的惡魔也同樣如此。」

路西法微微點了點頭，臉上充滿了迷惑，跟著羅弗寇走進宮殿的大廳中。

路西法命令戰士們在城市裡做短暫的休整，以緩解長時間來在冰天雪地中行軍帶來的疲勞和不安。路西法和幾個惡魔將軍則進入會議室，開始討論下一步計畫。

惡魔將軍們陸續進入宮殿的會議室，等他們一一坐定，路西法開口說話。

「羅弗寇，你要和我們說說從這裡繼續前行的路線和情況。」路西法說。

羅弗寇點了點頭，站起身來，打開面前的地圖，「路西法大人，如果繼續前行，很快將會進入另一個惡魔的領地，如果我們戰勝了這個惡魔，將會穿過這片常年冰雪覆蓋的土地。」

聽到很快就能脫離這片大雪紛飛的苦寒之地，大撒旦和幾個將軍都鬆了口氣，臉上露出難得一見的微笑。

「不過，想要戰勝這個惡魔並不容易。」羅弗寇繼續說。

「羅弗寇，你是否瞭解這個惡魔？」路西法問。

「路西法大人，我不得不說，我對這個惡魔並不知曉，唯一能夠確定的是他具有強大的能力。」羅弗寇說。

路西法用明亮的眼睛看著羅弗寇，羅弗寇依舊保持著平常的姿態，沒有任何慌亂。

路西法確定羅弗寇沒有任何隱瞞，點了點頭，「羅弗寇，你應該知道這個惡魔的名字吧？」

「是的，路西法大人，他是被稱作『惡意』的惡魔莫斯提馬。」羅弗寇說。

「『惡意』的惡魔莫斯提馬……」桑揚沙似乎在自言自語一般，「這個名字聽起來十分熟悉。」

與此同時，在冰雪覆蓋的城堡中，健壯的惡魔獨自坐在王座上，斟滿酒杯，端起酒杯將赤紅色的美酒一飲而盡。健壯的惡魔獨自站起身來，走到王廳的窗戶前，看著滿天的飛雪，搖了搖頭，轉過身向著王座走去。

「莫斯提馬，你的反應已經如此遲鈍了。」一個女子溫柔的聲音響起。

莫斯提馬轉過身，一個美麗的女子正飄浮在窗外，莫斯提馬打開窗子。

「是你！」莫斯提馬說，「消失了數千年的你終於再度現身了。」

「莫斯提馬，消失了的路西斐爾已經再度來到地獄之中，我們重聚的時刻又將來臨。」這個美麗的女子說。

「我知道你一直在暗中幫助路西斐爾。」莫斯提馬說。

「莫斯提馬，你依舊如此敏銳，什麼也逃不出你的眼睛。」美麗的女子咯咯地笑了起來。

「你希望我怎麼做？」莫斯提馬問。

「莫斯提馬，你應該明白，路西斐爾是地獄的主人，臣服是你唯一的出路。」美麗的女子說。

「你的建議我會考慮。」莫斯提馬回答。

「我一直期待我們重聚的時刻，另外你要對我們和天界那些落入黑暗中的天使的事守口如瓶。」美麗的女子化作一道光，消失於天空之中。

「當初如果不是被你引誘，我也不會墜入地獄，也許這就是命運。」莫斯提馬搖了搖頭，似乎在自言自語一般。

在經過了短暫的休息之後，路西法的戰士們又恢復了高昂的士氣。年輕天使命令戰士們立刻出發，向著新的目標前進。一想到即將走出這片由寒冰暴雪組成的世界，戰士們就充滿了力量。

路西法的心中還有一絲憂慮，他對被羅弗寇稱為「惡意」的惡魔的莫斯提馬還有一些擔心。面對未知的挑戰年輕天使心中總是充滿了謹慎，經歷了一系列嚴酷的挑戰，征服了一個又一個強大的敵人，反而使路西法心中的疑惑越積越多。

天空依舊飄散著雪花，風帶著寒冷的空氣迎面而來，被踏過的雪白大地留下一串串足跡，隨後又被肆意落下的飛雪所掩蓋，不留蹤跡。

隨著行程的深入，暴風雪隨之來臨，狂風捲著雪花呼嘯而過，將大地上的積雪捲起，飛向陰暗的天空。路西法和他的戰士們舉步維艱，白天和夜晚幾乎變成了一個模樣，陰沉的天空下風雪大作。不知過了幾個晝夜，暴風雪終於停止，路西法赫然發現一座城堡出現在面前。

這座巨大的城堡由黑色的岩石築成，冰冷的方磚上覆蓋著厚厚的積雪，城門頂端懸掛著已經被風侵蝕的鋒利冰柱。

城堡的王廳中，莫斯提馬正站在窗前，看著眼前的路西法和他的戰士們。他轉過身去，穿起黑色的戰甲，佩戴好武器，走出王廳。

路西法獨自飛上天空，想近距離觀看這座巨大的城堡。隨著一陣巨大的鎖鏈滑動的聲音，城堡的吊橋慢慢落下，撞擊地面發出巨大的聲響。厚重冰冷的鐵門緩慢打開，一個穿著黑色戰甲、背後背著巨大漆黑的鐮刀的強壯惡魔出現在路西法的面前。

這個惡魔身體魁梧，雙臂異常粗壯，冰冷的臉上露出嚴酷的表情，一雙釋放著黑色光芒的瞳孔正注視著路西法。

「路西斐爾大人，歡迎你的到來，我是莫斯提馬。」

莫斯提馬開口說話，聲音化作一道巨風，將他面前的雪花吹得七零八落。

「莫斯提馬，你應該知道我來的目的。」路西法說。

「路西斐爾大人，我當然知道，地獄統一的時刻不斷臨近，約定的時刻也即將到來。」莫斯提馬回答。

「莫斯提馬，看來你已經知道了答案，投降吧。」路西法說。

莫斯提馬發出一陣大笑，大地隨著笑聲不斷顫抖，這聲音化作一陣暴風，捲著雪花散落在大地上。

「路西斐爾大人，我從不願意相信所謂的命運。」莫斯提馬說。

「既然如此，我想這一切只能用劍來決定。」路西法說。

「在那之前，還請路西斐爾大人等一下。」莫斯提馬說，「桑揚沙，我知道你在那裡，趕快現身吧。」

桑揚沙聽到莫斯提馬的話，振動雙翼飛上天空，來到莫斯提馬面前。

莫斯提馬仔細打量了一下桑亞沙，點了點頭，嘴邊浮現出一絲微笑，「桑揚沙，好久不見了，我們分別有幾千年了吧。」

「莫斯提馬，恕我直言，我與你並不相識，關於你的名字我只在部落留下的只言詞組中聽到過。」桑揚沙回答。

「當然，桑揚沙，你不會記得我了。因為你數千年前的記憶早已被封存起來，等到約定的時刻來臨，丟失的記憶將會被尋回，到時候你就會明白我說的一切，當然還有另外一個我們的夥伴，那個守護天使的首領。」莫斯提馬說。

「守護天使的首領，你說的是阿札茲艾爾大人？」路西法問。

莫斯提馬沒有回答，只是微微點了點頭。

「莫斯提馬，是你盜走了阿札茲艾爾大人的靈魂？」路西法握緊了拳頭，臉上浮現出憤怒的表情。

「路西斐爾大人，我對你說的一切毫不知情。」莫斯提馬的目光愈加冰冷。

「莫斯提馬沒有說謊，並不是他盜走了阿札茲艾爾的靈魂。」大撒旦的聲音傳了過來。

「如果說有哪個惡魔對那些靈魂感興趣的話，我想只有他了。」莫斯提馬冷笑了起來。

「莫斯提馬，看來你知道發生的一切。」路西法說，「把你知道的一切告訴我。」

莫斯提馬再度大笑起來，「路西斐爾大人，那要看你有沒有那樣的實力。」

莫斯提馬抽出背後的黑色鐮刀，鐮刀鋒利的刀刃在雪的映照下異常耀眼。莫斯提馬揮動鐮刀，鐮刀劃過的軌跡帶著一陣風向路西法襲來。路西法向後一閃，鐮刀在他面前劃過，出現一道明亮的閃光，路西法的銀色的鎧甲瞬間出現一道割痕。

路西法舉起劍，如一道閃電一般向莫斯提馬衝來，莫斯提馬也振動雙翼，向路西法襲來。長劍和鐮刀在空中相遇，碰撞之下產生無數火花散落在大地上，白雪覆蓋的地面瞬間融化。隨著兩把武器不斷接觸，路西法感覺到眼前這個惡魔的強大力量，短時間內莫斯提馬完全壓制住了路西法，逼迫得路西法節節後退。路西法一邊抵擋一邊尋找機會反擊，年輕天使不斷釋放出潛藏在自己身體裡的撒旦靈魂之力，隨著撒旦靈魂之力的不斷提升，路西法和莫斯提馬逐漸形成了均勢。

天使和惡魔形成了拉鋸戰，莫斯提馬也感覺到了路西法力量的不斷上升，他奮力揮舞鐮刀，但都被路西法一一閃過。路西法的劍快如閃電，幾次險些刺中莫斯提馬的身體，莫斯提馬看準機會，揮動鐮刀，閃開路西法，退後一步。

在天空之上，一道紫色的閃光劃過，瞬間變化成一個美麗的女子的聲音，這個美麗的女子嘴角浮現出迷人的微笑。

「莫斯提馬，你已經落入下風了嗎？我要看看你還有什麼力量。」這個女子似乎在自言自語一般。

莫斯提馬握緊手中的鐮刀，「路西斐爾大人，你和我的力量相當，這樣戰鬥下去恐怕難分勝負，就讓你看看我的力量。」

莫斯提馬念動咒語，舉起漆黑色的鐮刀，隨後向下揮動，鐮刀劃過的軌跡瞬間出現一個裂縫，裂縫閃耀著黑色的光華。

路西法感覺到裂縫裡傳來的陣陣黑暗的氣息，他似乎聽到了亡靈的不斷哀嚎。

「莫斯提馬，你想召喚洪水下滅絕的惡靈？」美麗女子的眼睛裡劃過一絲驚訝。

「莫斯提馬，難道你想召喚那些消失於洪水之下的巨人『奈費利姆』？」桑揚沙大聲說。

莫斯提馬再度發出一陣大笑，「桑揚沙，看來你還記得著一切。」

「莫斯提馬，在我的部落留下的隻言片語中，你是被大洪水滅絕的亡靈的主人。」桑揚沙說。

「你說的沒錯，桑揚沙，大洪水之後我收集了這些滅絕的亡靈。」莫斯提馬說，「就讓我的僕人們來和你們戰鬥吧。」

莫斯提馬的巨大鐮刀發出震耳欲聾的轟鳴聲，轟鳴之下從切裂開的黑暗裂縫中無數巨人湧出，他們的身體異常高大健壯，手持著鈍器向路西法的戰士們襲來。

路西法的戰士們拚命阻擋，但是在獨眼巨人的進攻下依然節節敗退。

看到眼前的危急時刻，默菲斯托菲里斯飛上天空，念動咒語，無數冰箭如雨點一般落下，但冰箭在接觸到巨人身體時瞬間被彈開。

「愚蠢的默菲斯托菲里斯，你以為你那些蹩腳的魔法能夠奈何得了巨人奈費利姆。」莫斯提馬說。

「巨人奈費利姆，伊甸園洪水下的惡靈？」路西法大聲說。

「路西斐爾大人，看來你清楚地知道這一切。」莫斯提馬說。

「莉莉絲曾經和我提過伊甸園發生的洪水，和這些沒有智力的巨人一族。」路西法說。

「夜之魔女莉莉絲嗎？」莫斯提馬說，「路西斐爾大人，巨人一族確實沒有智力，但卻擁有無比神力，是天生的戰士。」

路西法握緊劍，向著莫斯提馬重來，莫斯提馬輕巧地閃過。

「路西斐爾大人，他才是你的對手。」

莫斯提馬念動咒語，從切裂的裂縫的黑暗中出現了一個異常巨大的獨眼巨人，這個獨眼巨人身形龐大，身高是路西法的數倍。獨眼巨人落在地面上，大地跟隨著他的腳步不斷搖晃，隨著獨眼巨人發出的一陣怒吼，天空中的烏雲瞬間散去，雪也停了下來。

獨眼巨人揮動粗壯的手臂，手中巨大的石斧向路西法斬去，路西法舉起劍抵擋，一股巨大的力量沿著獨眼巨人手中的石斧傳來，路西法的身體瞬間失去了控制，重重摔落在地面上。

路西法重新振動羽翼，飛上天空向著獨眼巨人襲來，年輕天使輕巧地閃開獨眼巨人的進攻，揮動長劍向獨眼巨人襲來，劍身與獨眼巨人的身體瞬間接觸，但旋即被彈開，獨眼巨人的身體毫髮無損。獨眼巨人再次揮動粗壯的手臂，石斧帶著一陣巨風向路西法吹來，路西法的身體再次被摔落地面。

莫斯提馬發出一陣大笑，「路西斐爾大人，看來你並不是奈費利姆的對手。」

路西法再度站起身來，舉起劍向獨眼巨人撲來，隨著路西法劍再次碰觸到獨眼巨人的身體，獨眼巨人的石斧再次向路西法斬來，路西法躲閃不及，獨眼巨人的石斧碰觸到路西法的腰間，銀色的鎧甲瞬間變形，路西法的身體再度落在地面上，巨大的衝擊令年輕天使口中吐出了鮮血。

天空中隱身的美麗女子搖了搖頭，「路西斐爾，難道這次依然需要我出手說明嗎？」

莫斯提馬也感覺到了這個美麗女子的存在，他猛然間抬起頭來，揮動巨大的鐮刀。鐮刀劃過，天空中出現一道黑色的半月形光芒，向著美麗女子所處的方向而去。

美麗女子舉起纖細白皙的手臂，伸出右手，張開修長的手指，半月形的黑色光芒瞬間消失。

「我知道你在那裡，不要來妨礙我。」莫斯提馬大聲咆哮著。

美麗女子的嘴角劃過一絲笑容，繼續停留在原地，纖細的玉臂環抱在胸前，注視著這一切。

路西法站起身來，舉起長劍，喃喃自語，撒旦之力不斷從路西法的身體深處湧現出來，黑暗再度覆蓋了路西法的全身。路西法的身體瞬間化作一團漆黑的火焰，火焰放射出明亮的光芒，這光芒向著獨眼巨人而去，眨眼間穿過了獨眼巨人的身體。獨眼巨人向後瞬間倒下，大地也發生劇烈的搖晃，隨著獨眼巨人身體接觸大地的一剎那，獨眼巨人的身體消失無形。

漆黑的火焰再次浮上天空，隨著光芒散盡，路西法出現在天空之中，他將劍立於胸前，念動咒語，無數黑色的火焰從長劍中飛湧而出，向著地面的巨人們襲來。隨著黑色火焰穿過這些巨人的身體，這些巨人化作一道道煙霧消失得無影無蹤。路西法伸出左手，用手指劃出五芒星的形狀，五芒星綻放出耀眼的銀色光芒，形成巨大的封印結界，覆蓋在莫斯提馬鐮刀割裂開的巨大裂縫之上，放射著黑色光芒的裂縫瞬間消失無形。

「莫斯提馬，投降吧。」路西法漆黑色的瞳孔中放射出明亮的光芒。

「路西斐爾大人，說這話還為時尚早，我們剛剛還是均勢。」莫斯提馬說。

天空中的美麗女子再度莞爾一笑，「莫斯提馬，你太愚蠢了，路西斐爾已經開始越來越熟悉撒旦之力的使用方法，路西斐爾已經將身體裡的撒旦之力提升了一個階段，剛才發生的一切恰恰說明了這一點。」

莫斯提馬揮動鐮刀向路西法襲來，路西法懸浮在空中，揮動長劍，長劍自上而下劃出一道軌跡，一道黑色的閃電從天而降擊中莫斯提馬的身體，莫斯提馬瞬間落入地面。

路西法再次用手指劃出五芒星的形狀，巨大的放射出銀色光芒的結界出現在莫斯提馬的頭頂，向著莫斯提馬的身體壓了下來。莫斯提馬舉起鐮刀抵擋，但是結界將他的身體壓得越來越低。

「莫斯提馬，投降吧，否則你將被五芒星之陣吞沒。」路西法大聲說。

莫斯提馬搖了搖頭，「路西斐爾大人，看來我不是你的對手，我願意成為你永遠的僕人。」

路西法揮動手臂，五芒星形成的結界瞬間消失，路西法降落地面，莫斯提馬跪下身來。

「路西斐爾大人，我願意將身體裡的撒旦的靈魂碎片交給你，你才是靈魂碎片真正的主人。」莫斯提馬說。

路西法點了點頭，伸開雙臂，和莫斯提馬一起升入空中，兩個人的身體都發出巨大的閃光，撒旦靈魂碎片從莫斯提馬的身體飛出。隨著撒旦靈魂碎片離開莫斯提馬的身體，莫斯提馬全身釋放出銀白色的光華，銀白色光芒之下莫斯提馬身體背後的潔白羽翼若隱若現，放射出明亮的閃光。

撒旦的靈魂碎片發出巨大的轟鳴聲，如一道黑色的閃電飛入路西法的身體。路西法的身體瞬間被黑色的光芒所包圍，和莫斯提馬身體放射出的銀白色光芒形成巨大的反差，一時間天空之中好像出現了兩個太陽，銀白色光芒和漆黑色光芒交替閃爍，釋放出耀眼的光芒。

隨著光芒散盡，天空中再度烏雲密佈，寒風帶著雪花飄灑而至。

天空中的美麗女子露出迷人的笑容，化作一道紫紅色的美麗閃光，消失在烏雲密佈的天空之中。

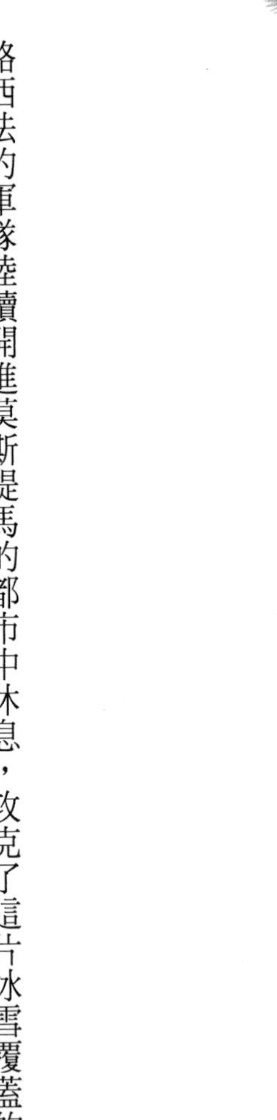

第15章　所羅門魔神

路西法的軍隊陸續開進莫斯提馬的都市中休息，攻克了這片冰雪覆蓋的大地上的最後一個堡壘，路西法和夥伴們終於鬆了口氣。莫斯提馬為路西法和惡魔將軍們安排了住處，並準備了豐盛的晚餐。

在晚宴結束後，路西法獨自將莫斯提馬請到自己的房間，莫斯提馬很快走入門口，路西法請這個強壯的惡魔坐了下來。

「莫斯提馬，你知道我的心中有很多疑問。」路西法用將手指抵在自己曲線優美的下顎上。

「路西法大人，恕我直言，很多事情目前我還沒辦法和你說明。」莫斯提馬說。

「莫斯提馬，那就說說你可以說的一切。」路西法說。

「不知道路西法大人想聽些什麼？」莫斯提馬問。

「你能不能講講關於奈費利姆巨人族和桑揚沙的事情。」路西法說。

莫斯提馬點了點頭，「我知道路西法大人心裡充滿了疑問，奈費利姆巨人從大洪水發生之後滅絕，今天大人看到的那些奈費利姆巨人並不是實體，而是奈費利姆死去後產生的惡靈，大洪水發生之後我成為這些惡靈的統帥。」

「莫斯提馬，按照你說的一切，你應該和伊甸園發生的一切瞭若指掌，想必你和伊甸園有很深的聯繫。」路西法說。

「是的，路西法大人，我也曾經是守護天使團古利格利的一員，在洪水發生之前，守護天使團有三個指揮官，一個是阿撒茲勒，一個是我。」莫斯提馬說。

「另一個是桑揚沙。」路西法打斷了莫斯提馬的話。

「是的，路西法大人，我們三個共同負責伊甸園的守衛。我們受到一位天使的蠱惑，貪慕人類女子的美貌，造成了奈費利姆巨人的出現，神雷霆大怒，發動大洪水淨化整個世界。洪水過後十分之九的守護天使受到神的責罰，一部分墜落地獄，一部分被關入第五天牢房，我們三個守護天使的指揮官也得到了懲戒，其實巨人奈費利姆也很可憐，他們畢竟是我們守護天使的後代。」莫斯提馬說完歎了口氣。

路西法點了點頭，「莫斯提馬，繼續說下去。」

「三個指揮官中阿撒茲勒受到的懲罰最輕，得以繼續率領剩餘的古利格利守護天使們守衛伊甸園，桑揚沙被封印了記憶成為了普通天使得以不斷轉世，而我則落入地獄，成為了當時路西斐爾大人的僕人。」莫斯提馬說。

「按照你們所說，我就是路西斐爾。」路西法說。

「路西法大人，確實如此。」莫斯提馬回答。

「對於路西斐爾這個名字，我一直十分疑惑。」路西法說。

「這並不奇怪。」莫斯提馬說，「路西斐爾大人在數千年前的某天突然從地獄失蹤，再也沒有出現，從此地獄四分五裂。」

「莫斯提馬，你能不能說一說詳細的情況。」路西法說。

「路西法大人，原諒我只能說到這裡，關於你心中的疑問你會慢慢尋找到答案。」莫斯提馬說。

看到莫斯提馬的眼睛，路西法確定他不會再說什麼，年輕天使擺了擺手示意莫斯提馬退下，莫斯提馬站起身來轉身離去。

路西法站起身來，走到房間寬大的窗戶前面，看著滿天飛舞的雪花，清澈的瞳孔裡閃過一絲迷茫。年輕天使獨自站在窗前將右手抵在下顎上，一言不發。

第二天清晨，路西法命令衛兵將惡魔將軍們請到會議室去，路西法率先到達，獨自在會議室裡緩慢踱步，思考著從進入地獄以來發生的一切。

大撒旦和惡魔將軍們很快來到會議室，他們依次坐了下來，路西法坐在圓桌頂端的位置上。

「莫斯提馬，按照羅弗寇的說法，穿過你的領地我們就將離開這片冰雪覆蓋的區域。」路西法說。

莫斯提馬點了點頭，「是的，路西法大人，穿過我的領地就會到達另一片區域。」

「莫斯提馬，你對相鄰的區域的情況是否清楚？」路西法問。

「路西法大人，穿過我的領地，度過了大海就會到達由另一群惡魔們佔據的領地。」莫斯提馬說，「這些惡魔的能力非常強大。」

「繼續說下去，莫斯提馬。」路西法說。

「他們並非普通惡魔，在地獄中他們被成為所羅門魔神。」莫斯提馬說。

「所羅門魔神。」路西法露出驚訝的表情。

「是的，路西法大人，因為這些魔神擁有和神抗衡的力量，後來被神擊敗墜入了地獄之中。」莫斯提馬回答。

「擁有和神抗衡的力量？」路西法似乎在自言自語一般。

「是的，路西法大人，所羅門魔神的首領主神巴力具有深不可測的魔力。」莫斯提馬說。

「看來我們的敵人越來越強大了。」路西法說，「大撒旦，命令戰士們做好出發的準備。」

大撒旦點了點頭，路西法示意惡魔將軍們馬上回去準備，惡魔將軍們相繼離去，只剩下路西法獨自一人坐在會議室內。年輕天使英俊的臉上閃過一絲憂鬱，隨後瞬間消失。

所羅門魔神之國的王城內，巴力正坐在王座之上，手下的魔神將軍們分列左右。巴力的頭上帶著有兩隻角的圓錐形黃金冠冕，身著金色的戰甲，一雙眼睛掃視著座下的魔神將軍們，高傲的臉上露出一絲狂妄的微笑。

一個惡魔率先走出，站在巴力的闕下，這個惡魔看起來已近中年，帶著圓形戰盔，灰色的披風垂直落在地面上，肩頭上一隻雄壯巨大的老鷹目露凶光。

「巴力大人，路西斐爾的軍隊很快就要進入我們的領地了。」這個惡魔說。

「阿加雷斯，我清楚地知道這一點。」巴力回答。

「巴力大人，我想我們應該早做準備。」阿加雷斯睿智的臉上閃過一絲微笑。

「我同意你的意見，阿加雷斯。」巴力點了點頭，「你們當中有誰願意前往抵擋路西斐爾的進攻？」

巴力用銳利略帶凶光的眼睛看著手下的魔神將軍們，一個魔神將軍率先走出，「巴力大人，就由我率先出擊，路西斐爾的士兵會葬身於大海之上。」

巴力點了點頭，「弗加洛，我想在大海之上沒有任何一位魔神比你更有能力。」

一個魔神將軍聽到巴力的話，走出來給巴力行禮，「巴力大人，弗加洛大人確實強大，但為了防止出現意外，我願意擔任第二道屏障。」

聽到這個魔神將軍的話，弗加洛顯得有些不快，他再度向巴力行禮，「巴力大人，我並不需要任何說明。」

「弗加洛大人，你誤解了，我相信你的能力，我會在第二道屏障等待你的勝利。」這個魔神將軍說。

「拜帕說得並非不無道理。」阿加雷斯說。

巴力再度點了點頭，「沙克斯，你作為弗加洛的副官，和弗加洛大人一同行動。」

一個魔神將軍從佇列中走出，向巴力行禮，「巴力大人，遵從你的命令。」

路西法的士兵們在接下來的一段時間裡趕制船隻，準備渡過大海，在利未安森和莫斯提馬的監督下，原來停留在巴力毗爾領地港口的船隻也被陸續運往莫斯提馬城堡外的港口，一切很快準備完畢，路西法命令戰士們做好出發的準備。

路西法再度踏上大海，隨著航行的深入，天氣越加溫暖，這讓路西法的戰士們感到十分愉快。大海的漂泊雖然艱苦，但比起冰雪覆蓋的嚴寒之地卻要好得多。

經過了幾天的航行，又一個早晨到來了，路西法獨自走上甲板，看著眼前一望無際的藍色。水手們忙著鼓起船帆，全速前進。

隨著時間的推移，原本明亮的天空變得異常陰沉，烏雲遮避了整個天空，瞬間風浪大作。路西法的艦隊在風雨中搖擺不止，水手們忙著收起船帆，把穩舵盤。

路西法獨自站在甲板上，在風雨和海浪的侵襲下巨大的船體好像一片樹葉，孤立無援。

「路西法大人，你有沒有感覺到這並不像是自然的風浪。」利未安森的聲音響起。

路西法轉過身，看到利未安森和拉哈伯正站在他的身後，年輕天使點了點頭，「利未安森，我也覺得這場風浪有些蹊蹺。」

「路西法大人，我總覺得這場巨大的風浪背後隱藏著強大的魔力。」利未安森回答。

路西法沒有回答，抬起頭看了看陰暗的天空，天空之上烏雲密佈。

「路西法大人，我請求你派我和拉哈伯大人前往空中偵察。」利未安森說。

路西法點了點頭，「利未安森、拉哈伯，一定要小心。」

利未安森和拉哈伯振動骨翼飛向天空，利未安森念動咒語，一股強大的魔力從利未安森的身體裡湧出，大海瞬間恢復了平靜，天空的烏雲緩慢散去。在明亮的天空下路西法看到一個穿著厚重鎧甲的惡魔正飄浮在空中，這個惡魔獅鷲一般的翅膀在天空中張開，振動不止。

「果然這並不是場普通的暴風雨。」利未安森說。

飄浮在空中的惡魔沒有回答利未安森的問題，只是低下頭對著大海，「沙克斯，是你顯示能力的時候了。」

大海依舊波瀾不驚，但是一團團閃光包圍住了路西法的艦隊，路西法感到瞬間身體失去了知覺，陷入一片黑暗當中。

路西法雙手合十念動咒語，天使之力奔湧而出，他費盡力氣衝破了敵人的封印，使自已的五官恢復了感覺。

航船的甲板上已經亂作一團，失去五感的惡魔戰士們四處亂撞，路西法振動羽翼飛上天空，拔出寶劍劃出五芒星的形狀，閃耀著明亮光芒的五芒星之陣瞬間覆蓋在艦隊上空，敵人的力量也消失於無形。

拉哈伯念動咒語，「藏身於大海之中的敵人啊，就讓你無所遁形！」

路西法艦隊前的大海瞬間分開，兩邊的海水向上形成了水牆，水牆之下一個穿著魚鱗一般鎧甲的惡魔出現在路西法面前，這個惡魔振動雙翼飛上天空。

「你們究竟是誰？」路西法大聲說。

獅鷲翼的惡魔發出一陣大笑，「路西斐爾，我是所羅門魔神將軍弗加洛。」

「我是所羅門魔神將軍沙克斯。」穿著魚鱗鎧甲的惡魔的聲音細小沙啞。

利未安森從背後抽出三叉戟向沙克斯撲來，沙克斯拔出腰間兩把短魚叉一般的武器，抵擋住了利未安森的進攻，雙方在天空中激戰開來，武器碰撞的叮叮噹噹聲不斷傳到路西法的耳朵裡。

拉哈伯拔出長劍向著弗加洛猛衝過來，弗加洛拔劍抵擋，一時間雙方誰也佔不到對方任何便宜。

隨著時間的推移，利未安森已經略佔上風，但是拉哈伯和弗加洛依然是均勢，路西法拔出長劍，向著弗加洛猛攻過去。在路西法和拉哈伯的夾擊下，弗加洛逐漸落入下風，路西法的劍幾次劃過弗加洛的身體，弗加洛身上出現了道道傷痕。弗加洛看出自己不是路西法的對手，看準機會躲過路西法和拉哈伯的進攻，振動獅鷲雙翼退到一旁。

弗加洛念動咒語，咒語化作一道明亮的閃光，刺得路西法睜不開眼睛，閃光過後弗加洛和沙克斯消失在天空之中。

「路西法大人，看來弗加洛和沙克斯逃走了。」拉哈伯說。

路西法點了點頭，和拉哈伯、利未安森返回航船之上，路西法命令戰士們在航行的過程中要格外小心，年輕天使心裡預感在他們的前面也許將有更加強大的敵人。

弗加洛和沙克斯返回了大海深處，在大海上的航船之上，拜帕正在甲板上等待著兩個魔神將軍的到來。看到弗加洛和沙克斯的狼狽情形，拜帕不由得捋了捋嘴唇上的小鬍子，露出一絲得意的神情。

看到弗加洛和沙克斯降落在甲板上，拜帕急忙迎上前來。

「弗加洛大人，看來你遇到了一些麻煩。」拜帕臉上閃過一絲不易察覺的得意微笑。

拜帕的表情變化沒有逃過弗加洛的眼睛，弗加洛面露怒色，但又不好發作，「拜帕，我和沙克斯失敗了，剩下的要看你的了。」

拜帕微微一笑，「弗加洛大人，這點你大可以放心，在大海之上還沒有任何惡魔能抵抗得了我的幻術。」

路西法的艦隊還在繼續航行，向著海的深處前進。不知過去多少天的一個清晨，路西法走上甲板，發現在艦隊的前方出現了薄霧，從薄霧當中隱約傳來悠揚的笛聲，這笛聲婉轉動聽。

薄霧漸漸散去，無數赤裸著身體的美人魚出現在海面上，她們在路西法的艦隊周圍不斷跳躍，發出悅耳的歌聲，歌聲不停傳向天空。

隨著歌聲的不斷延續，水手們似乎向著了魔一般，受到歌聲的蠱惑不斷向大海中跳去，路西法也被這歌聲深深吸引，但他依舊盡力保持著冷靜。

路西法振動雙翼飛上天空，有著綠色頭髮的美麗人魚正停留在海中的礁石上，用深綠色的瞳孔注視著路西法，委婉的歌聲不斷傳來。

路西法劃出五芒星的形狀，這形狀形成一道白色的巨大光束。光束掠過海面，海面上美人魚的幻象瞬間消失，美人魚化作一條條醜陋的蛆蟲消失在光芒之中。一艘巨大的航船出現在路西法面前，航船之上一個惡魔正吹奏著長笛，從長笛之中傳來動聽的旋律。

路西法拔出劍，向著這個惡魔猛衝過去，惡魔將長笛收回腰間，拔出劍飛上天空，兩把劍碰觸的瞬間，大海不斷翻湧。

惡魔閃開路西法的進攻，飄浮在路西法的對面，「你是路西斐爾，黑色羽翼的天使。」

「惡魔，你的把戲結束了，告訴我你的名字。」路西法說。

「我是所羅門魔神將軍拜帕。」拜帕回答。

路西法握緊長劍向拜帕撲來，年輕天使的身體捲起一陣狂風，吹得海浪不斷翻滾，拜帕揮劍抵擋，路西法的劍瞬間就壓制住了拜帕，令拜帕的身體動彈不得。

「弗加洛、沙克斯，還不快來幫忙。」拜帕大聲喊著。

弗加洛和沙克斯拔出武器，向著路西法猛攻過來，路西法輕巧地閃開三個魔神將軍的夾擊，退到一旁。

路西法揮動長劍，長劍劃出一道黑色的閃光，三個魔神將軍奮力閃躲，但依然被閃光劃過，拜帕和弗加洛的身體被閃光擊中，出現了巨大的傷口，鮮血從傷口中噴湧而出。

「你們不是我的對手，投降吧。」路西法說。

弗加洛念動咒語，就在閃光出現的一剎那，路西法再度揮動長劍，閃光瞬間被劍釋放的黑色光芒所吞噬。

「弗加洛，不要白費力氣，你的把戲失靈了。」路西法說。

三個魔神將軍相互看了一眼，落到甲板上跪了下來，「路西斐爾大人，我們願意成為你的僕人。」

路西法落到甲板上，「你們要發誓忠誠於我。」

「是，路西斐爾大人。」三個魔神將軍異口同聲地回答。

巴力獨自站在王城的陽臺上，搖了搖頭，「弗加洛、拜帕和沙克斯敗了嗎？看來我小看了路西斐爾的力量。」

地獄深處，黑影也在注視著這一切，他似乎在自言自語一般，「巴力，你太小看路西斐爾了，以魔神將軍的實力根本不是路西斐爾的對手，恐怕只有你親自出陣才能和路西斐爾一較高下。」

黑影轉身走進黑暗，只留下烏雲密佈的天空，閃電不斷落下，淅淅瀝瀝的小雨從天而降，天空的幕布變得更加陰沉。

第16章　黑狼騎士

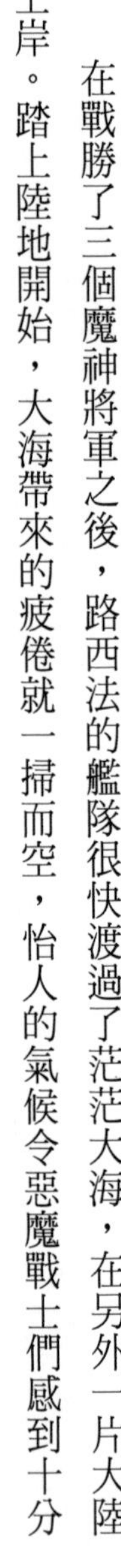

在戰勝了三個魔神將軍之後，路西法的艦隊很快渡過了茫茫大海，在另外一片大陸上岸。踏上陸地開始，大海帶來的疲倦就一掃而空，怡人的氣候令惡魔戰士們感到十分愉快。

巴力的王城裡，一個身材高大的魔神將軍正站在巴力的王座前，這個魔神將軍頭上戴著戰盔，戰盔上雕刻著一隻黑色的烏鴉，一頭巨大的黑色毛髮的狼伏在這個魔神將軍的腳邊。

「巴力大人，你找我？」這個魔神將軍開口說話。

「安朵斯，你應該知道弗加洛三個失敗的消息了。」巴力說。

「巴力大人，我已經瞭解了發生的一切。」安朵斯說。

「安朵斯，我命令你為先鋒，阻止路西斐爾的前進。」巴力說。

「巴力大人，聽從你的吩咐。」安朵斯說。

安朵斯向巴力行禮，轉身離去，巨狼站起身來，跟隨在安朵斯身後。

看著安朵斯離開，巴力似乎又想起什麼一樣，轉向身邊的僕人，「去把錫蒙利和斯伯納克叫來。」

很快兩個魔神將軍進入巴力的王廳，這兩個魔神將軍身著重甲，看起來是騎士的模樣，他們走到巴力闕下，向巴力行禮。

「錫蒙利、斯伯納克，你們兩個馬上率領自己的士兵前往協助安朵斯。」巴力說。

「是，巴力大人。」兩個騎士異口同聲地答道。

兩個騎士轉身離開了王廳，巴力獨自坐在王座之上。王廳裡的火把瞬間熄滅，巴力的臉變得十分陰暗，只有一雙明亮釋放出駭人光芒的眼睛不停閃動。

天界大聖城，又是一個明亮的早晨，彌賽亞獨自坐在書桌前，太陽柔和的光芒透過窗戶射了進來，將彌賽亞英俊的臉旁映照得異常明亮。

一個天使走進彌賽亞的房間，向彌賽亞行禮，彌賽亞看到這個天使進來，停下了手中的工作。

「雷米爾，一切還順利吧。」彌賽亞問。

「是的，彌賽亞大人。」雷米爾回答。

「路西法現在到達哪裡了？」彌賽亞抬起頭，用金色的瞳孔看著雷米爾。

「路西法已經降伏了莫斯提馬，現在應該到達巴力的領地了。」雷米爾回答。

「連莫斯提馬也降伏在路西法腳下了嗎？看來路西法的力量又增強了。」彌賽亞站起身來。

「是的，彌賽亞大人，隨著撒旦靈魂碎片的不斷聚集，路西法的力量正在不斷增強。」雷米爾回答。

「你剛才說路西法已經到達巴力的領地了？」彌賽亞轉過身，向著窗戶的方向，往湛藍色的天空望去。

「彌賽亞大人，我返回時路西法正在渡過大海，大海的彼岸就是巴力的領地。」雷米爾說。

「曾經，巴力擁有強大的力量，那力量令神也感到十分棘手，你覺得路西法和巴力誰能取勝？」彌賽亞說。

「彌賽亞大人，我想最好的結局是巴力和路西法兩敗俱傷。」雷米爾回答。

彌賽亞點了點頭，「雷米爾，你覺得這樣的結局有多大可能產生？」

「彌賽亞大人，你知道這很難預測。」雷米爾說。

彌賽亞再度點了點頭，「雷米爾，你退下吧，繼續監視在地獄裡發生的一切，如果有了新的情況告訴我。」

雷米爾向彌賽亞行禮，轉身走了出去，彌賽亞再度來到窗前，望著澄清幽藍的天空，臉上浮現出一絲憂鬱和不安。他打開窗戶，溫暖的陽光瞬間佈滿全身，將身上潔白的長袍染成淺金色，彌賽亞搖了搖頭，用金色的瞳孔注視著遠方綠色的美景。

路西法的軍隊行進在平坦的平原上，溫暖的微風沿著平原從遠方吹來，給路西法的感覺異常舒適。脫離了那片苦寒之地，讓路西法和他的戰士們感到十分開心，戰士們不由得加快了腳步，向著前方不斷前行。

傍晚時分，負責前哨的衛兵前來報告，在他們面前出現了一支龐大的軍隊，路西法命令戰士們先安營休息，等待第二天的戰鬥。

第二天拂曉，雙方在平原上列陣，路西法看到在敵人的陣前出現了三個魔神將軍，站在最前面的魔神將軍帶著雕有烏鴉的戰盔，手裡牽著一頭巨大的黑色毛髮的狼。後面的一個騎士模樣的魔神將軍騎在一匹巨大的黑色飛馬之上，手持長槍。而這個騎士身邊的另一個騎士則騎著一匹蒼白色的飛馬，手持長劍。

路西法振動羽翼飛上天空，來到三個魔神將軍面前。

「你就是路西斐爾。」為首的魔神將軍開口說話，「我是所羅門魔神將軍安朵斯。」

「我是魔神將軍錫蒙利。」騎著黑馬的騎士說。
「魔神將軍斯伯納克。」騎著蒼白色戰馬的騎士說。
「你們不是我的對手，停止這場無畏的戰鬥吧。」路西法說。
「路西斐爾，你未免太狂妄了。」安朵斯說。
安朵斯念動咒語，身邊的狼變得更加巨大，安朵斯騎上巨狼升上天空，巨狼發出一聲怒吼，平原上刮起一陣大風，樹木被吹動得晃動不止。
安朵斯拔出鋒利的巨劍，向路西法衝來，路西法也拔出長劍抵擋，在安朵斯的巨劍接觸到路西法劍的一剎那，一股巨大的力量沿著劍身傳到路西法的手臂上。
「錫蒙利、斯伯納克，地面上的那些惡魔是你們的了。」安朵斯大聲說，「路西斐爾交給我了。」
錫蒙利揮動長槍，斯伯納克舉起長劍，無數騎士從陣中飛奔而出，向著路西法的戰士們而去。路西法的戰士們拚命抵擋，陣型被衝散得七零八落。
路西法揮劍向安朵斯襲來，安朵斯用劍抵擋，劍與劍碰撞發出巨大的聲響，路西法不斷提高自己身體中的撒旦力量，很快路西法的身體被黑色的火焰包圍，劍身也向著魔劍轉化，路西法的動作越來越快，劍也如同一道黑色的閃電，向著安朵斯猛攻過來。
安朵斯的巨劍不斷抵擋著路西法的進攻，但路西法的劍還是幾次劃過安朵斯的身體，安朵斯的戰甲上出現了數道割痕，幾次都險些刺到他的身體。

安朵斯輕輕拍打巨狼的身體，巨狼看準機會，向後一退躲開了路西法的進攻。

「路西斐爾，你的力量果然強大。」安朵斯說。

「安朵斯，既然你知道不可能戰勝我，還是投降吧。」路西法說。

「路西斐爾，勝負還未分呢。」安朵斯說。

安朵斯將巨劍舉過頭頂，念動咒語，黑色的巨狼全身被紅色的光芒所籠罩。巨狼揚起頭，張開大嘴，露出赤紅色的舌頭，一個明亮的光球在巨狼的口中聚集，瞬間從巨狼口中而出，向著路西法襲來。

路西法奮力振動翅膀，向旁邊閃去，光球從他的身邊掠過，接觸到路西法的飄動的披風，在披風上留下一個大洞，然後落在地面上。地面瞬間炸裂開來，光球落下的地方出現了一個深坑。

「好驚人的破壞力。」路西法似乎在自言自語一般。

安朵斯再度念動咒語，巨狼再次吐出一個光球。路西法躲開光球的進攻，向著安朵斯攻去，在路西法的劍接觸到紅色光芒的剎那，路西法的身體感覺到了強大的力量，手中的劍瞬間被彈開。

路西法振動羽翼，再次向著安朵斯攻擊。安朵斯揮動巨劍，巨劍劃過的軌跡出現無數閃光，閃光落在路西法的戰甲上，銀色的鎧甲出現無數裂縫。

「路西斐爾，看來你的力量不過如此。」安朵斯說，「受死吧。」

安朵斯揮動巨劍，巨劍的閃光越來越密，將路西法的身體包圍起來，路西法瞬間覺得身體失去了控制，動彈不得，在閃光下路西法的鎧甲斷裂成數塊，落在地面上。

「下一次巨狼發出咆哮時，就是你的死期，路西斐爾。」安朵斯再度念動咒語。

巨狼發出咆哮，明亮的破壞光球瞬間包圍了路西法的身體，安朵斯發出一陣大笑。

「路西斐爾，只需要一會，你的身體就會和你的鎧甲一樣支離破碎。」安朵斯說。

路西法閉上眼睛，不斷提高身體裡的撒旦靈魂之力，黑色的火焰不斷閃爍，大地也隨著震動不止，路西法的身體發出巨大的轟鳴聲，包圍著路西法的巨狼吐出的光球瞬間消失得無影無蹤。

路西法舉起長劍，劍身劃過一道美麗的軌跡，黑色的劍鋒之下，包圍著安朵斯和巨狼的紅色光芒剎那散去。

安朵斯的臉上浮現出驚恐的神色，「路西斐爾，你居然破解了我的力量。」

「安朵斯，你已經敗了。」路西法說。

「錫蒙利、斯伯納克，快來幫我。」安朵斯大聲說。

錫蒙利和斯伯納克聽到安朵斯的叫聲，兩匹飛馬振動骨翼升上天空，兩個魔神將軍揮動著武器向路西法襲來。路西法輕輕揮動長劍，兩道光芒閃過，錫蒙利和斯伯納克的武器掉落地面。

「你們不是我的對手，投降吧。」路西法說。

「勝負還沒分曉！」斯伯納克慘白的臉上顯露出憤怒的神情，念動咒語。

一隻巨大的蛆蟲出現在天空之中，蛆蟲發出巨大的吼聲，舞動著身體向路西法襲來。

路西法舉起長劍，長劍化作一道黑色的閃電向蛆蟲飛去，在穿過蛆蟲身體的瞬間，蛆蟲化作一道白色煙霧消失在天空之中。

「我說過，你們不是我的對手，投降吧。」路西法說。

安朵斯和兩個魔神將軍互相看著對方，突然同時向路西法攻來。路西法伸出左手，從他的身體裡飛出三道黑色的閃光，三個魔神將軍頓時動彈不得。

路西法舉起劍，「投降吧，否則你們就將葬身此地。」

三個惡魔將軍看了看彼此，最後安朵斯失望地搖了搖頭，「路西斐爾大人，我們願意投降了。」

路西法收回手臂，和三個魔神將軍降落地面，三個魔神將軍從坐騎上跳下，跪倒在路西法面前。

安朵斯三個魔神將軍戰敗的消息很快傳到了巴力的王城裡，消息一經散佈開來，立刻引起了魔神將軍內部不小的動盪。但巴力依然泰然自若，似乎發生的一切完全在他的掌握之中，他只是命令僕人將阿加雷斯請到王宮中來。

阿加雷斯很快進入了巴力的王廳，巴力依然坐在王座之上，阿加雷斯走到巴力闕下，向巴力行禮。

「阿加雷斯，目前的發生的一切你應該聽到了吧。」巴力說。

「巴力大人，安朵斯大人也失敗了，目前的局勢似乎對我們很不利。」阿加雷斯回答。

「是啊，想不到曾經長侍神前的熾天使長路西斐爾歷經了數千年依然具有強大的力量。」巴力微微歎了口氣。

「巴力大人，即使如此，我仍然認為路西斐爾的力量不足以和大人抗衡。」阿加雷斯說。

聽到阿加雷斯的話，巴力臉上露出一絲得意的微笑，「阿加雷斯，即使是神也未必有絕對的把握戰勝我。」

「是的，巴力大人，你的力量足以和神抗衡。」阿加雷斯說。

巴力點了點頭，「是啊，不過魔神將軍們可未必如此。」

「巴力大人，我只是擔心防守第一道要塞的貝列不是路西斐爾的對手。」阿加雷斯說。

「當然，連安朵斯都無法戰勝的路西斐爾，貝列自然不會是他的對手。」巴力說。

「看來大人已經對一切胸有成竹了。」阿加雷斯說。

巴力搖了搖頭，「阿加雷斯，你錯了，我要做的只是在王城等待路西斐爾的到來。」

阿加雷斯本想再說些什麼，巴力已經擺了擺手，示意他退下。阿加雷斯有些失望地搖了搖頭，向巴力行禮，轉身離開了王廳。

巴力獨自坐在王座上，低下頭似乎若有所思，他的臉變得愈加陰沉，眼睛也開始閃爍不定。

「大人，看起來你有些憂心忡忡。」一個柔和動聽的女性聲音從王廳通往寢宮的走廊裡響起。

巴力抬起頭，一個身材修長的美麗女子正站在離王座不遠的地方。這個女子帶著閃爍著光芒的三日月皇冠，穿著淺金色的長裙，雪白細膩的肩膀裸露在外，一雙水潤的玉臂上帶著黃金製的臂環，她腰肢纖細，走起路來鑲著金邊的裙擺微微擺動。

「亞斯塔祿，是你啊。」巴力說。

「大人，看起來你的心情並不好。」亞斯塔祿說。

巴力露出一絲笑容，「不，我並沒有心情不好。」

「大人，我是你的妹妹，同時又是你的妻子，從擊敗我們的兄長莫特開始，我們就心心相映，你心中的一切都瞞不過我的眼睛。」亞斯塔祿說。

「亞斯塔祿，傳說中的天使再現於地獄之中，所羅門七十二魔神的重聚即將到來，到了那時就是所羅門之鑰解放無窮魔力的時刻。」

「你說的傳說中的天使難道是路西斐爾，據我所知所羅門七十二魔神在數千年裡從未完全聚集過，大人你究竟在擔心什麼？」亞斯塔祿說。

「所羅門七十二魔神之所以沒有重聚，是因為有些墜落於地獄的天使還沒有覺醒，所羅門之鑰的魔法書中記載的魔神的名字已經一一聚集到路西斐爾身邊。」巴力說。

「難道即使擁有和神抗衡的力量的你也不能戰勝路西斐爾嗎？」亞斯塔祿閃動著明亮的雙眸。

巴力沒有回答，他的臉變得異常陰沉，亞斯塔祿走到巴力的背後，輕輕為巴力按摩肩膀。巴力一言不發，緩慢地閉上眼睛。

路西法的軍隊繼續向前推進，很快來到一座要塞前，路西法命令戰士們迅速列隊，做好戰鬥準備。

隨著要塞裡巨大的號角聲，一個騎士被無數惡魔戰士們簇擁而出，這個騎士騎著一匹紅色的飛馬，穿著赤紅色的戰甲，帶著金色頭盔。

安朵斯來到路西法身邊，「路西法大人，前面的這個騎士是所羅門魔神將軍貝列。」

貝列也看到安朵斯，「安朵斯，你居然背叛了巴力大人。」

貝列的聲音嘹亮尖銳，瞬間刺穿了天空，安朵斯聽到貝列的話，抬起頭注視著貝列。

「貝列，你連我都不能戰勝，更不可能是路西法大人的對手，還是乖乖投降吧。」安朵斯說。

「安朵斯，你我的實力本來就相差無幾，你和我交戰，誰勝誰負還不一定。」貝列說。

安朵斯轉向路西法，「路西法大人，就請你派遣我去和貝列交戰，我一定擊敗貝列，讓他降伏在你腳下。」

路西法點了點頭，「安朵斯，萬事小心，危急時刻我會幫助你。」

安朵斯念動咒語，巨狼的身形再度變大，安朵斯跨上巨狼，拔出巨劍，向貝列衝去。貝列也拔出長劍，飛馬瞬間向前，兩把劍在空中碰撞發出叮叮噹噹的響聲。經過幾個回合的交手，路西法能夠看出安朵斯的實力確實高出貝列一籌，安朵斯的巨劍幾次險些刺中貝列的身體，貝列也疲於招架。

貝列看準機會，躲開安朵斯的進攻，念動咒語，一個紅色的光球向著安朵斯襲來。安朵斯看到這一幕，揮動巨劍，紅球瞬間被巨劍彈開，落在地面上。

「貝列，我說過你不是我的對手，投降吧。」安朵斯露出得意的微笑，「要不然我會讓你嚐嚐巨狼咆哮的厲害。」

「安朵斯，路西斐爾的力量確實比你強大嗎？」貝列說。

「當然，我親自見識過路西斐爾大人的力量，我安朵斯、斯伯納克、錫蒙利三個加起來也不是路西斐爾大人的對手。」安朵斯回答。

聽到安朵斯的話，貝列搖了搖頭，「既然如此，我願意投降了。」

貝列和安朵斯同時降落地面，貝列來到路西法的面前，「路西斐爾的大人，我願意投降了，成為你永遠的僕人。」

「貝列，起來吧，歡迎你成為我們的夥伴。」路西法回答。

貝列向路西法行禮，站起身來，戰士們發出一陣歡呼。

從遠處吹來的雲彩不斷飄動，風掠過大地將樹葉吹得不斷作響，搖曳的樹枝輕輕拂動，青草散發著特有的清香，令人迷醉。

第17章　魔性之森

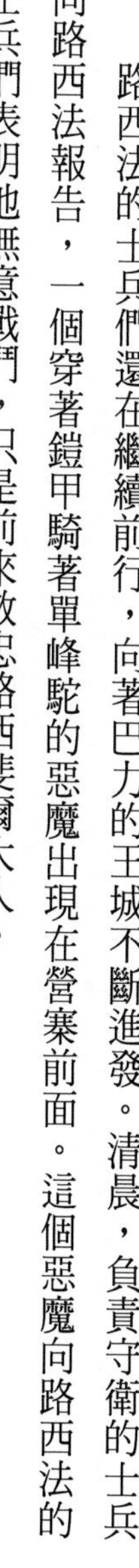

路西法的士兵們還在繼續前行，向著巴力的王城不斷進發。清晨，負責守衛的士兵向路西法報告，一個穿著鎧甲騎著單峰駝的惡魔出現在營寨前面。這個惡魔向路西法的士兵們表明他無意戰鬥，只是前來效忠路西斐爾大人。

路西法命令衛兵將這個惡魔帶到自己的營帳中，這個惡魔很快進入路西法的營帳內，他長著一張宛如女子一般清秀的臉旁，身體卻如男子般勻稱有力，頭頂上一頂鑲嵌著寶石的王冠綻放出奪目的光芒。

看到這個惡魔的臉，尼斯洛克率先站起身來，驚訝地脫口而出，「是你，主天使之王拜蒙。」

這個惡魔異常清秀的臉上露出一絲淺笑，笑容之下嘴唇微微翹起，「尼斯洛克，看來你還記得我。」

尼斯洛克點了點頭，「你一直在所羅門魔神一方？」

拜蒙點了點頭，轉向路西法，「路西斐爾大人，從你消失無蹤之後，巴力就來到了這裡，我被巴力擊敗不得已成為巴力的僕人，我一直等待著路西斐爾大人的到來。」

路西法依然有些疑惑地看著站在營帳中間的拜蒙，拜蒙似乎看穿了路西法的心思，繼續說話。

「路西斐爾大人，我從數千年前就曾發誓效忠於你，雖然被巴力擊敗，但依然在等待著你的歸來。大人，請相信我。」

拜蒙說完跪了下來，向路西法行禮。

「路西法大人，我想拜蒙的忠誠不需要懷疑。」尼斯洛克說。

路西法點了點頭，「拜蒙，起來吧，我想知道一些關於巴力的事情。」

拜蒙站起身來，「路西斐爾大人，我願意如實相告。」

路西法點了點頭，示意拜蒙繼續說下去。

「路西斐爾大人，巴力原本是司豐饒的神祇，擁有強大力量的他又被稱為太陽神和戰神，是神的最大敵人。數千年前和神發生無數次戰爭之後，終於被神擊敗，墜入地獄當中。據我所知，巴力的能力幾乎與神不相上下，並且巴力一直掌握著開啟所羅門之鑰的神秘力量，這種力量不容小視。」拜蒙說。

「拜蒙，按照你說的，巴力擁有深不可測的實力。」路西法說。

「是的，路西斐爾大人，巴力確實十分強大，與他相比，其他魔神的力量不值一提。」拜蒙說。

「路西法大人，我想拜蒙說的全是實情。」安朵斯站起身來表示同意。

談到巴力的強大力量，路西法從這些魔神將軍的眼睛裡敏銳地感覺到了一絲恐懼和不安，這也驗證了幾個魔神將軍的話，看來他們的力量確實與巴力無法匹敵，路西法對即將面對這樣一個強大的對手感到有些棘手。

路西法示意惡魔將軍們退下，自己獨自坐在營帳的座位上，年輕天使如雕像般一動不動，只有明亮的眼睛偶爾閃動，放射出明亮澄淨的光芒。

天界大聖城，彌賽亞還在忙著處理天界的事務，他獨自坐在書桌前仔細看著手邊一份又一份文件。

房間的門緩慢被打開，一個僕人走到彌賽亞的面前行禮，「彌賽亞大人，拉結爾大人求見。」

彌賽亞抬起頭，「快請拉結爾大人進來。」

僕人走出房間後，房間的門再度打開，拉結爾出現在鑲嵌著金邊的厚重大門之外，拉結爾走到彌賽亞神前，向彌賽亞行禮。

彌賽亞示意拉結爾坐下來，命令僕人沏茶來。很快僕人端上兩個金色鑲邊的陶瓷杯子，天界特有的濃郁茶香瞬間沿著屋子飄散開來。

彌賽亞露出迷人的微笑，用淺金色的瞳孔注視著拉結爾，拉結爾正想開口，彌賽亞打斷了他。

「拉結爾，想必最近米迦勒經常去拜訪你吧。」彌賽亞說。

「彌賽亞大人，我正是為了這件事而來。」拉結爾說。

「你想問我是否要向米迦勒吐露實情？」彌賽亞再次露出微笑。

「彌賽亞大人，你是神之子，偉大的先知，一切都逃不過你的眼睛。」拉結爾露出驚訝的表情。

彌賽亞點了點頭，「拉結爾，恐怕此時你仍要守口如瓶，時機還沒有到來，等到約定的時刻，米迦勒也會得到他心中想要的答案。」

拉結爾聽到彌賽亞的回答，頓時鬆了口氣，英俊的臉上露出一絲如釋重負的表情，「彌賽亞大人，有你的答覆，我想我知道如何回應米迦勒大人的問題。」

「拉結爾，這段時間裡要辛苦你了，天界還有很多事情需要處理，在約定的時刻來臨之前，我們能做的就是做好一切準備然後一直等待。」彌賽亞說。

「彌賽亞大人，請你放心。」拉結爾站起身來緩慢地走到門口，突然停下腳步。

拉結爾似乎想起什麼，轉過身來，「彌賽亞大人，我對地獄的情況有些擔心。」

聽到拉結爾的話，彌賽亞臉上劃過一絲不安，隨後立刻恢復了平靜，「拉結爾，你也聽到了一些什麼吧？」

「是的，彌賽亞大人，我聽說路西法已經降伏了莫斯提馬，向著巴力的領地前進了，不知道這一切是不是真的？」拉結爾的眼睛裡閃過一絲擔憂。

彌賽亞低下頭，用右手撐住下顎，「拉結爾，我想你說的一切都準確無誤，確實如此。」

「彌賽亞大人，從地獄之門方向釋放的魔力越加強大了，我對此感到十分擔心。」拉結爾說。

「路西法的力量確實在不斷強大，這一點也正是我擔心的。」彌賽亞明亮的金色瞳孔裡再度閃過一絲不安。

「難道如同數千年前一樣，地獄又將統一，約定的時刻一旦來臨，地獄之門將再次打開？」拉結爾說。

彌賽亞沒有回答，而是獨自站起身來，轉身面向天空，點了點頭。

「彌賽亞大人，恕我直言，如果確實是這樣，天界的形勢將十分危急。」拉結爾說。

「拉結爾，路西法得到撒旦之力並不可怕，我所擔心的是另外一件事。」彌賽亞輕聲歎了口氣。

「彌賽亞大人，你說的是巴力吧。」拉結爾的眼睛裡閃過一道充滿智慧的光芒。

「拉結爾，確實如此。」彌賽亞轉過身來，用金色的深邃的瞳孔望著拉結爾。

「彌賽亞大人，你一定是在擔心巴力掌握的所羅門魔神之力吧？」拉結爾說。

彌賽亞點了點頭，「一旦所羅門七十二魔神聚集，所羅門之鑰就將打開封印，象徵著所羅門魔神之力的所羅門之戒就將重現於世。」

聽到彌賽亞的話，拉結爾的眼睛裡閃過一絲慌亂，「彌賽亞大人，你說的就是那個刻有五芒星和神之真名的魔戒。」

彌賽亞的臉上浮現出一絲陰鬱，「拉結爾，你說的沒錯，所羅門之戒擁有強大的魔力，一旦路西法得到了所羅門之戒的魔力，天界就會面臨巨大的危機。」

「彌賽亞大人，我認為以目前路西法的能力，很難戰勝擁有強大力量的巴力。」拉結爾說。

聽到拉結爾的話，彌賽亞臉上的陰鬱慢慢消退，他點了點頭，「我也希望如此。」

彌賽亞向拉結爾擺了擺手，拉結爾向彌賽亞行禮，轉身離開彌賽亞的房間。彌賽亞走到窗前，陽光灑滿他的全身，潔白的長袍顯得更加明亮，彌賽亞臉上浮現出一絲憂鬱，他獨自站立不語，輕輕搖了搖頭。

與此同時，巴力正坐在王城的御座上，魔神將軍們顯得憂心忡忡，但巴力似乎依然胸有成竹，聽到麾下的魔神將軍們在小聲不斷交談，巴力用力咳嗽了一聲，瞬間王廳裡變得一片安靜。

巴力用右手托住歪著的頭，注視著下面的魔神將軍們，「各位將軍，路西斐爾的軍隊行進到哪裡了？」

阿加雷斯走到巴力的面前，「巴力大人，路西斐爾的軍隊已經接近了魔性之森。」

巴力點了點頭，「各位將軍，你們誰願意前往迎戰路西斐爾。」

魔神將軍們再次開始小聲議論起來，聲音越來越大，巴力的臉上露出一絲不悅，左手攥緊拳頭，用力敲擊了一下御座的扶手。

議論聲再度停止，巴力用略帶凶光的眼睛環視著面前的魔神將軍們，再度重複了他的問話，「你們誰願意前往抵擋路西斐爾的軍隊。」

「巴力大人，如果沒有哪位將軍願意前往，我願意擔當此任。」一個妖冶的女子從隊伍中走出，面帶著醉人的微笑，她穿著青綠色的長裙，一雙玉臂緊貼著婀娜的腰身。

「吉蒙里，恐怕你不是路西斐爾的對手。」巴力搖了搖頭。

「巴力大人，如果單憑實力，我確實不是路西斐爾的對手，但是我有我的辦法。」吉蒙里回答。

「吉蒙里，我明白你的意思。」巴力點了點頭，「魔性之森是你發揮能力的最佳場所，我希望你能夠成功。」巴力說。

「巴力大人，為此我還需要一位將軍的協助。」吉蒙里說。

「吉蒙里大人，想必你說的是我吧。」一個悅耳的聲音響起，另一個穿著長裙的絕色女子從旁邊走了出來。

「西迪大人，確實如此。」吉蒙里回答。

西迪露出一絲淺笑，一雙迷人的眼睛在修長的睫毛下不停閃爍，一雙佈滿羽毛的美麗鵰翼微微張開，纖細的腰身在淺藍色長裙的包裹下曲線畢露，裙擺隨著西迪的腳步微微擺動。

「吉蒙里大人，我非常願意協助你。」西迪的聲音沿著王廳飄蕩開來，令人迷醉。

巴力點了點頭露出一絲微笑，「吉蒙里，西迪，相信你們一定能夠成功。」

「巴力大人，如果一切順利，路西斐爾將成為你永遠的僕人。」吉蒙里發出一陣輕浮的笑聲，這笑聲異常撩人遐思。

兩個美麗的女子轉身離開王廳，只留下一串鞋跟碰觸大理石地面的清脆聲音，長長的裙擺隨著腰肢的扭動不斷擺動，消失在王廳的大門後面。

巴力示意魔神將軍們退下，等到魔神將軍們一個又一個地走出王廳，阿加雷斯再度走到巴力面前。

「巴力大人，吉蒙里和西迪恐怕未必是路西斐爾的對手。」阿加雷斯說。

「阿加雷斯，她們兩個可以算是絕配了，也許她們能夠戰勝路西斐爾也說不定。」巴力發出一陣大笑。

「巴力大人，是否需要派遣魔神將軍接應她們？」阿加雷斯說。

「不必了，阿加雷斯，如果吉蒙里和西迪失敗了，你會成為路西斐爾下一個對手。」巴力的表情突然嚴肅起來。

阿加雷斯點了點頭，向巴力行禮，然後轉身離去。巴力站起身來，走到通向寢宮的走廊上，透過窗戶注視著陰暗的天空。

路西法的軍隊很快到達了魔性之森的附近，派蒙和安朵斯向路西法建議不要在夜晚時分通過魔性之森，以免遭到巴力的軍隊的埋伏，路西法對此表示了同意。戰士們在森林附近安營紮寨，準備等到黎明破曉再度過這片巨大的森林。

夜晚逐漸降臨，本來十分陰暗的天空變得越加低沉，路西法獨自坐在營帳當中，思考著對付巴力的對策，營帳裡的蠟燭徹夜通明，燭光閃爍。

不知道過了多久，路西法抬起頭，赫然發現一個黑影正站在營帳的外面。年輕天使拿起劍，快步走到營帳前，黑影一閃向著天空飛去。路西法振動翅膀，向著黑影的方向一直追去。黑影的速度極快，但是似乎又在有意等待著路西法，如果和路西法距離過遠，黑影就故意放慢速度等待著路西法的到來。

黑影在魔性之森前降落，一閃消失在魔性之森中，路西法循著黑影消失的方向，走進魔性之森。

魔性之森中的樹木異常高大，繁盛的綠色枝葉遮蔽了天空，森林中彌漫著星星點點地碧綠色的亮光，這亮光柔和異常，將整個森林籠罩在一片朦朧之中。

泉水聲如涓涓溪流，緩慢地流入路西法的耳中，路西法沿著聲音的方向尋去，在無數樹木包圍之下，一束碧綠色的亮光從樹木的縫隙中飛湧而出。

路西法走到距離清泉不遠的地方，看到一個碧綠色頭髮的女子正從清澈的碧藍色湖水中站起身來，她赤裸的背脊曲線分明，潔白的肌膚被籠罩在淺淺的綠色光芒之中，碧綠色的頭髮順著白皙的脊背一直垂下，發絲的末端閃爍著透明的水滴。

女子轉過身，用碧綠色的如貓一般魅惑的瞳孔注視著路西法，這是一張完美無暇的臉孔，一雙明亮迷人的眼睛在長長的睫毛下不斷閃爍，似乎在訴說著無盡的綿綿情意，透露出一股難以抗拒的妖冶氣息，年輕女子細小的鼻子下朱唇微啟，雖然聽不到聲音，但卻一直衝入路西法的大腦。

路西法覺得身體一陣燥熱，他扭過臉試圖不去注視這個美麗女子的眼睛，但五官的感覺卻異常敏感起來，年輕天使似乎聽到了美麗女子髮梢的水滴落入湖水的聲音，他注視著美麗女子赤裸的軀體，似乎被牽引著一直向著湖水中走去。

碧藍色的湖水弄濕了年輕天使的白色長褲，他此時已經走到美麗女子的面前，女子柔媚的臉上露出一絲淺笑，這笑容一直落入路西法的內心。美麗女子輕輕解開路西法的上衣，上衣瞬間滑落水面，露出路西法結實而又健壯的胸膛，美麗女子將自己赤裸的身體貼在路西法的身體上，女性特有的溫度和柔軟向路西法襲來，路西法的身體似乎瞬間失去了控制，女子伸出雙臂緊緊抱住路西法，將美麗的頭依在路西法的肩頭低聲呢喃，路西法的眼睛瞬間失去了光芒，手中的長劍也落入水中。

一道紫色的光芒劃過天空，魔性之森的泉水上飄散的碧綠色的光芒瞬間消散，只留下清澈的泉水依舊在叮咚流淌。

處在湖水中心的美麗女子一躍而起，全身瞬間被綠色的長裙所覆蓋，只露出美麗白皙的肩頭和雙臂。而在魔性之森之上，另一個穿著淺藍色長裙的美麗女子正飄浮在空中，她閉著雙眼雙手合十。隨著幻象的消失，這個女子睜開湖藍色的雙眸，裙擺在微風的吹動下不停擺動。

「誰在那？」穿著綠色長裙的女子大聲說。

「妖冶的魔女，所羅門魔神將軍之一，吉蒙里嗎？」一個女子柔和的聲音傳了過來。

「你究竟是誰？」穿著淺藍色長裙的女子大聲說。

「西迪，你和吉蒙里試圖用魅惑之術操縱路西斐爾？」這個女子的聲音再度響起。

「現身吧。」吉蒙里大聲說。

一道明亮的紫色閃光出現在空中，閃光逐漸褪去，振動著紫紅色羽翼的美麗女子出現在天空之上，面紗下的她露出一絲淺笑，一雙明亮的眼睛注視著眼前的兩個女子。

「你們不是我的對手，要麼向路西斐爾投降，要麼就死。」美麗的女子說。

「你也未免太過狂妄了，路西斐爾已經落入我們的手中。」吉蒙里說。

「看來你們寧願選擇死亡了。」美麗的女子從腰間拔出一把閃耀著銀色光芒的波浪形長劍。

吉蒙里和西迪也拔出劍，向著美麗的女子襲來，美麗的女子輕巧地閃開吉蒙里和西迪的進攻，長劍猶如一道道海中的波浪，向著兩個魔女襲來。

美麗女子的劍越來越快，不斷向這吉蒙里和西迪刺來。她輕巧地躲開吉蒙里的進攻，揮動長劍向著西迪而去，在兩把武器碰撞的瞬間，西迪的身體落入叢林之中。吉蒙里揮劍向著美麗的女子刺來，女子再次閃過，瞬間出現在吉蒙里面前。

美麗女子的劍幾乎碰觸到了吉蒙里的臉，但在接觸吉蒙里皮膚的一剎那停了下來，「怎麼，吉蒙里，想讓我在你美麗的臉上畫出一道血痕嗎？」

這時的西迪已經從樹林中飛出，向著美麗女子衝來，美麗女子伸出左臂，從左手中射出一道紫色的光芒，西迪的身體瞬間動彈不得。

「別動，西迪。」美麗女子轉過身來看著吉蒙里，「吉蒙里，我說過你們不是我的對手，現在你們還有機會選擇生或者死。」

吉蒙里握著劍的玉臂輕輕垂下，閉上閃爍著妖冶光芒的眼睛，歎了口氣，「我願意投降了。」

美麗女子轉過臉看著西迪，露出一絲微笑，「西迪，現在輪到你做出選擇了。」

「我也願意投降了。」西迪回答。

「既然如此，馬上為路西斐爾解開符咒。」美麗女子的左手再度射出一道光線，西迪瞬間恢復了自由。

西迪和吉蒙里同時吟誦咒語，咒語化作明亮的閃光覆蓋著路西法全身。

美麗女子看到這一切，再次化作一道紫色的閃光，「吉蒙里、西迪，關於我和發生的一切要對路西斐爾守口如瓶，否則我隨時會取下你們的首級。」

光芒散去，路西法看到兩個美麗的女子跪在他的面前。

吉蒙里率先開口說話，「路西斐爾大人，請原諒我對你的無禮，我願意成為你永遠的僕人。」

「是的，路西斐爾大人，我也願意成為你永遠的僕人。」西迪說。

路西法點了點頭，兩個美麗的女子走到路西法面前，為路西法穿好掉落的上衣，佩戴好長劍。

路西法仰望天空，看到的依然是一片陰暗，在陰暗的天空之上，一道美麗的紫紅色的光芒不斷飛舞，畫出美麗的軌跡，隨後消失在黑暗深處。

第18章　兩柄長弓

從路西法返回營地的那一刻起，大撒旦和惡魔將軍們就充滿了驚訝，尤其是看到路西法帶回的兩個絕色女子，大撒旦和惡魔將軍們都露出了疑惑的表情。

路西法命令惡魔將軍們馬上前往營帳，年輕天使心中也充滿了疑問，很快惡魔將軍們陸續到來，吉蒙里和西迪則站立在營帳的中心。路西法看著眼前這兩個美麗的女子，搖了搖頭。

當安朵斯等魔神將軍進入營帳看到吉蒙里和西迪時，都露出吃驚的神色。

「吉蒙里和西迪，這究竟是怎麼回事？」安朵斯問。

「這也正是我想問的。」路西法說。

吉蒙里露出迷人的微笑，「路西法大人，原諒我們在魔性之森對你的無禮。」

路西法用食指輕輕點了點額頭，「吉蒙里，我對你說的完全沒有印象，我只記得我跟蹤一個黑影進入森林，之後就一無所知了。」

「路西法大人，那個黑影就是我。」西迪美麗的臉孔讓露出一絲嬌媚的神態，一雙眼睛在修長的睫毛下不停閃爍。

「路西法大人，我想這一切還是由我來說明吧。」吉蒙里說，「大人，我具有強大的女性的魅惑之力。」

「路西法大人，而我則掌管男女之間的情欲。」西迪說。

「我們受到巴力大人的派遣，試圖用魅惑之術控制路西法大人。」吉蒙里說。

路西法的腦海裡瞬間閃過吉蒙里曲線優美光潔迷人的脊背，年輕天使的臉瞬間浮上一陣紅暈。

吉蒙里也注意到了路西法表情的變化，妖冶的臉上浮現出一絲得意的淺笑。

「吉蒙里，按照你說的，我進入魔性之森後就受到了你們的控制。」路西法說。

「是的，路西法大人，你之所以對一切失去了印象，只留下一些記憶的殘片，正是如此。」吉蒙里回答，「西迪在天空中施法，催動男女之間的情欲，而我則使用魅惑之術企圖控制你的心智。」

路西法聽到這一切，歎了口氣，「那麼我是如何破解你們的法術呢？」

吉蒙里和西迪的腦海裡瞬間閃過紫紅色長裙的美麗女子的眼睛，她們遲疑了一下，吉蒙里再度開口說話，「路西法大人，就在危機關頭，你用自己的力量衝破了我們的禁錮，並且擊敗了我們。」

路西法聽到兩個美麗女子的話，再度搖了搖頭，同時腦海裡出現了紫紅色長裙的美麗女子的身影，他似曾看到美麗女子和吉蒙里、西迪交戰的經過。

「吉蒙里、西迪，我似乎記得你們和一個紫紅色長裙的美麗女子在黑夜的夜空中激戰。」路西法說。

吉蒙里和西迪交換了一下眼色，她們閃動地雙眸表達的含義瞬間被路西法捕捉，年輕天使用清澈明亮的眼睛注視著兩個美麗女子。

「吉蒙里、西迪，你們不會對我有所隱瞞吧？」路西法說。

吉蒙里的妖冶的臉上瞬間恢復了平靜，「路西法大人，那恐怕是你中了魅惑之術之後產生的幻覺。」

聽到吉蒙里的話，路西法臉上再度浮現出一絲紅暈，「好吧，吉蒙里和西迪，你們退下吧。」

在吉蒙里和西迪離開後，惡魔將軍們也陸續離開路西法的營帳，路西法的腦海裡依舊不斷閃動著那個紫紅色長裙的美麗女子，年輕天使眉頭微皺，眼睛裡充滿了疑惑。

巴力的王城內，阿加雷斯正站在巴力的闕下，巴力的臉上浮現出失望的神色，他搖了搖頭。

「阿加雷斯，吉蒙里和西迪也失敗了，現在是你出擊的時候了。」巴力說。

阿加雷斯點了點頭，濃密的眉毛下明亮的雙眸放射出智慧的光芒，「巴力大人，請你放心，我一定會擊敗路西斐爾。」

巴力點了點頭，「阿加雷斯，魔神將軍們任由你來調配，一定要阻止路西法繼續向王城前進。」

阿加雷斯向巴力行禮，轉身離開王廳，巴力望著阿加雷斯離開的背影，再度搖了搖頭。

「巴力大人，吉蒙里和西迪也敗了嗎？」亞斯塔祿的聲音從巴力的背後響起。

巴力點了點頭，「是的，吉蒙里和西迪也敗在路西斐爾手上。」

「吉蒙里和西迪的能力足以控制像路西斐爾這樣的年輕男子的心智，她們的失敗讓我感到十分驚訝。」亞斯塔祿說。

巴力站起身來，「亞斯塔祿，從路西斐爾進入地獄開始，就一直傳聞有一個神秘女子暗中保護和幫助他，恐怕這次吉蒙里和西迪也是敗在這個神秘女子手上。」

亞斯塔祿慢慢走向巴力，裙擺隨著腰肢的搖曳微微擺動，「是啊，巴力大人，吉蒙里的魅惑之術確實對女性不起作用。一旦法術被識破，吉蒙里和西迪的戰鬥能力確實非常弱小，被擊敗也是必然的。」

巴力搖了搖頭，「亞斯塔祿，恐怕我們的命運也很難改變。」

亞斯塔祿迷人的眼眸裡閃爍出一絲驚訝，「巴力大人，難道你覺得阿加雷斯大人不能夠戰勝路西斐爾嗎？」

巴力沒有直接回答亞斯塔祿的問題，他走到亞斯塔祿的面前，用深褐色的瞳孔注視著亞斯塔祿美麗的臉龐。

亞斯塔祿從巴力臉上的神情看出了答案，她嘴角微微翹起，露出一絲迷人的淺笑，「巴力大人，如果阿加雷斯大人戰敗了，我願意為你出戰，就像當年我們一同戰勝我們的兄長莫特時一樣。」

巴力聽到亞斯塔祿的話，伸出健壯的雙臂將亞斯塔祿擁入懷中，「亞斯塔祿，我會用生命來保護你。」

從離開巴力的王宮開始，阿加雷斯已經開始集結軍隊準備向前線出發。在出發前的會議上，魔神將軍們對吉蒙里和西迪的失敗議論紛紛，但當他們看到阿加雷斯堅定的神情，都不再說話。

出發前夜，阿加雷斯獨自坐在營帳中，面對著攤開的地圖，阿加雷斯的眼睛裡充滿了堅定。

阿加雷斯獨自坐回位子，在恍惚中沉沉睡去，他夢見自己和黑色羽翼的六翼天使在天空中激戰，兩把劍碰撞之後他墜落地面。阿加雷斯從睡夢中驚醒，看到一個魔神將軍正站在他的面前。

這個魔神將軍面容十分年輕，身穿綠衣，背著一柄巨大的長弓，斜挎著箭袋。

「阿加雷斯大人，你醒了。」這個魔神將軍說。

「是列拉金啊，你什麼時候進入營帳的？」阿加雷斯用手輕輕擦了擦額頭的汗水。

「阿加雷斯大人，看到你睡著，我不想打擾你。」列拉金沒有直接回答阿加雷斯的問題，「大人看起來精神不太好，臉色有些蒼白。」

列拉金的話讓阿加雷斯再度想起了剛才那個不祥的夢，一絲不安閃過他的眼眸，但很快就恢復了平靜，「不，列拉金，我很好。」

「阿加雷斯大人，我請求你派遣我為先鋒，迎戰路西斐爾。」列拉金說。

阿加雷斯的眼睛裡閃過一絲猶豫，「列拉金，恐怕你不是路西斐爾的對手。」

「阿加雷斯大人，請相信我，我一定能阻止路西斐爾的前進，等待你大軍的到來。」列拉金說。

阿加雷斯依然猶豫不決，再度搖了搖頭。

列拉金的臉上浮現出失望的神情，他本想再次開口，一個聲音從列拉金背後響起。

「阿加雷斯大人，如果列拉金大人不是路西斐爾的對手，我想我和列拉金大人一起一定能夠阻擋住路西斐爾的前進。」

一個魔神將軍出現在阿加雷斯的營帳門口，這個魔神將軍幾乎和列拉金一樣的射手裝扮，他頭戴綠帽，身披著灰色斗篷，背後一樣背著一柄巨大的長弓。

「是你，巴巴托斯大人。」列拉金說。

「列拉金大人，我會全力幫助你，阻止路西斐爾的前進。」巴巴托斯說。

阿加雷斯的臉上再度閃過一絲不易察覺的神情，巴巴托斯看到阿加雷斯神態的變化，繼續開口說話。

「阿加雷斯大人，我知道你在猶豫什麼，你擔心曾經身為力天使的我像拜蒙一樣倒向路西斐爾一方。」巴巴托斯臉上露出笑容。

「不，巴巴托斯，我並沒有這樣的擔心。」阿加雷斯回答。

「阿加雷斯大人，你不必掩飾，我既然效忠於巴力大人，就絕對不會在不發一箭的情況下向巴力大人的敵人投降。」巴巴托斯說。

「阿加雷斯大人，既然巴巴托斯大人願意協助我，我懇請你派遣我們作為先鋒迎戰路西斐爾。」列拉金說。

看到列拉金堅定的神情，阿加雷斯站起身來，「好吧，列拉金、巴巴托斯，你們馬上出發，一定要阻止路西斐爾繼續前進。」

列拉金和巴巴托斯向阿加雷斯行禮，轉身離開營帳。阿加雷斯再度坐回自己的座位，繼續回想著那個不祥的夢境，燭光變得愈加暗淡，阿加雷斯的臉也被映照得陰晴不定。

穿過魔性之森，路西法的軍隊繼續向著巴力的王城挺進。短暫的平靜到來了，路西法的戰士們行進得異常順利，但這反而讓年輕天使感到一絲擔心，並預感到危險正在不斷臨近，路西法命令戰士們提高警惕，以防敵人的伏擊，隨時準備作戰。

路西法對遭到敵人伏擊的擔心最終沒有變成現實，清晨哨兵前來報告，一支軍隊出現在路西法營帳的正面。路西法命令士兵們迅速集結，向著戰場的方向前進。

遠遠望去，路西法看到兩個弓手模樣的將軍正站立在列陣完畢的魔神將軍陣營的最前端。當距離更近一些，拜蒙率先認出了兩個魔神將軍，他走到路西法的身邊。

「路西法大人，前面的兩個魔神將軍是力天使巴巴托斯和魔神將軍列拉金。」拜蒙說。

「力天使？」路西法問。

「是的，路西法大人，力天使巴巴托斯，墜入地獄後被巴力收服，一直為巴力效力。」拜蒙回答。

「拜蒙，你瞭解他們的實力嗎？」路西法說。

「路西法大人，我想他們的能力並不強大，除了操縱弓箭以外似乎沒有什麼特殊能力。」拜蒙說。

路西法點了點頭，振動羽翼飛上天空，張開的黑色羽翼不停上下飛舞，劃出一道道美麗的黑色弧線。

看到路西法升上天空，巴巴托斯先飛上空中，停留在路西法的對面。

「路西斐爾大人，久違了。」巴巴托斯說，「我是力天使巴巴托斯。」

「巴巴托斯，既然你曾經是天使，就應該站在我們一方。」路西法說。

巴巴托斯摘下斗篷的帽子，向路西法行禮，「路西斐爾大人，請你原諒我的無禮，既然我發誓效忠於巴力大人，就必須履行我的諾言。」

路西法點了點頭，「巴巴托斯，我讚賞你的忠誠，既然如此我們只有刀劍相向了。」

「路西斐爾大人，得罪了。」巴巴托斯。

巴巴托斯念動咒語，瞬間在路西法頭頂出現了五芒星之陣，五芒星瞬間落下，包圍住路西法的全身，路西法的身體消失在五芒星的光芒之中。

「列拉金，我只能短暫地封住路西斐爾大人，下面要看你的了。」巴巴托斯大聲說。

列拉金取出背後的長弓，搭上一支巨箭向天空射去，羽箭劃過天空發出巨大的響聲，無數戰士們飛上天空，一時間箭如雨下，向著路西法的戰士們而來。路西法一方的惡魔將軍們奮力揮舞武器抵擋，閃躲著弓箭的攻擊。

看到弓箭沒有起到太大作用，列拉金飛上天空，又搭上一支巨箭，巨箭向著路西法的士兵們襲來，瞬間化作無數道金色的光芒，光芒化成箭的形狀，向著路西法的士兵們飛來，躲閃不及的士兵們被箭射中，傷口旋即潰爛。

列拉金將弓一揮，士兵們向著路西法的戰士們猛衝過來，惡魔將軍們奮力擋住列拉金的士兵們的進攻。

天空之中，路西法已經突破了巴巴托斯的封印，五芒星在天空中瞬間散去，路西法拔出長劍，向著巴巴托斯襲來。巴巴托斯且戰且退，一邊躲閃一邊不停放箭，路西法振動翅膀，巧妙地躲開巴巴托斯的進攻，向著巴巴托斯步步緊逼，長劍幾次從巴巴托斯的身體邊劃過，巴巴托斯收回長弓，拔出劍抵擋住路西法的進攻。

看到路西法已經佔據上風，惡魔將軍們率領士兵們開始反撲，一時間戰場之上又恢復了均勢，一度路西法的軍隊佔據了上風。

列拉金在天空中看到眼前的一切，他將手指放在口中，吹響一聲口哨，士兵們緩慢退去。路西法的戰士們看到這一幕，也不敢貿然追趕，停止了進攻，戰場旋即再次恢復了平靜。

列拉金收回長弓，念動咒文，黑色的魔法陣出現在路西法的士兵們腳下，戰士們瞬間被黑色的光芒包圍，列拉金環抱著雙手，停留在空中。

黑色的光芒散去，路西法驚訝地發現自己的士兵們開始互相攻擊，自相殘殺，陷入了混亂之中。隨著戰況的不斷深入，情況越加危急起來，列拉金則依舊保持著原來的姿勢，露出得意的笑容。

路西法甩開巴巴托斯的糾纏，向著列拉金撲來，列拉金輕巧地閃過路西法的進攻，搭上箭一箭射去，路西法躲閃不及，箭從他的左臂劃過，出現了一道細小的傷口，這傷口瞬間擴大血流不止，血流之後傷口周邊開始不停潰爛，鑽心的疼痛沿著手臂傳到身體深處。

「路西斐爾，你的左手臂已經不能動了，乖乖束手就擒吧。」列拉金髮出一陣笑聲。

路西法揮舞長劍再次向著列拉金襲來，列拉金再次搭上一支巨箭，巨箭化作無數道光，從路西法身體周圍劃過，瞬間路西法身體上出現了無數道傷口，劇烈的疼痛讓路西法動彈不得。

「路西斐爾，如果你再不投降，下一箭就會穿過你的心臟。」列拉金說。

列拉金搭起弓箭，瞄準路西法的身體，「回答我的問題，路西斐爾，你只有是和否兩種選擇，接受我的忠告能夠保住你的性命，如果你拒絕這裡就將是你的死地。」

路西法勉強將劍立於胸前，不斷燃燒身體中的撒旦之力，一股黑色的火焰沿著路西法的身體不斷升起。

列拉金看到路西法沒有回答，拉動弓弦，巨箭瞬間而出，向著路西法的身體而來。黑色的火焰瞬間化作一道橢圓形的盾牌，箭在碰觸到盾牌後燃燒成了灰燼，盾牌慢慢散去，列拉金驚訝的發現路西法身上的傷已經消失無痕。

路西法漆黑色的瞳孔瞬間變得異常冰冷，「列拉金，現在輪到你選擇了，是選擇生還是選擇死。」

列拉金的眼睛裡閃過一絲驚恐，但他依舊彎弓搭箭，箭再次化作無數道光向路西法襲來。

路西法輕輕揮舞長劍，無數黑色的火焰向著箭化作的光芒而來，光芒瞬間消逝。路西法的長劍從上而下劃過，列拉金的眼前出現一道黑色的光的軌跡，他的斗篷瞬間被劈開，飄落到地面上。

「列拉金，如果你還不選擇，那麼下一次變成兩半的將是你的身體。」路西法說。

巴巴托斯看到列拉金落入下風，揮舞著劍向路西法撲來，路西法伸出左手手心向著巴巴托斯，巴巴托斯的身體立刻被什麼控制了一般，動彈不得。

「巴巴托斯，你不是我的對手，不要白費力氣。」路西法說。

路西法再度轉向列拉金，年輕天使的身體眨眼間消失於天空，隨後再度出現在列拉金面前，劍直接抵在列拉金的胸前。

「列拉金，告訴我你的選擇？」路西法說。

列拉金渾身不停顫抖，眼睛閃爍不定，最後他低下頭，「路西斐爾大人，我願意投降了。」

路西法點了點頭，轉過頭看著天空中的巴巴托斯，「巴巴托斯，現在輪到你了。」

巴巴托斯也點了點頭，「路西斐爾大人，我也願意成為你永遠的僕人。」

列拉金念起咒語，黑色的魔法陣瞬間消失，路西法的戰士們停下手中的武器，充滿驚訝和疑惑地立在原地。

路西法和巴巴托斯、列拉金同時降落地面，接受兩個魔神將軍的跪拜。

營寨中，阿加雷斯獨自站立在大帳外面，失望地搖了搖頭，「列拉金和巴巴托斯敗了嗎，看來路西斐爾的力量依然異常強大，難道那個夢境是真實的。」

巴力獨自站在王城的巨大陽臺上，仰望著天空，「看來阿加雷斯也未必是路西斐爾的對手，我和路西斐爾的決戰會在不遠的將來來臨。」

巴力搖了搖頭，轉身走進王城，消失在走廊的盡頭，天空中烏雲不停湧動，一場大雨伴隨著閃電如期而來，王城籠罩在一片陰鬱之中。

第19章　火焰之眼

魔神將軍一方，阿加雷斯還在不斷加緊前進，試圖盡快到達戰場阻止路西法繼續向巴力的王城腹地深入。路西法一方也在不停推進，再獲得了一場又一場的勝利之後，戰士們的士氣異常高昂。

又是一天快速的行軍，夜晚時分，阿加雷斯的軍隊在一片平原上安營紮寨。阿加雷斯在這幾天中一直在反復不停地做著同樣的夢，夢中路西斐爾冷酷的眼睛令他感到異常驚恐，他時常夢見自己落入無盡的黑暗深淵中粉身碎骨、魂飛魄散。

戰士們安營完畢，阿加雷斯命令衛兵將魔神將軍們請到他的大帳當中，他本能地覺得路西法的軍隊距離越來越近了。看著陸續走進營帳中的魔神將軍，阿加雷斯一直低頭不語，表情嚴峻，他用銳利的眼睛掃視著每一個魔神將軍，搖了搖頭。

等所有魔神將軍們坐下，阿加雷斯開口說話，「各位大人，我想我們距離路西斐爾的距離越來越近，我有預感在最近幾天內我們就將和路西斐爾相遇。」

阿加雷斯的話引起了在座的魔神將軍們的議論，魔神將軍們開始小聲地交頭接耳，阿加雷斯看到這一幕，輕聲咳嗽了一下，營帳裡馬上恢復了安靜。

「各位大人，我需要你們當中某位作為先鋒迎戰路西斐爾。」阿加雷斯繼續說。

在座的魔神將軍們沒有立刻回應，只是環顧著四周坐著的同伴，他們的眼睛裡出現了一絲猶豫，阿加雷斯將這一切看到眼裡。

阿加雷斯本想繼續開口說話，這時一個魔神將軍站起身來，走到大帳的中央。

「阿加雷斯大人，我願意成為先鋒，迎戰路西斐爾。」這個魔神將軍聲音如雷鳴般響亮。

在座的魔神將軍們都注視著這個穿著金色鎧甲的魔神將軍，他長著一張如同獅子一般的嚴肅面孔，鎧甲外露出紅色的皮膚，微微泛出金色的光芒，一雙赤紅色的雙眸正注視著阿加雷斯。

阿加雷斯抬起頭，看到這個魔神將軍，點了點頭，「安洛先，我想只有你適合前往迎擊路西斐爾。」

安洛先的臉上露出得意的神色，他向阿加雷斯行禮，「阿加雷斯大人，感謝你的誇獎，我即刻出發前往迎戰路西斐爾。」

阿加雷斯對安洛先的話表示贊同，但他依舊抬起頭，「安度西亞、安杜馬里兩位大人，就由你們作為安洛先大人的副將，迎戰路西斐爾。」

兩個魔神將軍站起身來，走到安洛先的身後，向阿加雷斯行禮。三個魔神將軍轉身走出營帳，阿加雷斯擺了擺手，營帳裡剩餘的魔神將軍都站起身來陸續離去。阿加雷斯獨自坐在營帳中，眼睛裡充滿了陰鬱。

天界大聖城，米迦勒正坐在自己官邸的房間中，夜晚慢慢來臨，黑色染滿湛藍色的天空。米迦勒的心中一直充滿疑問，但是從彌賽亞和拉結爾口中卻得不到任何的答案，米迦勒感到異常疲憊，疑惑和政務的操勞同時侵襲著身體，他向後靠著柔軟的椅背，在不知不覺中沉沉睡去。

不知道過了多少時間，米迦勒緩慢地睜開眼睛，發現自己置身於一片湛藍的天空之中，他看到一個番紅色頭髮的六翼天使正注視著空中兩個天使的戰鬥，番紅色頭髮的六翼天使張開翡翠色的翅膀，翅膀不停振動下發出幽幽的綠色光芒。米迦勒注視著這個翡翠色翅膀的六翼天使，這個天使穿著銀色的鎧甲，白色的披風隨風飄動，翡翠色翅膀的六翼天使似乎也注意到了米迦勒，他緩慢地轉過頭，米迦勒驚訝地發現六翼天使的臉孔竟與自己年輕時一模一樣，英俊異常。

翡翠色六翼天使似乎沒有注意到米迦勒的存在，再次轉過頭看著兩個天使戰鬥的方向，米迦勒沿著六翼天使的目光看去，他辨別出了正在戰鬥的天使的樣子。金色頭髮的彌賽亞正手持長劍向著一個天使進攻，等彌賽亞的對手轉過身來，米迦勒看到了路西法的面孔，但似乎又與路西法有所不同，路西法漆黑色的瞳孔異常深邃憂傷，似乎只要對視一眼就會被深深吸引。

彌賽亞和路西法雙方勢均力敵，誰也不能佔據上風，一時間陷入了膠著。彌賽亞看准機會，雙方在劍碰觸的一剎那向相反的方向飛出，停留在空中，彌賽亞和路西法都沒有說話，只是注視著對方。

彌賽亞念起咒語，在他舉起的左手上瞬間出現了雷霆之力。就在雷霆之力落下的剎那，路西法一手舉起銀色的盾牌抵擋，另一隻手舉起劍向著彌賽亞襲來。雷霆之力擊中路西法的同時，路西法的劍也刺穿了彌賽亞的身體，彌賽亞用手捂住受傷的右肩，腥紅的血液瞬間染紅了金色的長袍。

路西法的眼睛裡綻放出黑色的明亮光芒，再次舉起劍，向著彌賽亞襲來。瞬間彌賽亞的身體被金色的光芒所籠罩，彌賽亞舉起劍，向一道流星一般閃過路西法的進攻，將劍刺進路西法的胸膛，長劍緩慢地從路西法的身體裡拔出，頓時鮮紅色的血液噴湧，濺落到彌賽亞金色的長袍上。

彌賽亞的聖潔的臉孔上站滿了路西法的鮮血，在劍抽離路西法身體的剎那，路西法的臉上浮現出一絲微笑，這微笑刺穿了米迦勒的心靈。

路西法的身體落在地面上，一個紫紅色羽翼的女性天使抱住路西法的身體，這個天使的臉孔異常美麗，一身紫紅色的低胸禮服瞬間被路西法的鮮血染得異常鮮豔，紫紅色的十二翼微微張開，淚痕佈滿臉龐。

路西法背後的天使軍向著天界的盡頭而去，面對著無底的幽暗深淵，他們的身體化作光束向著無盡的黑暗墜落，消失在深淵深處。

路西法的身體慢慢在這個紫紅色翅膀的十二翼天使懷中消失，化作無數明亮的閃光，閃光聚集成一顆巨大的星，帶著明亮的光芒向著地獄之門的方向飛去。

燃燒著黑色火焰的地獄之門緩慢開啟，米迦勒似乎被吸引著跟隨著這道光進入地獄之門。在地獄的最深處，赤色的岩漿在不斷噴湧，米迦勒看到那是地獄中心的火湖。閃光掉落到火湖中心，路西法的身體再次出現，英俊的臉龐上依舊帶著那動人的微笑，潔白的羽翼在火湖熾熱的火焰中不停燃燒，米迦勒似乎也感受到了那灼燒帶來的巨大痛苦。隨著紅色火焰退去，潔白的六翼消失無痕，漆黑色的羽毛佈滿路西法的六翼，路西法睜開雙眼，雙眸依然澄清深邃。

「米迦勒，你終於來了，這是我所承受的痛苦，也是你所謂的正義。你看到了，火湖中的熾焰在熊熊燃燒，燃盡我象徵著熾天使無上榮光的潔白六翼，你是否能體會這樣的痛苦，陷入地獄萬劫不復的煎熬？」

路西法的聲音異常低沉，但卻一下進入了米迦勒的心中。

米迦勒本想說話，但是他似乎失去了語言的能力，目不轉睛地注視著路西法的眼睛。

路西法似乎沒有理會米迦勒，繼續開口說話，「在這痛苦過後，失去了潔白六翼的我終於獲得了自由，從此我不再屬於天堂而屬於地獄，我在這火湖中重生，不再是神的僕人，而成為能夠和神抗衡的天使。」

路西法發出一陣大笑，「米迦勒，聖潔的你不會體會這一切，因為你的心中充滿光明，但是你是否曾經想過，沒有黑暗就沒有光明，沒有邪惡就沒有正義。正是由於地獄的存在，才顯示了天堂的光明和神的無上光芒和聖潔。」

聽到路西法的話，米迦勒低頭不語。

「米迦勒，天堂也不是絕對光明的極樂淨土，地獄也不是絕對黑暗的邪惡巢穴。就讓這地獄之火燃盡天堂的黑暗，現在就讓你嚐嚐我所受的痛苦，然後再體會重生的喜悅！」

路西法念起咒語，咒語的聲音越來越大，火湖中的火焰變得異常高漲，向著米迦勒襲來。

「記住我的話，米迦勒，地獄隱天使，天堂育惡魔！」路西法的聲音傳來。

米迦勒感到身體被包圍在熊熊火焰之中，熾熱的氣息不斷襲來，他瞬間驚醒，用手撫摸額頭，汗水順著臉頰流了下來。

米迦勒睜開眼，看到周圍熟悉的環境，確定自己還坐在官邸的房間裡，他深深吸了一口氣，再次閉上眼睛。

「地獄隱天使，天堂育惡魔……」米迦勒似乎在自言自語一般。

地獄深處，路西法依舊在不停前進，很快他和安洛先的先鋒部隊相遇，雙方在一片平原上紮營。安洛先在清晨列陣，準備進攻。

安洛先騎著一匹高大戰馬出現在陣營的最前方，當路西法一方的魔神將軍們看到安洛先時，都睜大了眼睛露出驚訝的神情。

安朵斯走到路西法的身旁，「路西法大人，沒想到阿加雷斯會派遣安洛先作為先鋒，大人一定要小心，安洛先的能力相當強大。」

路西法用清澈的雙眸對安朵斯善意的提醒表示感激，年輕天使正準備振動羽翼飛上天空，安朵斯攔住了他。

「路西法大人，就由我先去對付安洛先。」安朵斯說。

安朵斯念起咒語，騎上黑狼，向著安洛先奔去。在距離安洛先不遠的地方，安朵斯停下坐騎。

「安洛先，沒想到阿加雷斯大人會派遣你作為先鋒。」安朵斯說。

安洛先的嘴角浮現出一絲不屑的微笑，「安朵斯，你背叛了巴力和阿加雷斯大人，會受到應有的懲罰。」

「安洛先，恐怕你沒有能力戰勝路西斐爾。」安朵斯說。

聽到安朵斯的話，安洛先發出一陣大笑，「安朵斯，你應該清楚地知道，我的能力遠在你之上。」

聽到安洛先的話，安朵斯露出一絲嘲笑，搖了搖頭，「即便如此，你也不可能戰勝路西斐爾。」

安朵斯的嘲笑激怒了安洛先，安洛先的臉上浮現出憤怒的神色，「既然如此，安朵斯，就讓你看看你的死狀。」

安洛先赤紅色的瞳孔綻放出光芒，眼睛裡似乎有熊熊火焰在燃燒，在和安朵斯對視的一剎那，安朵斯看到自己被釘在漆黑的石柱之上，閃電不停落在他的身上，劇烈的疼痛沿著安洛先的眼睛傳了過來。

安朵斯的臉上出現驚恐的神色，渾身顫抖不止，停留在原地一動不動。

「怎麼樣，安朵斯，你看到了吧，那就是你背叛巴力大人的下場。」安洛先說。

安朵斯定了定神，「安洛先，這不過是你製造的幻象。」

安朵斯拔出劍，向著安洛先襲來，安洛先躲開安朵斯的進攻，退後一步。

「安朵斯，你不配做我的對手，就讓安杜馬里和你交戰吧吧。」安洛先說。

安杜馬里拔出劍，他穿著褐色的戰甲，右手臂的鎧甲上雕刻著盤臥著的一條大蛇，這蛇栩栩如生，似乎在安杜馬里的手臂上還在不停舞動。

安朵斯揮動巨劍擋住安杜馬里的進攻，兩個人勢均力敵，一時間難分勝負。

看到安朵斯被安杜馬里擋住，路西法振動羽翼飛上天空，向著安洛先襲來。戰馬振動翅膀升上空中，安洛先拔出劍刺去，路西法輕巧地閃避開安洛先的進攻。

路西法不斷提高身體中的撒旦之力，安洛先的力量也在不停增加，雙方的武器在空中不斷碰撞發出明亮的閃光。路西法的動作越來越快，如同一道明亮的閃電向著安洛先襲來，安洛先已經盡落下風，只能頻頻揮劍抵擋。

安洛先看到自己被路西法全面壓制，向著陣營中大喊：「安度西亞，快來幫我。」

安度西亞念起咒語，瞬間天空中風雲湧動，安度西亞的身體發出明亮的光芒，光芒越來越大，令雙方的士兵都睜不開眼睛。

隨著咒語聲音的停止，光芒瞬間消失。安度西亞化作一隻巨大的獨角獸，飛上天空，發出鳴叫，頓時美妙的旋律四散傳開，旋律直接傳進路西法的腦海中，他的身體瞬間被控制，動彈不得。

安洛先停止了進攻，「路西斐爾，下一次出劍，就是你的死期，在你臨死之前，你有幸提前看到你的死狀。」

安洛先再次念動咒語，眼睛裡的火焰不停閃動，路西法似乎一下子進入了安洛先眼睛裡的境地。年輕天使看到他的身體墜入地獄的火湖之中，火焰灼燒著他的軀體，痛苦不斷侵襲而來。

路西法感覺自己的雙眸失去了神采，他仰面躺在火湖的中心一動不動，任憑火焰爬上他的全身。絕望不斷侵襲著年輕天使的身體，突然他看到一個黑色羽翼的六翼天使出現在天空之中。

這個六翼天使的身材與他相近，恍惚中看不清他的臉孔。

「路西法，你感到絕望嗎？一切絕望的盡頭就是希望的開始，火湖不是你的葬身之所，而是你的重生之地，這裡是你生命新的開始，而不是結束。」六翼天使的聲音傳入路西法的腦海裡。

「你是誰？」路西法說。

「路西法，我是路西斐爾，是封印在你記憶中的前世的你。」六翼天使說，「我能感受到你的痛苦和絕望，因為那些都是真實存在的。」

「記憶中的前世？」路西法睜開眼睛，露出驚訝的神情。

「要感謝安洛先，是他火焰之眼的能力誘使我衝破了記憶的封印，出現在你的面前，脫離這片幻境吧，回到屬於你的現實中去。」六翼天使說。

路西法站起身來，火焰依然在不斷侵蝕著他的身體，但是灼燒感卻完全消失。路西法舉起劍，劍鋒落下，劃出一道黑色的光芒，幻境慢慢消失，重回一片黑暗。

「路西法，我會一直在這裡，等待著你聚齊破碎的十三塊撒旦的靈魂碎片，等待你恢復記憶的一刻，因為我就是你，你就是我！」六翼天使的身影慢慢模糊，最後消失在黑暗裡。

路西法的眼睛再度恢復了神采，身體也解除了安度西亞的封印，一股黑色的火焰從路西法的身體裡升起，路西法舉起劍。

「安洛先，你的法術失靈了。」路西法說。

安洛先露出驚訝的表情，他也感覺到路西法身上迸發出的強大力量。

「路西斐爾，沒想到你能同時衝破我和安度西亞的雙重封印。」

「投降吧，安洛先，你應該清楚的知道你不是我的對手。」路西法說。

安洛先的臉上浮現出憤怒的神色，「路西斐爾，勝負還未分。」

安洛先舉起劍，向著路西法衝來。路西法飄浮在空中，右手的長劍輕輕揮動，劍劃過的軌跡出現一道黑色的劍鋒，劍鋒擦著安洛先的身體劃過，頓時出現一個巨大的傷口。

安洛先捂住傷口，似乎自言自語一般，「沒想到路西斐爾的力量如此強大。」

「安洛先，投降吧，你不是我的對手。」路西法再次舉起劍，劍鋒再次向安洛先襲來。

安洛先的身體上再次出現一道巨大的傷口，鮮血從他紅色的皮膚中頓時噴湧出來，染紅了金光閃閃的鎧甲。

安洛先抬起頭看了看空中的安度西亞，安度西亞變幻而成的獨角獸向他點了點頭，安洛先收回長劍，降落在地面上。

路西法隨之降落地面，安洛先跳下馬，跪在路西法面前，「路西斐爾大人，我願意投降了。」

安度西亞念起咒語，恢復成魔神將軍的姿態降落地面，也跪倒在路西法面前。

安朵斯此時已經佔據上風，他看到安洛先和安度西亞已經跪倒在路西法面前，停止了進攻，退後一步。

「安杜馬里，安洛先和安度西亞已經投降路西斐爾了，你不是路西斐爾的對手，投降吧。」安朵斯說。

看到眼前的一幕，安杜馬里搖了搖頭，將劍收回劍鞘，走到路西法面前，跪了下來。

「路西斐爾大人，我也願意成為你永遠的僕人。」安杜馬里說。

路西法扶起三個魔神將軍，然後獨自抬起頭仰望天空，年輕天使如雕像一般的臉上浮現出一絲不易察覺的神情，深邃清澈的雙眸裡映照出陰暗天空中的景色。

「封印的記憶，前世的我，路西斐爾嗎？」路西法似乎在自言自語一般。

風吹拂過大地，樹木輕輕搖動，路西法獨自站在原地，一言不發的注視著天空，天空中烏雲湧動，向著天的盡頭飛去。

第20章　阿加雷斯的夢魘

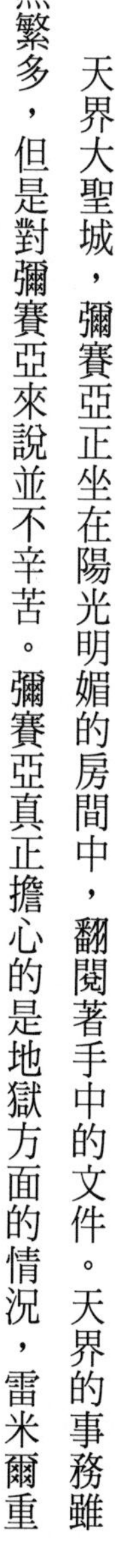

天界大聖城，彌賽亞正坐在陽光明媚的房間中，翻閱著手中的文件。天界的事務雖然繁多，但是對彌賽亞來說並不辛苦。彌賽亞真正擔心的是地獄方面的情況，雷米爾重返地獄已經很多天了，依舊沒有任何消息。

在看完所有的檔之後，彌賽亞站起身來，走到透射著絢爛陽光的窗前，伸手推開窗戶，清涼的風湧入房間，彌賽亞用金色的瞳孔注視著地獄的方向，陷入了沉思。

不知過了多長時間，穿著白色長袍的僕人推開房間厚重的木門，「彌賽亞大人，雷米爾大人求見。」

僕人的話打斷了彌賽亞的思緒，雷米爾的返回讓他感到一絲寬慰，他轉過身示意僕人請雷米爾進來。

雷米爾很快走進房間，向彌賽亞行禮，彌賽亞快步走到雷米爾的面前，扶住雷米爾的臂膀。

「雷米爾，你回來了，我正等著你的消息。」彌賽亞的金色瞳孔注視著雷米爾，臉上浮現出一絲微笑。

「彌賽亞大人，你一定著急了，原諒我這麼遲才回來。」雷米爾說。

「雷米爾，地獄方面情況怎麼樣？」彌賽亞說。

「彌賽亞大人，看起來形勢的發展不是十分順利。」雷米爾回答。

彌賽亞的臉上依舊保持著平靜，似乎一切都在掌握之中，他只是輕微地點了點頭，「雷米爾，詳細說說目前的情況。」

「巴力已經派出了幾批魔神將軍對路西法進行阻擊，可都被路西法擊破了。」雷米爾說。

「當然，路西法已經今非昔比，能力也大大提升，單憑巴力手下的幾個魔神將軍怎麼可能是路西法的對手。」彌賽亞說。

「彌賽亞大人，因此巴力已經派遣阿加雷斯前往迎戰路西法。」雷米爾說。

「阿加雷斯嗎？」彌賽亞的臉上閃過一絲不易察覺的變化，「號稱具有毀滅一切力量的阿加雷斯也親自上陣了。」

「是的，彌賽亞大人，相信過不了多久，路西法就會和阿加雷斯碰上。」雷米爾說。

「也許除了巴力，魔神將軍中只有阿加雷斯能夠和路西法一較高下了。」彌賽亞說。

雷米爾點了點頭表示同意，這時門再度打開，僕人出現在門口。

「彌賽亞大人，請原諒，米迦勒大人求見。」僕人說。

彌賽亞轉過頭看著雷米爾，「雷米爾，看來我們的談話必須要在此中止了，請你繼續返回地獄監視路西法的一舉一動。」

「是的，彌賽亞大人，聽從你的吩咐。」雷米爾說。

「另外，雷米爾，請僕人帶你從另一側的門離開，我不想讓米迦勒看到我們之間的碰面。」彌賽亞說。

雷米爾向彌賽亞行禮，由僕人帶領著走出房門，向另一側的走廊走去。米迦勒此時正踏上臺階，向著彌賽亞的門口走來。登上走廊的轉角，米迦勒隱約看到一個天使消失在走廊另一端盡頭的拐角，米迦勒盡力辨認著天使的背影，但由於時間太過倉促，米迦勒並沒有看清這個背影，最後不得不放棄。

米迦勒走進彌賽亞的房間，看到彌賽亞正獨自站在窗戶旁邊，彌賽亞金色的瞳孔裡雷米爾正從佈滿鮮花的石子路上快步走過，消失在宮殿厚重的大門外面。

米迦勒向彌賽亞行禮，彌賽亞轉過身來，聖潔的臉上露出迷人的微笑。米迦勒的腦海裡瞬間出現了那張斑斑點點濺著路西法鮮血的彌賽亞的臉孔，米迦勒定了定神，竭力平靜了自己的情緒。

彌賽亞也敏銳地察覺到了米迦勒神情的變化，他嘴角露出一絲微笑，「米迦勒大人，看起來你的情緒不太穩。」

「彌賽亞大人，請原諒，我剛才一時有些失神。」米迦勒說。

「米迦勒大人，請坐下說話。」彌賽亞坐回自己的位子。

米迦勒坐了下來，僕人端上一杯香茶，放在米迦勒面前。米迦勒的腦海飛速旋轉，但似乎找不到開口的理由，他幾次欲言又止，最後抬起頭和彌賽亞金色的雙眸相遇。

彌賽亞看到米迦勒的猶豫，再次露出微笑。

「米迦勒大人，如果你心中有什麼疑慮，請盡管開口，我會盡量解答你的問題。」彌賽亞說。

米迦勒再次沉吟了一下，然後開口說話，「彌賽亞大人，從天界流傳下來的無數典籍中都提到有許多天使墜入地獄之中，我想知道這其中的原因是否如典籍中記述的那樣，是因為這些天使違背神犯下罪孽而受到懲罰，墜入火湖經受煎熬？」

「當然，米迦勒大人，如果不是如此，那麼你認為這些天使墜入地獄的原因是什麼？」米迦勒說。

「彌賽亞大人，恕我直言。」米迦勒的眼睛裡再度閃過一絲猶豫，隨後火湖中路西法的聲音再次閃過他的腦海，「彌賽亞大人，你應該也清楚，沒有黑暗就沒有光明，沒有邪惡也就沒有正義。」

彌賽亞點了點頭，「當然，這句話並沒有錯。」

米迦勒再次猶豫了一下，最後開口說，「彌賽亞大人，我斗膽直言，難道那些墜入地獄的天使的本意就是為了成為黑暗，站在神的對立，來映襯神的光輝和聖潔？」

彌賽亞的臉上閃過一絲不易察覺的驚訝，但是馬上恢復了平靜，「米迦勒大人，你錯了。」

「我錯了？」米迦勒看著彌賽亞的眼睛。

「神不僅是聖潔而光輝的，同時神也是公正的。任何犯下罪孽的天使，神都不會因為他們曾經侍奉於神前而寬恕他們的罪過，無論這些天使曾經創造過怎樣的奇蹟，神都會將這些犯下罪孽的天使毫不留情地投入地獄的火湖之中，讓他們接受本應接受的懲罰，承受無盡的痛苦和煎熬。」彌賽亞的眼睛裡綻放出異樣的光芒。

「神是公正的……」米迦勒似乎在自言自語一般。

「當然，神是公正的，米迦勒大人，這點不容置疑。如果你懷疑神所做的一切，你就失去了天使的資格。」彌賽亞的聲音異常洪亮起來。

聽到彌賽亞的話，米迦勒雙眸中的徬徨瞬間消散，他站起身來，向彌賽亞行禮，

「彌賽亞大人，感謝你的教誨，我已經斬斷了心中的迷惘。」

彌賽亞站起身來，再次用金色的雙眸注視著米迦勒，「米迦勒大人，我相信你會明白我說的一切。」

米迦勒向彌賽亞深行一禮，抬起頭的剎那，恍惚間再次看到彌賽亞濺著血滴的聖潔面孔，他慌忙轉身掩飾臉上浮現的不安，向著門口走去。

當米迦勒走到門口時，彌賽亞的聲音再度響起，「米迦勒大人，我相信你已經體會了我所說的話的深意，等到時機來臨，你會明白這一切的。」

米迦勒再度轉過身向彌賽亞行禮，匆匆回到走廊上，走廊的牆壁上懸掛著鑲嵌著金邊的畫框，畫框中鮮豔的油畫中聖潔的天使們正在與惡魔交戰，踏上紅色鑲著金絲異常柔軟的地毯，米迦勒定了定神，向樓梯走去。

彌賽亞再度走到窗前，看著米迦勒穿過花園的背影，似乎在自言自語一般，「看來米迦勒的記憶正在慢慢覺醒，封印的力量正在不斷減弱，路西法力量的增強似乎也影響到了米迦勒的，難道他們真的像數千年前那樣具有特殊的聯繫。」

彌賽亞搖了搖頭，陽光映照在他聖潔的臉上，彌賽亞的臉孔變得異常明亮，金色的雙眸綻放出異樣的光芒，望著天空的方向。

路西法和阿加雷斯如期相遇，雙方不約而同地在清晨時分列陣。路西法站在陣勢的最前方，看到一個肩上落著一隻雄鷹的魔神將軍站在隊伍的最前列，路西法認定這個魔神將軍就是阿加雷斯。

阿加雷斯浮上空中，路西法振動羽翼向著天空飛去，停留在阿加雷斯的對面，年輕天使白色的披風隨著風不停擺動。

「路西斐爾，黑色羽翼的天使。」阿加雷斯開口說話。

「你就是阿加雷斯吧？」路西法說。

「是的，路西斐爾，你的力量確實強大，但是卻並非不能戰勝。」阿加雷斯說。

「阿加雷斯，你的確與眾不同，我能感覺到你身體裡蘊含的強大力量，但是這也不代表你能夠戰勝我。」路西法的聲音異常冷靜。

「路西斐爾，在你與魔神將軍們不停的戰鬥中，我能夠感受到你的力量在不斷增長，但我與普通的魔神將軍不同，我的力量要遠遠超過那些被你擊敗的魔神將軍們。」阿加雷斯說。

「那麼就讓我們用力量交談吧。」路西法拔出劍，向一道閃電一樣向阿加雷斯襲來。

阿加雷斯輕輕揮動手臂，一道閃光劃過天空，和路西法的武器相碰，路西法的身體瞬間被甩落地面。

路西法站起身，再度握緊長劍，不停提升身體中的撒旦之力，再度向著阿加雷斯襲來。阿加雷斯第二次揮動手臂，路西法振動羽翼，輕巧地躲開阿加雷斯的攻擊，長劍化作一道黑色的閃電，就在接觸阿加雷斯身體的剎那，阿加雷斯消失於空中，瞬息出現在路西法的背後。

「路西斐爾，你的動作太慢了。」阿加雷斯的聲音傳來。

阿加雷斯抬起手臂，一道光芒劃過路西法的後背，銀色的鎧甲被破開了一道口子，鮮血沿著破裂的鎧甲流了出來。

「路西斐爾，以你現在的能力，根本不可能戰勝我。」阿加雷斯說。

路西法回身向阿加雷斯斬去，阿加雷斯伸出右手，抓住路西法的手腕，這股巨大的力量讓路西法感覺到一股椎心的疼痛，長劍隨著阿加雷斯右手的鬆開掉落地面。

「現在你不能握劍了，年輕的天使。」阿加雷斯說。

阿加雷斯再次消失在空中，隨後出現在路西法的面前。「路西斐爾，你不是我的對手，是選擇效忠巴力大人，還是選擇死亡。」

路西法再次燃燒身體中的撒旦之力，疼痛瞬間消散，年輕天使不停旋轉身體，化作一道銀色的光芒，向阿加雷斯而去。阿加雷斯伸出雙手，在他面前出現一面光芒化成的盾牌，在路西法的身體和盾牌接觸的瞬間，年輕天使再度被彈開，落在地面上。

「看來夢境中發生的一切，不過是困擾我的夢魘罷了。」阿加雷斯似乎在自言自語一般，「路西斐爾，看來你並不準備聽從我的建議，這裡就是你的墳墓。」

阿加雷斯念起咒語，一道黑色的封印包圍住了路西法的身體。隨著咒語的不停吟誦，天空變得異常陰沉，大地劇烈地顫抖起來，地面不停起伏。在路西法的身下出現一道黑暗的深淵，裂縫越來越大，路西法的身體向著深淵墜落下去。

大撒旦和幾個惡魔將軍向著路西法飛去，阿加雷斯看到這一幕，輕輕揮動手臂，在大撒旦面前出現一道明亮的閃光，阻止了大撒旦的腳步。

「大撒旦，別白費力氣了，等路西斐爾徹底墜入這無底深淵之中，下一個就輪到你了。」阿加雷斯說。

路西法的身體向著黑暗不斷落下，不知經過了多少時間，路西法落在地面上。瞬間的劇烈的撞擊讓路西法失去了意識，年輕天使再度陷入了無盡的黑暗。

黑色羽翼的六翼天使再次出現在路西法的面前。「路西法，無底深淵再次喚醒了我，我覺得衝破封印的時刻正在不斷臨近。」

路西法想要說些什麼，微啟的雙唇卻發不出任何聲音。

「路西法，沉睡吧，在你沉睡的時刻，我將接管你的身體。」黑色羽翼的天使的聲音再次傳來。

路西法感到眼前一陣模糊，隨之他的意識消失了，路西法的身體穿越無盡的深淵向上升起，再度浮上天空。

「阿加雷斯，你居然敢傷害我的身體。」路西法的口中傳來異常冰冷的聲音。

「你不是路西斐爾，你究竟是誰？」阿加雷斯感覺到了路西法身上傳來的巨大力量，他露出驚訝的神色。

「阿加雷斯，你錯了，我就是路西斐爾。」路西法口中的聲音再次傳來。

阿加雷斯直視著路西法的眼睛，那雙毫無生氣冰冷的漆黑色的雙眸讓阿加雷斯不寒而慄，他渾身顫抖，聲音也哆嗦起來。

「你是路西斐爾？」阿加雷斯說。

路西斐爾沒有回答阿加雷斯的話，他念動咒語，黑色的六翼瞬間變得異常巨大，向著天空伸展開來，黑色的頭髮不停生長，一直垂到腰間。路西斐爾伸出右手，掉落在地面上的劍浮上天空，回到手中。

「阿加雷斯，你不是我的對手，現在輪到你選擇了，是選擇生存還是死亡？」路西斐爾說。

「勝負還沒有分曉。」阿加雷斯說。

阿加雷斯拔出長劍，念動咒語：「大地之劍啊，請賜予我無限的力量。」

阿加雷斯舉起劍，向著路西斐爾劈下，劍鋒化作無數石箭，向著路西斐爾襲來。路西斐爾伸出左手，在他面前出現一道刻著五芒星的銀色巨盾，石箭接觸到巨盾瞬間消失無蹤。

「光輝的晨星之盾，傳說中路西斐爾的盾牌。」阿加雷斯的臉上再次露出驚慌的神色。

路西斐爾冷酷的雙眸再度睜開，「阿加雷斯，我知道你的大地之劍能將碰觸的物體化作石像，但是你根本不可能碰到我的身體。」

阿加雷斯再度握緊劍，化作一道閃光，向著路西斐爾衝來，路西法的嘴角浮現出一絲嘲笑。

「不自量力。」路西斐爾揮動長劍，長劍劃出一道銀色的閃光，閃光在空中和阿加雷斯的身體碰撞，阿加雷斯的身體瞬間甩落到地面上。

阿加雷斯勉強站起身來，前胸出現一道深深的傷痕，鮮血從傷痕中噴湧而出，他勉強用劍支撐住身體，站立在地面上。

「沒想到，夢中的一切是真的，我本以為封印了路西法的力量，就能夠徹底將路西法拋入黑暗的大地深淵之中，沒想到路西法的沉睡，卻將封印了的路西斐爾喚醒。」阿加雷斯自言自語。

「阿加雷斯，你說得沒錯，現在的我擁有了路西法的身體，可以盡情釋放我的能量。」路西斐爾發出一陣大笑。

阿加雷斯再度飛上天空，念動咒語。

「路西斐爾，雖然我不能戰勝你，但是我依然能夠讓你回到封印中去。」阿加雷斯伸出雙手。

路西斐爾再度揮動長劍，長劍劃出一道銀色的劍鋒，向著阿加雷斯的身體襲來。阿加雷斯似乎沒有躲閃的意思，在劍鋒穿過他身體的剎那，黑色的封印再度飛出，籠罩住了路西斐爾的身體。

「路西斐爾，現在你不能動彈了。」阿加雷斯的鮮血再度從傷口裡飛湧而出。

「阿加雷斯，你居然使用封印之力。」路西斐爾說。

「回到封印中去吧，本來我也只能短暫地破解封印的力量，現在就讓這封印再度開啟。」阿加雷斯說。

光輝的晨星之盾瞬間消失，路西斐爾感覺到意識不斷模糊，他低聲自言自語：「路西法，現在輪到你的時刻了。」

路西法睜開雙眼，看到滿身傷痕的阿加雷斯，路西法舉起劍，指向阿加雷斯。

阿加雷斯搖了搖頭。「路西法，我知道你身體裡的巨大力量遲早會覺醒，我不是你的對手，我願意成為你的僕人。」

路西法露出驚訝的神色，看著眼前這個曾經強大到無法戰勝的對手，年輕天使有點不敢相信自己的耳朵。

阿加雷斯降落地面，跪倒在地，路西法也隨之降落，將劍收回劍鞘。

王城之上，巴力正站在陽臺上。「阿加雷斯也敗了嗎？如果路西斐爾的力量覺醒，確實是一件棘手的事，但僅憑現在的路西法的力量，並非不能戰勝。」

巴力轉身回到王廳，坐回座位，低頭不語，臉孔變得異常陰沉。亞斯塔祿站在離巴力不遠的位置，迷人的眼睛裡閃過一絲憂慮。

第21章　月之女神

清晨時分，巴力從睡夢中醒來，他習慣性地翻了一下身，伸出健壯結實的手臂試圖摟住亞斯塔祿柔軟的身體，但這一次他撲了空。巴力有些不自然地睜開眼睛，看到身邊空無一人，坐起身來，走到走廊上。

一個僕人正等在那裡，僕人看到巴力走出寢宮，馬上迎了上去。

巴力的臉上露出一絲不滿的神色，用銳利的眼睛看著這個僕人，「你有沒有看見亞斯塔祿？」

「巴力大人，亞斯塔祿大人一早就出去了。」僕人小心翼翼地回答。

這個答案顯然令巴力十分不滿，他來到宮殿的陽臺上，望著佈滿鮮花的花園，試圖找到亞斯塔祿的纖細身影，但這一次又讓他失望了。巴力搖了搖頭，回到王廳。

巴力坐在御座上，發現在御座的扶手上放著一封信件，巴力立刻就認出了亞斯塔祿纖細優美富有特殊曲線的字體，巴力拿起信，打開來。

隨著閱讀信件，巴力的瞳孔逐漸放大，這是亞斯塔祿寫給他的請戰信，她已經獨自前往前線迎戰路西斐爾。看完信件之後，巴力站起身來，用拳頭捶了一下御座的扶手，聽到王廳裡的聲音，原本在走廊裡的僕人急忙走了進來。

「巴力大人，你有什麼吩咐？」這個僕人說。

「亞斯塔祿離開有多久了？」巴力問。

「巴力大人，清晨時分亞斯塔祿大人就離開了。」僕人回答。

「馬上請魔神將軍們過來。」巴力說。

很快魔神將軍們陸續走進王廳，看到手下所剩無幾的魔神將軍，巴力不由得感到一絲失望和憤怒。

「各位大人，亞斯塔祿前往前線迎戰路西斐爾，我也不能坐在這裡等待，我要前往前線幫助亞斯塔祿。」巴力說。

巴力的話引起一陣騷動，魔神將軍們開始小聲交頭接耳，看到這一幕，巴力顯得更加急躁，他再次用力敲擊了一下座位冰冷的扶手。

「在我離開城堡的這段時間裡，你們在各自的崗位上做好自己的事。」巴力說。

闕下的魔神將軍們停止了討論，他們低下頭向巴力行禮，表示會遵從巴力的命令。

巴力說完示意魔神將軍們退下，回到寢宮中穿好戰甲，走到陽臺上。巴力振動雙翼，向著天空飛去，雙翼的上下擺動帶起一陣陣大風，吹過城堡上方。

天界大聖城，彌賽亞正獨自站在宮殿的陽臺上，仰望著明亮的天空，太陽依然將無盡的光芒和熱灑向大地。從彌賽亞的瞳孔裡出現了地獄之門的景象，隨後穿過地獄之門向著地獄深處而去，他看到巴力正向著天空的遠方不斷飛行，看到亞斯塔祿帶著三日月冠向著路西法不斷靠近。

彌賽亞金色瞳孔裡的景象瞬間消失，他低下頭將手放在下顎上，「擁有破滅之力的月之女神亞斯塔祿也前往戰場了嗎，看來巴力也不會保持沉默。」

彌賽亞轉過身，走進自己的房間，他似乎想起什麼似的喃喃自語，「不知道掌握著陰間之力的嗜血女神能不能戰勝路西法。」

彌賽亞坐在書桌前，聖潔的臉上閃過一絲憂鬱，在陰影之下的臉顯得更加陰沉，他一言不發，眼睛裡卻充滿異樣的神采。

大聖城米迦勒官邸，同樣充滿疑惑的米迦勒正獨自坐在房間裡。在這些日子裡，那個奇怪的夢境不停湧入他的腦海，擾得他心神不寧，尤其是那個沐浴在火湖之中的路西法的身影，更是縈繞在他心頭揮之不去。

不知過了多久，一片巨大的烏雲從遠方飄來，風如期而至，吹動得樹木沙沙作響，閃電不停落下，風帶著雨滴捲入米迦勒的房間，將桌上的文件垂落，散落的文件緩慢落下。

米迦勒的思緒瞬間被打斷，他站起身來，拾起落下的文件，將它們整理好放回桌上，轉過身向著窗戶走去。

米迦勒抬起頭，愕然發現一個黑影正飄浮在窗前，米迦勒立刻認出了這個黑影，這是數個月前拜訪他的那個神秘黑影。黑影穿著黑色的長袍，帶著漆黑的面具，沐浴在狂風暴雨製造的一片黑暗之中，只有面具裡面那雙銀色的瞳孔眼睛釋放出駭人的光芒。

「別動，米迦勒。」黑影的聲音異常低沉。

「又是你，你究竟是誰？」米迦勒說。

「米迦勒，此時的你不需要知道我的身份，等到約定的時刻來臨時，你我自會在天界重逢。」這個黑影說。

「既然如此，你三番兩次地來拜訪我，究竟是為了什麼？」米迦勒說。

「米迦勒，我聽說你的記憶正在緩慢恢復？」黑影發出一陣大笑。

「恢復記憶，我從來沒有失去過記憶。」米迦勒說。

黑影再次發出一陣笑聲，這笑聲讓米迦勒感到不快。

「米迦勒，看來你還沒有完全意識到，你的夢境其實曾經真實存在過。」黑影說。

米迦勒的臉上浮現出驚訝的表情。「你知道我的夢。」

「當然，米迦勒，不僅我知道，彌賽亞想必也知道你的夢境。」黑影說。

「彌賽亞也知道？」米迦勒低下頭似乎在自言自語一般。

「你在彌賽亞那裡得不到任何啟示，因為在約定的時刻到來之前他不會將你記憶的封印解開。」黑影說。

「看來你知道一切。」米迦勒用銳利的眼睛注視著窗外的黑影。

「當然，米迦勒，但是以我的力量還不足以解開你記憶的封印，但是我可以給你一些啟示。」黑影說。

「啟示？」米迦勒將信將疑。

「你應該記得，拉結爾所編著的天界典籍中曾經有這樣一個故事：上古的往昔，有一位至高的主人，這位主人創造了無數的侍者守衛著家園。隨著至高的主人之子的出生，侍者們逐漸被冷落，並遭受不公正的待遇。在憤怒和失望之下，最尊貴的侍者最終將劍指向了自己的主人，忠誠的侍衛變成了危險的敵對者……」黑影停了下來。

「尊貴的主人派遣他的兒子和另一位尊貴的侍者擊敗並殺死了最尊貴的侍者，光輝的星辰從此隕落，地位崇高的上六階約三分之一的侍者追隨最尊貴的侍者化作的光芒而去，其中包括無數地位顯赫的侍者，他們從御座上墜落，消失在黑暗深淵的火焰之中！」米迦勒似乎在自言自語一般。

「米迦勒，看來你清楚地記得這個故事。」黑影發出一陣嘲笑。

「你究竟想告訴我什麼？」米迦勒說。

黑影伸出右手，食指指向米迦勒，一道黑色的光束瞬間飛出，進入米迦勒的額頭，「米迦勒，就讓你再度回到數千年前。」

米迦勒的眼前變得一片漆黑，等到醒來，他發現自己再次回到那個夢境當中，但這次出現在夢境當中的並非只有彌賽亞、路西法，還有那個番紅色頭髮、翡翠色六翼與自己相貌相同的天使。米迦勒看到在翡翠色六翼的天使背後，站著無數的天使，這些天使擁有著潔白的羽翼。六翼天使的兩旁，站著潔白四翼的智天使。米迦勒看到加百列、拉斐爾、烏利葉的面孔，還有雷米爾、拉結爾、拉貴爾、然德基爾，梅丹佐、尚達奉和拜丘也停留在距離不遠的天空之上。隨著一個又一個熟悉的天使閃過，米迦勒驚訝地發現分列在翡翠色六翼天使兩旁的最後出現了已經死去的沙利艾爾的面孔。

這些面孔一一閃過，米迦勒的目光向著翡翠色六翼天使的對面看去，路西法正站在隊伍的最前面，而在路西法兩旁，站立著很多不知名的天使，這些天使都穿著漆黑色的戰袍，每個臉上都帶著不屑的微笑，在路西法的右邊，站著的是米迦勒夢境中曾經出現的穿著紫紅色抹胸長裙的絕美天使，她的臉上浮現出迷人的微笑，而在她的旁邊，米迦勒看到莉莉絲柔媚的臉龐，路西法的左邊一個英俊天使的雙眼裡釋放出睿智的光芒，注視著彌賽亞。

翡翠色六翼的天使向著路西法一方猛衝過來，紫紅色十二翼的美麗天使拔出劍，擋住了翡翠色六翼天使的進攻，雙方一直僵持不下。看到這一幕，隊伍最前面的路西法拔出劍，劍鋒自上而下，出現一道黑色的閃光，將翡翠色六翼的天使和紫紅色羽翼的美麗天使分開。

接下來米迦勒的夢境變得支離破碎，他再次看到路西法的劍刺中了彌賽亞的身體，彌賽亞的臉上濺滿路西法身體裡飛湧而出的血滴，還有那個紫紅色翅膀的美麗天使充滿淚痕的臉旁。米迦勒的腦海裡被一陣輕聲吟唱的歌聲所充滿，音符淒美哀傷，音階緩慢婉轉，最後消失無形。

米迦勒瞬間被拋下了無底深淵，地獄的火湖再度出現在他面前，他感到眼前一片漆黑，等他再度睜開眼睛，發現自己還站在房間的中央。此時窗外的黑影已經消失無蹤，烏雲散去，太陽出現在天空之上，風帶著雨後潮濕的空氣拂過米迦勒的身體。

米迦勒用手擦了擦額頭上的汗水，「你究竟想告訴我些什麼？」

米迦勒搖了搖頭，坐回書桌前。

房間的門緩慢打開，一個衛兵走了進來，「米迦勒大人，加百列大人和拉斐爾大人求見。」

米迦勒定了定神，示意衛兵請加百列和拉斐爾進來，很快兩個年輕天使的面孔出現在門口，米迦勒示意他們坐下。

拉斐爾率先開口，「米迦勒大人，自從彌賽亞大人降臨以來，我反而覺得本已經變得清晰的一切又開始重新模糊起來。」

加百列點了點頭表示同意，迷人的雙眸不停閃動，米迦勒從她的雙眸裡讀出了和拉斐爾一樣的疑惑。

米迦勒搖了搖頭，「加百列、拉斐爾，我和你們一樣充滿了疑惑，但我相信謎團終會解開。」

「米迦勒大人，看起來你的臉色不太好。」加百列說。

米迦勒搖了搖頭，「不，加百列，我一切都很好，我相信在不久的將來我們會得到答案。」

加百列和拉斐爾看出米迦勒並沒有任何隱瞞，停止了追問。

「米迦勒大人，在最近一段時間裡，地獄之門方向不斷湧出強大的魔力，我對此深表擔心。」拉斐爾說。

米迦勒點了點頭表示同意，「拉斐爾，我已經將我的憂慮告訴了彌賽亞大人，彌賽亞大人表示一切事務由他全權處理，等到時機來臨一切將迎刃而解。」

加百列和拉斐爾的臉上同時露出一絲失望的神情，兩個天使起身向米迦勒行禮告辭。

當拉斐爾走到米迦勒的房間門口，突然轉過身來，「米迦勒大人，不知道你有沒有路西法大人的消息。」

米迦勒搖了搖頭，「不，沒有。」

「米迦勒大人，我總覺得地獄之門方向湧出的強大魔力來自我們都熟悉的氣息，想必與路西法大人有著很大的關聯。」拉斐爾說。

米迦勒似乎沒有聽到拉斐爾的話，低下頭陷入了沉思，拉斐爾搖了搖頭，和加百列走了出去。

清晨時分，米迦勒走進聖城中心的圖書館，在高聳直向圓形屋頂的無數書架的不起眼的角落裡，在浩如煙海的天界典籍中，米迦勒找到了佈滿了厚厚灰塵的那本記述著黑影所說寓言的古卷，在寓言的末尾一頁的角落裡，米迦勒看到了幾行被塗抹得模糊不清的小字：「最尊貴的侍者，你本是智慧、美麗、榮耀與光輝的化身，但卻因美麗心中高傲，又因榮光敗壞智慧，你本已地位顯赫，卻貪圖至高的主人所獨有的尊榮，覬覦至高的主人賜予其子的榮耀，希冀至高的主人之子享有的特權。在旋轉的命運齒輪的終局，鮮血污濁了潔白的長袍，天空也變成了赤紅的顏色，那些渾身上下散發著血腥味的高貴侍者，再也無法變回原來的模樣，唯一對他們敞開大門的，只有萬劫不復的熾熱的煉獄深淵。」

路西法和亞斯塔祿很快相遇，亞斯塔祿穿著金色的長裙，帶著三日月冠出現在陣勢之前，在她纖細的腰間掛著一柄劍，細細的劍身一直垂落到地面上。

路西法振動雙翼飛上天空，看到路西法向天空而去，亞斯塔祿也振動雙翼向著天空而來，停在路西法的對面。

「黑色羽翼的天使路西斐爾。」亞斯塔祿說。

「你是？」路西法看著眼前這個異常美麗的女子。

「我是巴力的妻子亞斯塔祿。」亞斯塔祿嘴角浮現出一絲微笑。

「巴力的妻子？」路西法說。

「是的，路西斐爾，以你目前的能力不可能戰勝我，更不可能戰勝巴力大人。」亞斯塔祿說。

路西法從亞斯塔祿的眼睛裡沒有看到一絲藐視和輕蔑，相反從亞斯塔祿眼睛裡流露出的是誠懇和柔和。路西法相信亞斯塔祿一定有自己的理由，他注視亞斯塔祿的眼睛。

亞斯塔祿也被眼前年輕天使的雙眸所吸引，在這澄清的雙眸裡，亞斯塔祿看到了路西法的疑問。

「路西斐爾，如果你願意，我們可以用劍來證明。」亞斯塔祿說。

路西法沒有回答亞斯塔祿的話，年輕天使拔出劍，向亞斯塔祿點了點頭。

亞斯塔祿拔出長劍，路西法握緊自己的武器，向著亞斯塔祿襲來。亞斯塔祿輕輕舞動細細的劍身，劍身劃過無數道閃光，在這細細的劍痕之下，路西法的身體出現很多細小的傷口，雖然沒有流血，但是疼痛卻沿著皮膚不停傳向路西法的身體深處。路西法舉起劍向著亞斯塔祿刺來，亞斯塔祿輕巧地躲開路西法的進攻。

「路西斐爾，我的銀月之劍上聚集了月亮的極陰之力，這種力量雖然不會讓你流血，但會讓你疼痛不止，等到你的傷口不斷增多，這種疼痛就越劇烈，最終將會將你引向死亡。」亞斯塔祿說。

路西法停下進攻，年輕天使確實感覺到了傷口帶來的疼痛，他的雙臂不停顫抖，握劍的手也變得無力起來。

路西法不停燃燒著身體裡的撒旦之力，黑色的火焰再現，火焰之下傷口慢慢癒合，疼痛也有所減輕。

看到眼前的一幕，亞斯塔祿的眼睛裡閃過一絲驚訝，「路西斐爾，看來你已經懂得如何使用身體裡的撒旦之力了。」

路西法再度握緊劍，向著亞斯塔祿襲來，這一次雙方形成了均勢，甚至路西法還略佔上風，他不停攻擊著亞斯塔祿，亞斯塔祿用劍抵擋，雙方一時間陷入了膠著之中。

亞斯塔祿看準機會，躲開路西法的進攻，退到一旁。

「路西斐爾，看來我小看了你的力量。」亞斯塔祿說，「你喚醒了多年來我一直沒有使用過的神力，就讓我用銀月之劍斬下你的首級。」

亞斯塔祿念動咒語，銀月之劍發出藍色的閃光，閃光將大地染成一片藍色，藍色退去之後，細細的劍身散發出月亮的光芒。

「路西斐爾，這就是屬於我的力量，銀月之劍已經變成了陰間嗜血的月之神劍，這裡就是你的葬身之地。」亞斯塔祿說。

亞斯塔祿舉起劍，劍身發出月亮的光芒，光芒化作無數道利劍向路西法襲來，在空中留下飛速襲來的利劍的慘像。路西法拚力躲閃，但依然被利劍劃過，身體出現了幾道巨大的傷口，鮮血噴湧而出。

路西法的銀色戰甲瞬間被染成了紅色，血液沿著他的手臂流到劍身上，長劍發出一陣巨大的悲鳴，原野上飄蕩著靈魂的鳴響。

「路西斐爾，想利用亡靈之力嗎？」亞斯塔祿說。

亞斯塔祿再次念起咒語，一道巨大的閃光從劍中飛出，瞬間路西法的長劍的悲鳴停止下來，原野上恢復了平靜。

「路西斐爾，我是掌管陰間之力的月之女神，在我的破滅之力下，你的劍發揮不了任何作用。」亞斯塔祿的臉上浮現出一絲得意的微笑，「我只要再揮一劍，你就將身首異處。」

亞斯塔祿再次舉起劍，劍身發出一道閃光，向著路西法飛去。在接觸路西法身體的剎那，一面銀色的盾牌出現在路西法的身前，刻著五芒星的盾牌綻放出銀色的光華，閃光消失無蹤。

路西法的腦海裡傳來一個聲音，這聲音屬於路西斐爾，「路西法，燃燒你的生命吧，這樣你就能使用我的力量，因為我和你是一體的，用你的生命短暫地衝開封印，這樣我們才有生存下去的希望。」

路西法閉上眼睛，「好吧，路西斐爾，我們共同作戰。」

路西法不停地燃燒生命，在他的身體四周火焰不停閃爍，亞斯塔祿感覺到路西法的力量正在不停上升，她的眼睛裡閃過一絲慌亂。

亞斯塔祿再度揮動劍身，劍發出無數道閃光，但都在碰觸到盾牌的剎那消失於空中。

路西法再度睜開眼睛，雙眸冰冷沒有生氣，路西法舉起劍，盾牌回到他的左臂上。年輕天使揮動右手，劍向著亞斯塔祿飛去，亞斯塔祿揮劍抵擋，但是劍化作的閃光還是劃過她的肩膀，劇烈的疼痛使得亞斯塔祿的長劍掉落在地面上。

長劍重新回到路西法的手中，路西法重新揮動右手，劍繼續飛出。亞斯塔祿感覺到劍向著她的胸口飛來，美麗的女子意識到她已經來不及躲開路西法的進攻，亞斯塔祿閉上了美麗的眼睛，等待著死亡的來臨。

劍身刺中身體的悶響傳了過來，亞斯塔祿發現自己竟然沒有感覺到疼痛，她睜開眼睛，看到巴力正擋在她的身前。路西法的劍刺中了巴力的右腹，巴力伸出粗壯的手臂拔出插在自己腹部的長劍，丟還給路西法。

「路西斐爾，今天就到此為止，我會在王城之中等待著你的到來。」巴力說。

巴力轉過身抱住亞斯塔祿的身體，用雙翼護住她，然後念動咒語，消失在天空之中。路西法瞬間恢復了意識，看著巴力消失的天空。

「巴力，下一次相見，就是我和你的決戰。」路西法喃喃自語。

清涼的風拂過路西法的身體，向著巴力消失的方向而去，飛向天空的盡頭。

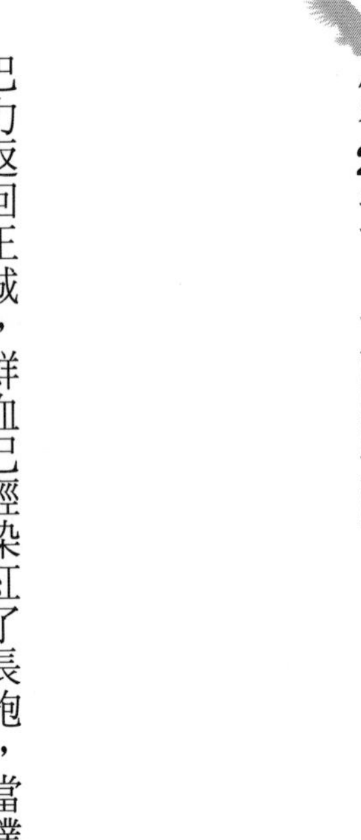

第22章　太陽戰神

巴力返回王城，鮮血已經染紅了長袍，當僕人看到巴力的樣子時都大吃一驚。巴力的臉變得慘白，在亞斯塔祿的攙扶下，坐到御座上。

僕人趕緊迎了上來，「巴力大人，你受傷了。」

巴力沒有回答僕人的問題，閉上眼睛，仰起身子靠在御座上。

「去把馬爾巴士大人請來。」亞斯塔祿說。

僕人一刻也不敢停留，轉身急匆匆地走了出去。

很快一個魔神將軍出現在王廳裡，這個魔神將軍身材中等，臉上十分平和，當他看到巴力時，吃驚得睜大了眼睛。

「巴力大人，怎麼傷得這麼重？」馬爾巴士說。

巴力張開眼睛，臉上依然毫無血色，但目光依舊銳利，「馬爾巴士，你來了。」

馬爾巴士向巴力行禮，巴力示意他走過來。

「馬爾巴士大人，請幫助巴力大人治療。」亞斯塔祿說。

馬爾巴士走上前，點了點頭，「亞斯塔祿大人，請你暫時離開，也請僕人退下，我會幫助巴力大人療傷。」

亞斯塔祿點了點頭，慢慢走出王廳，回到通往寢宮的走廊上，臉上佈滿了焦急。

不知過了多久，馬爾巴士將僕人叫來，請亞斯塔祿返回王廳，巴力的臉上已經恢復了平靜，看起來臉色也恢復了正常。

「怎麼樣，馬爾巴士大人。」亞斯塔祿說。

「亞斯塔祿大人，巴力大人的傷勢已經得到了控制，經過幾天休養就會恢復了。」馬爾巴士說。

巴力睜開眼睛，「馬爾巴士，你先退下吧。」

馬爾巴士向巴力和亞斯塔祿行禮，轉身走出王廳，消失在大門後面。

亞斯塔祿用修長的玉臂抱住巴力的頭，將自己的臉頰貼在巴力的臉上，巴力感到一股溫熱的東西流到自己的臉上。

「亞斯塔祿，你流淚了。」巴力說。

「巴力大人，都是我的錯，如果不是因為我擅自迎戰，你就不會受傷了。」亞斯塔祿的聲音帶著哭腔。

「亞斯塔祿，如果路西斐爾的力量覺醒，恐怕我也不是對手。」巴力說。

「巴力大人，你是不可戰勝的。」亞斯塔祿說。

巴力再度閉上眼睛，「亞斯塔祿，今天在戰場上看到路西斐爾的眼神，讓我想起了數千年前那個黑翼天使的模樣。」

亞斯塔祿佈滿淚痕的臉上浮現出一絲慌亂，「巴力大人，你是說眼前的這個年輕的天使就是數千年前的路西斐爾。」

「不，亞斯塔祿，我不能肯定，只是覺得他們之間極為相似，而且你也看到了在戰場上這個年輕天使身體裡釋放出的強大力量。」巴力說。

「巴力大人，你的意思是？」亞斯塔祿說。

「亞斯塔祿，雖然我並不相信命運，但也許命運真的無法改變。」巴力說完再度閉上眼睛。

天界大聖城，雷米爾走進彌賽亞的房間，向彌賽亞行禮。

「雷米爾，看來你帶來了最新的消息。」彌賽亞站起身來。

「彌賽亞大人，確實如此，我不得不說，路西法的力量依然在不斷增大，連巴力的妻子亞斯塔祿也敗了。」雷米爾說。

聽到雷米爾的話，彌賽亞的臉上閃過一絲驚訝，瞬間又恢復了平靜，「雷米爾，也許這不值得驚訝。」

「彌賽亞大人，我不太明白你的意思。」雷米爾回答。

「我想在魔神一方，除了巴力以外沒有任何魔神將軍能夠和路西法抗衡。」彌賽亞說。

「彌賽亞大人的意思是，現在路西法的力量已經超越了一般天使。」雷米爾說。

「是的，路西法正在恢復力量，那個沉睡在他身體裡的黑色羽翼的六翼天使也在逐漸醒來。」彌賽亞說。

雷米爾的臉上露出一絲驚訝和慌亂，「彌賽亞大人，你說的一切都是真的？」

「雷米爾，我想你不必懷疑我的話，那道封印註定鎖不住黑色羽翼的六翼天使，等到時機來臨，他自然會醒來。」彌賽亞說。

「彌賽亞大人，我想你有必要將這一切報告給神。」雷米爾說。

「雷米爾，不用擔心，神是萬能的，他洞悉在這世間發生的一切，不論是天堂還是地獄，都逃不過神的眼睛。」彌賽亞說。

聽到彌賽亞的話，雷米爾的臉上出現一絲安寧，他向彌賽亞行禮，「彌賽亞大人，既然如此，我先退下了。」

彌賽亞向雷米爾擺了擺手，雷米爾轉身走了出去。

路西法的軍隊很快抵達了巴力的王城，在這段時間裡巴力一直在等待著路西法的來臨。清晨時分，巴力登上城樓，看到路西法站在隊伍的最前列，他走回王廳穿好盔甲，振動雙翼飛出城堡，來到路西法的面前。

「路西斐爾，你來了。」巴力說。

巴力帶著有兩隻角的圓錐形戰盔，穿著厚重的鎧甲，背後背著一柄巨錘，臉上露出嘲笑的神情。

「巴力，這是屬於你和我的戰鬥，我想不要牽扯到其他惡魔。」路西法說。

「路西斐爾，我佩服你的勇氣。」巴力的聲音變得異常刺耳，「既然如此，這場勝負就由我和你來決定。」

巴力取出巨錘，揮動手臂，向著路西法襲來。路西法拔出長劍，躲開巴力的進攻，向著巴力的身體刺來，巴力向旁邊一閃，橫向輪動巨錘，向著路西法的身體壓來，路西法揮劍抵擋，兩把武器碰撞的一剎那，天空中出現明亮的閃光，將烏雲密佈的天空照耀得宛如白晝一般明亮。路西法感覺到巴力身體裡的巨大力量，這力量將他的雙臂震得有些發麻，身體也隨著巴力的巨錘落下失去了控制。

路西法振動羽翼再次飛起，開始不停燃燒身體裡的撒旦之力，黑色火焰不停升騰，包圍了全身，漆黑的瞳孔裡湧出冷酷的目光，揮動著劍向巴力襲來。巴力揮動巨錘，劍和巨錘再次相遇，在接觸的瞬間巴力和路西法向著相反的方向彈開。

巴力發出一陣大笑，「不愧是路西斐爾，力量果然強大，不過單憑這一點，是不可能戰勝我的。」

巴力念起咒語，從舉起的左手中出現一個放射著雷電光芒的圓球，巴力揮動左手，雷電的圓球向著路西法而來，在路西法看準雷電圓球的方向準備向旁邊躲閃時，雷電的圓球突然消失在空中。就在路西法驚訝地尋找著這個雷電的圓球時，這個圓球出現在他上方，然後瞬間落下，擊中了路西法的身體。

路西法的身體隨著圓球落在地面上，雷電之力讓路西法的身體感到麻痺不已，戰甲瞬間脫落，披風也變得破爛不堪。沒等路西法站起身來，第二個雷電的圓球再度落下，路西法的身體在劇烈的電擊之下不停顫抖，臉上露出痛苦的神色。

巴力依舊停留在空中，再次念動咒語，雷電之力瞬間劃破天空。就在第三個雷電圓球向著路西法襲來的瞬間，在路西法面前出現了光輝晨星之盾，銀色的盾牌發出劇烈的銀白色閃光，將雷電之力消散得無影無蹤。

路西法的腦海裡傳來了路西斐爾的聲音，「路西法，巴力的力量異常強大，就讓我們共同對敵。」

路西法的漆黑色六翼再次變得無比巨大，伸向天際，力量不停地從路西法的身體裡湧出。

巴力看到了眼前的一切，嘴角劃過一絲冷笑，「路西斐爾的力量嗎？我看你還沒有完全解開封印，用這樣的力量根本無法戰勝我。」

巴力揮舞著巨錘向著路西法襲來，路西法的劍鋒自上而下劃過，在巴力面前出現一道黑色的閃光，巴力揮動左手，閃光在接觸巴力身體的瞬間被打落地面。

「路西斐爾，你的力量不過如此。」巴力說。

巴力的巨錘向著路西法的頭頂落下，光輝晨星之盾出現在路西法的頭頂，在與巴力的巨錘接觸的瞬間被擊得粉碎，化成無數亮片散落到地面上，消失無痕。

「這並不是光輝晨星之盾的實體，不過是被封印的路西斐爾製造的意念之盾罷了，連真實的光輝晨星之盾萬分之一的力量都沒有。」巴力大笑了起來。

「巴力，你竟敢小看我。」從路西法的口中傳來路西斐爾的聲音。

「我並沒有小看你，路西斐爾，如果你像數千年前一樣，也許還有能力與我抗衡，甚至戰勝我，但是現在的你依靠著轉世了無數次的這個平凡天使的身體，根本不是我的對手。」巴力說。

「狂妄！」路西斐爾的聲音再度響起。

路西斐爾念動咒語，路西法的右手和劍化為一體，釋放出耀眼的光芒，寬大的劍身上刻著無數赤紅色閃耀著光芒的銘文。路西法不由自主地揮動右手，劍鋒向著巴力襲來，巴力奮力振動雙翼，試圖躲開劍鋒的進攻。劍鋒隨著巴力的躲閃瞬間偏轉，劃過巴力的肩頭，巴力的肩頭瞬間出現一道傷口。

「光輝晨星之盾之後是光輝晨星之劍嗎？路西斐爾，可惜這些還不足以擊敗我。」巴力說。

巴力揮動巨錘向著路西法右手化成的寬大劍身襲來，在和路西法右手接觸的剎那，路西法感覺到無比的疼痛，右手完全失去了知覺。

「你現在沒有任何辦法了吧！路西斐爾。」巴力發出一陣大笑，「返回封印中去吧，這是屬於我和這個年輕天使的戰鬥。」

巴力念動咒語，一道封印從巴力的左手中飛出，落在路西法的胸前，路西法的腦海裡再次傳來路西斐爾的聲音，「路西法，看來我無法幫助你了，接下來的一切要靠你自己。」

路西斐爾的力量瞬間退去，路西法右手臂傳來劇烈的疼痛，年輕天使感覺到他的手臂斷了。

「現在路西斐爾也不能幫助你了，年輕天使。」巴力說，「可惜你還沒有獲得路西斐爾的力量，如果路西斐爾能夠破除封印，這一切也許會更有趣些。」

天空中隱形的雷米爾注視著眼前的一切，低頭喃喃自語，「沒想到巴力的力量如此強大，連雷霆之力也操控自如，看來傳說他有和神匹敵的力量並非虛言。」

雷米爾抬起頭，看到巴力的雙眸正望向他的方向，嘴角劃過一絲冷笑，雷密爾頓時全身汗毛倒豎，冷汗不停冒了出來。

「難道巴力知道我在這裡？」雷米爾說。

巴力似乎沒有理會雷米爾的意思，再次看著路西法，「年輕天使，看來你只有路西斐爾的軀殼，卻沒有獲得路西斐爾的力量，這裡就是你的葬身之地。」

巴力舉起巨錘，向著路西法揮舞而去，路西法已經預感到了死亡的到來，他閉上眼睛，聽著耳邊巨錘帶來的排山倒海一般的巨大風聲。

巨錘落下，一聲清脆的武器碰撞的聲音響起，一個美麗的女子出現在路西法的面前，用波浪形的長劍擋住了巴力的進攻。

「是你！」巴力說。

「是我，巴力，我決不允許你傷害路西斐爾。」這個女子的聲音傳了過來。

「你恐怕沒有這個實力。」巴力說。

「我當然不是你的對手，但是你有把握戰勝真正的路西斐爾嗎？」美麗的女子說，

「就讓我解開封印，讓你看看路西斐爾的強大力量。」

美麗的女子念動咒語，紫紅色的羽翼緩慢張開，全身散發出柔和的光芒，這光芒覆蓋住路西法的全身，路西法的疼痛逐漸散去，年輕天使睜開漆黑色的雙眸，瞳孔裡散發出冰冷明亮的光芒。

美麗女子的身體瞬間從路西法的面前消失，化作一道紫紅色的閃光向著天空飛去。

雷米爾看著眼前的一切，驚訝得睜大了眼睛，「是她！」

巴力感覺到路西法身體的力量正在不斷上升，那巨大的能量讓大地也不停顫抖，天空中烏雲不停滾動起來。

「巴力，你竟敢傷害我的身體。」路西斐爾說。

路西斐爾的右手再次化作巨劍，向著巴力揮來，劍化作無數道明亮的軌跡，出現在巴力面前，巴力雖然盡力躲閃，仍然被擊中了數劍，鮮血流了出來。

「看來我小看了你的力量，路西斐爾，即使如此，你也未必能夠戰勝我。」巴力說。

「那就讓我看看你的狂妄是否有值得炫耀的本錢。」路西斐爾說。

「路西斐爾，你忘記了，我還擁有太陽之力。」巴力說。

巴力念動咒語，盔甲發出耀眼的光芒，身體變得異常明亮，宛如懸掛在天空中的熾熱太陽，大地被熾熱的氣息所籠罩，似乎要燃燒起來。

「路西斐爾，如果說在這地獄之中能夠看見太陽的地方，就只有我的王城，因為我能夠操縱太陽之力。」巴力大笑了起來。

路西斐爾的嘴角閃過一絲冷笑，「太陽之力嗎？不過如此。」

巴力被路西斐爾的態度所激怒，巨錘再次落下，化作如太陽般明亮的閃光，熾熱包圍了路西斐爾的身體，熊熊火焰在路西斐爾的四周不停燃燒。

「路西斐爾，就讓你被這太陽之力下的熊熊火焰灼燒吧。」巴力說。

火焰越來越大，包圍住了路西斐爾的全身，路西斐爾再次發出一陣冷笑。

「巴力，你太小看我了，經歷了地獄火湖的洗禮，我還會害怕你的太陽之力嗎？」路西斐爾說。

路西斐爾發出一陣怒吼，身體四周的火焰立刻散去，「巴力，你的力量不過如此。」

巴力看到眼前的一幕，眼睛裡露出驚訝的神色，但他依舊不停地燃燒太陽之力，身體變得越加明亮，發出耀眼的宛若太陽的光芒，揮舞著巨錘向著路西斐爾飛來。

路西斐爾瞬間消失在天空之中，旋即出現在巴力面前，右手化作一道閃光，刺穿了巴力的身體，巴力感到劇烈的疼痛，身體顫抖不止。

「看來你的傷還沒有好，巴力。」路西斐爾說。

巴力捂住傷口，鮮血從手指縫隙中流了出來，「路西斐爾，數千年過去了，沒想到你依然如此強大。」

路西斐爾發出一陣大笑，大地再次顫抖起來。

站在城牆上的亞斯塔祿看到眼前的一幕，拔出劍振動雙翼向著巴力衝來，但是紫紅色羽翼的美麗女子瞬間出現在她面前。

「別去搗亂，亞斯塔祿，你的對手是我。」紫紅色羽翼的美麗女子拔出波浪形的長劍。

亞斯塔祿揮動長劍向著這個美麗女子進攻，試圖躲開美麗女子的糾纏，但是美麗女子一邊躲開亞斯塔祿的劍，一邊死死纏住亞斯塔祿，讓她難以脫身。

路西斐爾停在巴力面前，臉上露出迷醉的微笑，「巴力，你不是我的對手，投降吧，像數千年前一樣，成為我忠實的僕人。」

「路西斐爾，勝負還沒有揭曉。」巴力說。

路西斐爾再度揮起右手，右手化作無數閃光向著巴力襲來，這些閃光穿過巴力的身體，出現無數傷口，巴力感覺到力量正在不斷消失。

「巴力，勝負已經分曉，從我被喚醒開始，你的失敗就已註定。」路西斐爾說。

路西斐爾再度消失在天空之中，瞬間出現在巴力背後，將長劍放在巴力的肩頭，「巴力，選擇生還是死？」

巴力失望地搖了搖頭，「看來命運無法改變。」

「看來你已經做出了選擇。」路西斐爾說，「把你身體裡的撒旦靈魂碎片交出來，成為我永遠的僕人。」

路西斐爾收回劍，念動咒語，黑色的撒旦靈魂碎片從巴力的身體裡飛出，發出巨大的轟鳴聲音，飛入路西斐爾的身體。

「我距離解開封印又近了一步。」路西斐爾低聲說。

巴力降落地面，跪在路西斐爾腳邊，「路西斐爾大人，我願意成為你永遠的僕人。」

路西斐爾將劍放在巴力的肩頭，「擁有所羅門之力的主神巴力，你要發誓，等到所羅門七十二魔神聚齊，用所羅門之鑰打開封印，將刻著五芒星和神之真名的所羅門之戒交到我的手上，否則我會取下你的首級。」

「路西斐爾大人，我在此發誓，你才是所羅門之戒真正的主人。」巴力說。

看到眼前的一幕，紫紅色羽翼的美麗女子臉上露出一絲淺笑，瞬間消失於天空之中，留下亞斯塔祿停留在原地。

空中的雷米爾臉上露出一絲驚懼，「連巴力也不能夠戰勝路西斐爾嗎？我必須馬上返回天界向彌賽亞報告。」

就在雷米爾自言自語時，巴力突然站起身來，「路西斐爾大人，就讓我用這個隱藏在地獄天空之中的天使的腥紅鮮血作為獻給你的禮物。」

巴力揮動右手，一道太陽般熾熱的光向著雷米爾襲來，等雷米爾抬起頭看到這束光時，光已經穿過了他的身體，血從天空中飄落，雷米爾捂住傷口，念動咒語，瞬間消失於天空之中，向著天的盡頭而去。

釀文學53　PG0684

啟示錄

──墮天使的誕生

作　　者　失落伊甸
責任編輯　林泰宏
圖文排版　蔡瑋中
封面設計　王嵩賀

出版策劃　釀出版
製作發行　秀威資訊科技股份有限公司
114 台北市內湖區瑞光路76巷65號1樓
電話：+886-2-2796-3638　傳真：+886-2-2796-1377
服務信箱：service@showwe.com.tw
http://www.showwe.com.tw
郵政劃撥　19563868　戶名：秀威資訊科技股份有限公司
展售門市　國家書店【松江門市】
104 台北市中山區松江路209號1樓
電話：+886-2-2518-0207　傳真：+886-2-2518-0778
網路訂購　秀威網路書店：http://www.bodbooks.com.tw
國家網路書店：http://www.govbooks.com.tw
法律顧問　毛國樑　律師
總 經 銷　聯合發行股份有限公司
231新北市新店區寶橋路235巷6弄6號4F
電話：+886-2-2917-8022　傳真：+886-2-2915-6275

出版日期　2012年1月　BOD一版
定　　價　350元

Printed in Taiwan

國家圖書館出版品預行編目

啟示錄：墮天使的誕生 / 失落伊甸著. -- 一版. -- 臺北市：釀出版, 2012.01
面； 公分. --（釀文學；PG0684）
BOD版
ISBN 978-986-6095-71-9（平裝）

857.7 100024870

讀者回函卡

感謝您購買本書，為提升服務品質，請填妥以下資料，將讀者回函卡直接寄回或傳真本公司，收到您的寶貴意見後，我們會收藏記錄及檢討，謝謝！

如您需要了解本公司最新出版書目、購書優惠或企劃活動，歡迎您上網查詢或下載相關資料：http:// www.showwe.com.tw

您購買的書名：______________________________

出生日期：________年________月________日

學歷：□高中（含）以下　□大專　□研究所（含）以上

職業：□製造業　□金融業　□資訊業　□軍警　□傳播業　□自由業

□服務業　□公務員　□教職　□學生　□家管　□其它_____

購書地點：□網路書店　□實體書店　□書展　□郵購　□贈閱　□其他

您從何得知本書的消息？

□網路書店　□實體書店　□網路搜尋　□電子報　□書訊　□雜誌

□傳播媒體　□親友推薦　□網站推薦　□部落格　□其他__________

您對本書的評價：（請填代號　1.非常滿意　2.滿意　3.尚可　4.再改進）

封面設計____　版面編排____　內容____　文／譯筆____　價格____

讀完書後您覺得：

□很有收穫　□有收穫　□收穫不多　□沒收穫

對我們的建議：______________________________

____

____

____

請貼
郵票

11466
台北市內湖區瑞光路 76 巷 65 號 1 樓

秀威資訊科技股份有限公司 收

BOD 數位出版事業部

....

（請沿線對折寄回，謝謝！）

姓　　名：＿＿＿＿＿＿＿＿＿＿　年齡：＿＿＿＿　性別：□女　□男

郵遞區號：□□□□□

地　　址：＿＿＿＿＿＿＿＿＿＿＿＿＿＿＿＿＿＿＿＿＿＿＿＿＿

聯絡電話：(日)＿＿＿＿＿＿＿＿＿＿＿＿(夜)＿＿＿＿＿＿＿＿＿＿＿＿

E-mail：＿＿＿＿＿＿＿＿＿＿＿＿＿＿＿＿＿＿＿＿＿＿＿＿＿